佐藤洋二郎小説選集一

待ち針

佐藤洋二郎

論創社

目次

湿地

山陰の雪は都会の雪よりも重い。鉛色の空は低く、濁色の海との境界はけぶるようにしてはっきりとしない。列車は海まで押しせまっている岸壁の上を走った。小さな家々は海岸と山とのわずかな土地にしがみつくように点在している。列車は蛇行しながら短かいトンネルをいくつも進んでいた。

ぼくはけだるい体を起こして、ぼんやりと海を見ていた。

「龍彦さん？　龍彦さんじゃないの」かん高い声が通路から届いた。「やっぱり、龍彦さんだ」視線を合わせると、女の顔がそばにあった。

「覚えてる？」大柄な女が人なつこい顔を向けていた。「淑子よ。あなたのうちの近くの」ぼくは思い出したくなかった。だが記憶は蘇った。それでもしばらく赤い頰をしている女を見つめた。

「野口さんのところの」

女はその言葉を聞いて、ぼくの隣りの座席に腰をおろした。

「あなたのことは忘れないわ」

おしゃべり女は気をつかうなどということを知らない。昔もでしゃばりだった。

「一時は大変なうわさになったんだから」

やはり帰ってきたのは間違いだったのか。「小さな町でしょ」女は言った。胃袋が音を立てるようにして縮んだ。

「映子さんはあれからも田舎にいるわよ。きっとびっくりするんじゃないかしら」

女はそれがぼくに対するもてなしと思ったのか、あるいはそのことだけしか印象にないのか陽気に伝えた。母の話では映子は町にいないはずだった。

母がぼくの顔を見て戸惑った。

「どうして嘘をついていたの」

陽に灼けて、浅黒く変色している母の顔が一瞬こわばった。沈黙だ。いつもの彼女の答だ。

「なんとも思っていないから。子供の頃のことじゃないか」わかりきっている答を訊くつもりは、ぼくにはない。「もう東京には行かない。どこにいても同じだから」ぼくは再び母の動揺する顔を見ながら言った。

山陰の天気は気まぐれだ。雪は思い出したように降っては、また止んだ。田舎の一日は時間が停止したようだ。起きていても頭の中は朦朧としている。酒びんを灰皿代りに煙草を吸った。吐き出した煙はゆっくりと天井板まで登り、舐めるように流れた。酔いのため、弛緩していた筋肉が、時折わけもなく小刻みに踊り出した。

ながい溜息で天井から沈んでくる白煙を押しのけた。再び蒲団の中にくるまりながら、低く、呻いた。

「部屋の中にばかりいたら、おかしくなってしまうわよ」

六十近くになる母はまだ老いを知らない。ぼくが故意にそう見ているからかもしれない。時々、知り合いの誘いで、お茶を飲む。その誘いもぼくが帰ってきてからは出かけない。こちらに感情を合わせたいのだ。父が生きていた時もそうだった。ただ対象が息子に代っただけだ。

「お父さんにそっくりやね」

彼女は部屋に入ってきては、窓を開け空気を入れ代えた。

「どこか悪いんじゃないの？」

野良仕事で節くれだった指をぼくの額にあてがった。「だんだんと親父に似てきたんじゃないの」父は強度のうつ病だった。雪の降っている日に、何時間も縁側に座っていた。今でもあの気味の悪さを思い出す。

「そんなことはない。あなたはわたしの子供だから」母はすぐに打ち消すように言った。

「でも半分は入っている」

ぼくは突き放すように言った。彼女はまた黙った。

「大丈夫だよ。なんでもないんだから」

どこにいても同じことだった。田舎に帰ってみると、少しは安堵できると思ったのは間違いだった。

「役所に欠員があるそうだけど、どうかい」

母はぼくが家にいることに安心して温和な声で尋ねる。

「お願いしたらいいと思うけど」

「まだ働く気にはなれないよ」

母は淋しい目つきでぼくを見つめた。

「今にちゃんとするから」どうせ諦念と失望の間を振り子のように行き来するだけだ。「ウォー」とぼくは蒲団をかぶり咆哮した。無気力が体中を支配していた。都会でもそうだったのだ。「毎日、寝てばかりいるんじゃ」母の声が階下からした。「きっと、都会で疲れたんじゃ」女の声がした。

縁側の木に時折野鳥がきた。ぼくは父が使っていた古い空気銃で撃った。バンという破裂音と同時に、野鳥は落下し雪の上で羽をばたつかせている。毛をむしり、湯をわかし、うぶ毛を抜き、はらわたを取り、火にあぶって食う。バリバリと骨の音と一緒に酒を胃袋の中に流し込んだ。「そんな気色悪いことはやめなさいよ」母は顔をしかめる。「親父もやっていたんだから、いいじゃないか」今さらとやかく言われても、手遅れというものだ。母もそう感じているのか。酒がなくなるとそろえている。何も変ってはいない。ぼくの待遇が父親に昇格しただけだ。

「わたしにも食べさせてくれる?」

痩せた小柄な少女が弱いまなざしを向けて訊いた。「食べれないよ、きっと」ぼくは心がなごむのを覚えながら、「罰が当たるよ」とからかった。

「罰が当たってもいいの。どうせ死んでしまうんだから」

「どうして?」

「体が弱いの。だから」

少女は血のついた羽を一枚一枚、焚き火の中に投げながら、「手伝っているから、食べさせてね」と言った。か細い手が痛々しく、少し手を加えるだけで折れそうだった。

少女は十一歳だった。小刀で竹を切り、鳥の尻の穴から刺して、砂糖醤油を垂らして焼いた。はらわたは彼女がかわいそうだと言って、土に埋めた。ぼくは低く笑った。「にがい」少女は野鳥の足をひき裂いて口にした。前歯で骨をちぎり、しつこいほど噛んだ。

「内緒だぞ」

ぼくは彼女に酒を少し注いだ。

「おいしい」

「おいしい？」

「うん」

ぼくは喜んだ。以前にもこんなことがあった気がした。父とぼくだ。

「お兄ちゃんは罰が当ってもいいの」

少女は頬を上気させて言った。生ぐさい臭気があたりを覆っていた。「罰が当って死にたいよ」竹がパァーンと破裂音を上げてくだけた。少女の表情が強張った。「お兄ちゃんも死にたいの？　わたしはね、もうすぐ死ぬ。死ぬとみんなが喜ぶんだ。いっぱい保険がかけてあるの。だから早く死んだほうがいいの」少女が帰ると母親が金切声を上げてやってきた。

「どういうことですか」

少女は心臓病だった。「まったくお宅の人は何をやるかわかったもんじゃない」髪を乱した女は叫んだ。

「今度こんなことをしたら、責任を取ってもらいますからね」母は怯えていた。

「どうしてお酒なんか飲ませたのよ」

「やってしまったことはしかたがない」

「お父さんのこともあるんだから」

遠くで少女が大声で泣いている声が聞えた。「ほら、またいじめられているじゃないか。わたしはあれがつらいのよ」母は泣き声が止むまでうなだれていた。

酒灼けで顔が赤黒く変色している男が、玄関の戸を力任せに開いた。

「娘を殺す気か」

男は充血した目で母をにらみつけた。それからぼくを見据えた。

「なんとか言ったらどうだ」

男は胸ぐらをつかんだ。

「知らなかったんじゃ。龍彦は病気だと知らなかったんじゃ」

母は男の手をはずそうとした。次の瞬間、彼女の体が跳ねた。

「黙っとれ。おれはこいつに用事があるんじゃ」

熱い感情が急激にぼくを襲い、男を殴った。にぶい音がした。「龍彦」母の声がした。だが遅かった。ぼくは相手の頬をもう一度殴った。男は土間に転げ落ちて低い声を上げた。

「龍彦。早く逃げるんだ」母が大声を上げた。何も逃げることはない。ぼくは殴ってしまうと怒りは再びこなかった。奇妙に体が浮わつき、ほっとした。そのまま二階に上ろうとすると、「龍彦」と母の悲鳴ような声がした。後頭部に痛みが走った。振り向くと、男が薪を持って突っ立っていた。

後頭部に手を当てるとべっとりと血がついていた。螢光燈が覆いかぶさり、黒く消えた。視界がはっきりしてくると、青ざめている男が「かっとしてしまったんだ」と言った。

「とんだことをやっちまった。まったく、おれは駄目だ。酒を飲むとわからなくなっちまうんだ」相手はしきりに弁解した。ぼくは嬉しくなり笑った。男も安堵したのか、ぎこちない表情を見せた。

五針縫ったが異常はなかった。「馬鹿にならなくてよかったね」少女は部屋にきて遊んだ。「お兄ちゃんも保険をかけておいたほうがいいよ。おばあちゃんが喜ぶから」彼女は愉しそうに言った。

町は想像もつかないほど変っていた。町を囲んでいた山々は削れ、合板で造られた家が建っていた。川はよどみ、上流に化学工場ができたらしい。「あの工場ができてから、若い人が帰ってきた」と母は喜んだ。

雪は降り続けている。白い田の上には海猫が舞い、ひっきりなしに鳴いた。枯木にはカラスが止まり、海猫の泣き声を聞いていた。ぼくは医院まであぜ道を歩き、時々、田の上を歩いている海猫に石を投げた。海猫はうらめしそうに鳴いた。

左官をやっている男は、仕事が終ると酒をかかえて家にきた。大声で笑い、酒を水のように飲む。飲むと泣いた。「おれの家なんか、時限爆弾をかかえて生きているようなもんだ。娘がよくなるなら、田なんかみんな売ってもいい」男は涙を流して同じことをくり返した。「代れるものなら、代ってやりたいよ。あの娘は不幸な奴だ」男の酒は薬だ。不安を打ち消すために酒を飲んでいる。「飲まない時は働き者でい い人なのに。でもしかたがないからね」母は憐むように言った。

「お兄ちゃん。また小鳥を殺していると罰が当たるよ」

少女は家を出てきてはぼくの相手をした。

「あまり出歩くとまたしかられるぞ」

ぼくは脅した。

「お父さんがお兄ちゃんならいいって言ってた。もうわたしはお酒も飲まないし。小鳥も食べない。罰が当たると死ぬから」

ぼくはようやく動き出した。裏山に登って鳥を撃ち、男はそれを食べた。ぼくは自分が快活になっていくのを感じた。「昔のようだね」母はよく笑うようになった。「そろそろ仕事をしようかな」ぼくが応じると、母は珍しく猪口をさし出した。「和ばば一人じゃ、かわいそうで。田舎にいるのが一番の孝行じゃ」男は陽気に言う。「娘の調子がいいんだ」男の歌は続いた。

ぼくが女と出会ったのは、二月も過ぎた頃だった。

「そのうち会うと思っていた。小さな町だから」

ぼくは言った。

「変わらないわね。昔のまま」

体にまるみをおびた女はぼくをおそるおそる見つめた。やせて頬骨の高いウェイトレスが無愛想に注文を訊いた。「町も喫茶店がたけのこのようにできたわ」女はサーモンピンクのマニキュアの指をいじった。「時間が経つのは早いわ」短い会話が思い出したようにとびかい、継続しない。以前のような息苦しさも、胸をかきむしりたいほどの痛みも襲ってこない。飲み物を落したウェイトレスが悲鳴を上げた。女はかすかに白い歯を見せた。「大人しくなったね」とこちらが言うと、女は目尻に小皺を走らせた。

十八歳だった。大人だと思っていた。雨が降っていた。女は白い息を吐きながら走ってきた。後悔しないと約束した。ぼくは不安をはねのけて列車に乗った。

南禅寺のそばに部屋を借りた。女は会計事務所の事務員をやった。田舎を捨てることはわけないことだと思えた。女は田舎のことは何も言わなかった。沈黙が続くと肉体をからませた。働けばなんとかなると考えていた。やがて彼女は妊娠し産むと言った。金がいると思った。ぼくは町工場が終ると四条の喫茶店で働いた。きっとあなたを偉くしてあげる。女は発達した下半身をからませて、呪文のように言い続けた。

真夜中だった。ベニヤ板を激しく叩く音がし、女の男親の声がした。彼女はしがみついた。「何時だと思っているの。言い加減にしてよ」前の部屋の水商売の女の声がした。それでも相手は叩き続けた。「おい、何をやっているんだ」別の部屋の男の声がした。ぼくがドアを開けると、大柄な男が部屋に入るなりぼくを殴った。「きさま。許せん」男の後ろに隠れるようにして母がいた。相手は女も殴りつけた。彼女の胸元が広がり、豊かな乳房が出た。

町はぼくらのことでうずまいていた。人間は人の不幸が好きなのだ。女は堕胎した。白い視線が痛かった。母は泣いた。「わたしは不幸だ」と何度もくり返した。ぼくの顔みたさに近所の女達は母を訪ねてきた。ぼくはまた町を捨てた。

「あんたはわたしを殺す気かね」母は目をしょぼつかせながら言った。ぼくはとりあわなかった。人生なんて水の流れと同じだと言ったのは彼女だ。逆らって何になる。行きつくところへ行くだけだ。「もう大人なんだからいい加減にして頂戴。他にも女の人はいくらでもいる。こんなことなら帰ってこなくてもよかった。わたし一人でも生きていける」男が間に入ってなだめた。「もう馬鹿なことはしないよ。なあ」またもとのもくあみだと言って母は荒れた。「わたしはなんのために生きてるのかわからない。お父さんにいじめられ、今度はあんたまで」母は泣いた。

だらだらと女との関係が続いた。普段は男と連れだって仕事に出た。相手の手元をやるのだ。セメントを鉄板の上でシャベルでまぶす。一輪車をよろけるようにして押す。男は唄を歌いながら塗っていく。日が沈むとぼくらは飲んだ。「酒は心のうさの捨てところさ。なあ、龍ちゃん」男は一日中酔っているようだった。

雨か雪になると仕事は休みになる。女と会う時はそんな日だ。「今度はもう誰も何も言わないわ」ぼくらは女の車で国道沿いのホテルまで行った。海鳴りが地の底からしているようだ。波が岸を打ち砕く音が腹の底までひびいた。

女の低い呻き声がたえまなく続く海鳴りを消す。聞えるのは女の荒い吐息だけだ。「こんなことをしている時は時間がすぐなくなってしまうのね」女は両手をぼくの首に巻きつけながら言った。「人生なんて苦労したほうがたくさん生きられるみたいで得よね」そうかもしれない。「おれは生き過ぎた」父はそう言い続けて逝った。

「あの時は死んでもいいと思った」女は深い嘆息に身を沈めながら呟いた。「死んだほうがよかったかもしれない」何を言っていると思った。「あなたは?」女は訊いた。「ぼくは死なない」父が階段からぶら下がっているのが見えた。「死ぬなんていつでもできる、お父さんは病気だったんよ」彼女は父の自殺を打ち消そうと懸命だった。「どうせ、みんな死んでしまうんだから何も急ぐことはない」母はぼくに父の影を似せまいとした。

「死ぬわよ。このままブレーキを踏まないで」雪が雨に変った。雨の向こうに怒り狂っている海が見えた。「うそじゃない」車が糸を引いたように海面に落下していく気がした。女が大きくハンドルを切った。「あなたにはお母さんがいるわね」と口元をゆるめた。

少女が寝込んだ。「小鳥を食べちゃったから罰が当った」と言い、男は酒量が増えた。「咳が出るから危い。今度は駄目だ」口から出る言葉は娘のことばかりだった。「おれにはわかる」男は仕事にも出ず、一日中家で娘を見守った。「大したことはない。ただの風邪だから」少女の母親が言うと、男の平手打ちがとんだ。男と女は喧嘩する。もう十一年も続いているのだ。ぼくは少女を元気づける。それが彼女を傷つけているのに「早くよくなれよ」と言う。重い気持ちになった。

「お兄ちゃん、キスしたことがある」少女は息苦しい声で訊いた。「してもいいわよ」薄い唇を見た。細い首筋にかわいた唾液の線が走っている。「お兄ちゃん、してもいいわよ」少女は真剣な表情で言う。茶色の目だと思った。「して」蒲団の上の肉のない腕に鳥肌が立っていた。「風邪がよくなってからな。うつってしまうと困るから」ぼくは緊張しながら言った。「絶対うつさないから、して」少女はまばたきもせず見つめ返した。

酒気をおびた口を少女の唇に合わせると、彼女の頬が赤くなった。「気持ちいい」相手は上ずった声で言い、体をかたくしたまま微笑えんだ。「秘密」今度は少女が嬉しそうに言った。

「また心配だよ」男は声を上げた。「不発でよかった。いつかは爆発するんだが遅ければ遅いほどいい。おれはあの娘にずーっと引きずり回されるんだ」男は重い感情を溶かすように飲んだ。

母が無口になってきた。「最近ちょっとおかしいぞ。どこか悪いんじゃないのか」男の気のいい言葉にも無愛想だった。「わたしゃ、毎日きちがい水を飲めんから、あんたらみたいにおもしろくできん」女とぼくが逢うようになってから、急に口数が減ったのだ。「あなたにはお母さんがいる」女のひにくっぽい口調が脳裏をかすめた。

母は父の仏壇の前で手を合わせた。彼女はいつもおどおどしながらぼくを見ていたのだ。その母が態度を明らかにしてきたのだ。

「おまえはもう大人なんだぞ」母は目を真赤にして言った。ぼくは白くなった頭髪を見た。「わかっているよ」男がコップに酒を注ぎ、一気に飲むと胃袋が熱くなった。母はろうそくをつけた。「和ばばよ、そんなに不景気な顔をするなよ。酒がまずくなるじゃないか」男は雰囲気をやわらげようと道化者になる。「わたしはもともとこんな顔じゃ」母は茶碗を土間に投げつけた。

男は飲むのはやめた、と言って帰った。二人になると家は暗い。母とぼくを結ぶものはもろい。目の前にいるというだけで、肉親というものは他人よりもうっとうしい。彼女が老いた猫のように見えた。「何も心配することはないよ」母に言って、気が沈んでいくのがわかった。

女との関係は元には戻らない。言葉など交したくない。ぼくらの会話はいつも風が吹いているように消され、同じ場所を行きかっていた。虚しさと情なさが芽ばえてくると乱暴に女を押えた。彼女は自分の世界を泳いでいた。この吐息を上げ続ける女はぼくのなんなんだ。

国道を走るトラックの音がした。女は煙草をふかしている。「できたかもしれない」相手はこっちの目を探るように見た。ぼくは女の胸に広がった乳房を見て、それから下腹部に視線を向けた。濃い陰毛を改めて見入った。「今度は産むかもしれない」ぼくは沈黙した。それもいいと考えた。この女と一生同じ屋根の下で生活できるとは思えない。だが今の生活よりも生々しく生きていける気がした。

「南禅寺に行きたい」女は紅潮した頬を向けた。「田舎での生活は嫌。もう一度頑張ってみたい」頑張る？　どういうことだ。働くことか。逃げることか。ぼくはもう都会に出たくはなかった。都会には何かに追われているような焦りがある。女はぼくの体をゆすった。

家に帰ると叔父がきていた。母が漬け物石を運ぼうとして腰を痛めて寝ていた。「どこに行っていたんだ」叔父が怒った。「くさいぞ。もっとまともにならにゃ。物事を真剣に考えていい齢なんだぞ」ぼくは母を見た。血の気を失った顔がこっちを見た。「しばらくほっておいたほうがいいんじゃ」彼女はかばうように言った。「姉さんがこんなことだから、ふぬけになってしまうんだ」ぼくは二階に逃げた。「昼間から女の匂いをさせおって」叔父の大声が届いた。

母は二日もすると腰にギプスをして動いた。「じっとしていたほうがいい」ぼくは危なっかしく動く母に向かって言う。それから彼女の視線を見ないようにして家を出た。女は本気で田舎を出る気でいた。唇を切っていた。父親に殴られたと言った。母のことが脳裏をかすめた。また捨てるのか。女は自分から裸になっていた。「寒い」ぼくは冷えきった相手の手が、下半身を這うのを払った。「一緒に逃げて」泣き出す女を不思議な感情で見た。

吹雪になった。海に引き込まれるように荒れ狂った雪が落下している。女は媚びた。ふくれ上がった唇を押しつけられると血の匂いがした。陶酔はやってこない。胸騒ぎだけが襲ってきた。

ぼくは女の熱い吐息を気にしながら、ふとこの女が若い母の姿にうつった。父の性器が見えた。子供の頃、父の性器を母の乳房と間違えてくわえたと鄙猥《ひわい》に話した。女ののぼっていく顔が醜く見えた。ぼくの心が陰湿になった。かたくなっている乳房を強くにぎった。女は顔をしかめた。

ぼくは髪をとかしている相手を見ながら「田舎を出てもいい」と言った。女は抱きついてきた。

「心配してたぞ。お前がまた出て行くんじゃないかと思って」男は酒びんを傾けながら言った。母は近所に用事があると言って出かけていた。彼女をもう一度捨てるのか。男はまだ酒の入っているコップに酒を注ごうとした。「田舎もそうすてたもんじゃないぞ」沈黙が続いた。「出て行くと田植えも稲刈も手助けせん」男はしつこく言った。

　男が帰るとすぐに母が戻ってきた。重い空気を引き連れてきたようだった。不気味だった。少し動いてはぼくに見えるように腰を叩いたり、首を回した。「出て行ってもいいんじゃ。どうってことはない。もう慣れている」彼女は視線を合わせず開き直るように言った。

　女とはしばらく逢わなかった。母は落ち着きがなかった。「電話じゃ」女からだった。相手は連絡しないことをせめた。母が聞き耳を立てていた。「どうしたの」女は何度も同じことを尋ねた。鼓膜を打ちつづける粘っこい声はぼくの感情を高ぶらせた。女の大きな臀部が浮かんだ。「わかった。行くよ」毛糸のマフラーを巻いて家を出た。「そのまま帰ってこなくていいぞ」母の尖った声がした。「あんたなんぞ産むんじゃなかった」追い打ちをかけるような言葉が届いた。

　ぼくは小窓からくすんだ空を見た。鉛色の空が低く降りてきている。「どうしたの」女は髪をかき上げながら横たわった。「なるようにしかならないんだから、そんな時は何も考えないほうがいいわよ」女の言い方はにくらしかった。

　春が近づいていた。屋根から雪がひっきりなしに落ちた。一度捨てた家には戻るものではないと思った。落ちつかない。それはどこにいても同じことだが、暗く、湿った空気はぼくをいっそう苛立たせるだけだった。母は以前のように近所の家に茶を飲みに出かけるようになった。家中線香の匂いだけがした。時折、女から電話がかかってきて神経質に声を上げた。三カ月だった。産むなら産めばいい。「わたしはあんたが恐い。お父さんとうり二つだ」母がののしった。

女はぼくの顔色をよく見るようになった。それからぼくの首を絞める真似をした。密生した陰毛の中から自分に似た顔が、今にも飛び出してきそうだった。「明日行くよ」ぼくは言った。どうということはない。深く考えることは疲れた。女の体が一瞬硬直した。

最後の雪が降ってきた。「今日は降るよ」母が飯を頰ばりながら言った。床についても寝つかれなかった。自分の先々が浮んだ。都会に出たら汗にまみれて働くしかないと思った。自分に似た子供が泣きじゃくるのが見えた。何度も寝返りをうった。

灯りをつけ、音を立てずに部屋を出た。土間にねずみの黒い影が走った。玄関の戸を開けると雪の世界だった。月が高いところにあり、遠くに町の灯が青白く見えた。真白な田の道を歩くと雪が泣いた。振り向くと雪の中に家が大きく浮かんでいた。灯りがついていた。母は起きているのだ。

小川のそばを歩きもう一度振り向くと、ぼくの部屋にも灯りがついていた。気が重かった。遠くで救急車のサイレンの音がした。ぼくはその音に耳を澄ました。音は山のふもとで止んだ。男の家だった。ぼくは体が熱くなるのを覚えた。薄い皮膚の少女の顔が浮んだ。ふと彼女が死んだのではないかと思った。青白く光る男の家を見た。その上に母の部屋の灯りが点っていた。

ぼくは雪の上でぼんやりと二軒の家を見た。母の沈んだ顔が浮び、男の泣き声が聞えてきた。鉄橋をくぐった。その下に巣を作っている鳩が音を立てて飛んだ。駅に着いた。人影はなかった。やがて商店街の中を小走りに走ってくる女の姿が見えた。「きた」女は転んだ。ぼくは笑った。この女と泥まみれにやっていくのかと思うと身震いした。

待っていると人違いだった。皺だらけの老女は不審そうな目を向けた。「よく積もったがな」彼女は挨拶代りに言った。ぼくは答えなかった。

ベルが鳴っても女の姿はなかった。急いで階段を降りた。「あら。また会ったわ」女がひょうきんな声で言った。淑子だった。「九州へ行っていたの」歯ぐきの見える口で笑いながら言った。ぼくは頰がひきつるのを覚えながら黙り込んだ。「どこへ行くの」女は訊いた。「ちょっと」話す気にはなれなかった。ベルが鳴り止んだ。列車は疲れ切った客達が思い思いの格好で仮眠をしていた。ぼくは丸坊主の子供をかかえ眠っている若い女の前に座った。

短かいトンネルをまたいくつも通り抜けた。段々父親に似てくる。母の声がした。「安心しなさい。ぼくはあなたより早くは死なない」もう何も考えない。眠りがきて列車の連続音が消えた。列車ごとこのまま地獄に突っ走っていくようだ。えんま大王がもの凄い力で列車を引き込んでいる。ぼくはあわてた。「六文を忘れた」ポケットの中を捜しまわっているがない。父が川の向こうで六文を見せびらかしていた。「もし、もし」子供を抱いた女がぼくの体をゆすっていた。「どうなされました。大丈夫ですか」汗をびっしょりとかいていた。子供が母親と同じように驚いて見ていた。喉が渇き生唾を飲んだ。「夢を見ていたみたいです」もう一度目を閉じると、あんなに焦っていた女がこなかったのが気になった。考えるのを止めた。みんなもとのもくあみだ。何も変りはしない。

「わぁー」子供が声を上げた。低い鼻を硝子にぴったりとつけて外を見ていた。窓から朝の光が射していた。水平線から朝日が頭を出し始め、海原が光っていた。ただそれだけだった。

「どちらまでですか」女は訊いた。「きょう」ぼくは京都までと言いかけてやめた。どこでもよかった。

「あてはありません」ぼくは小さな声で答えた。

「あなたは？」

「東京までです」

喧騒な町の風景が浮かんだ。くすぶっていた路地が見え、金属の交った空気の味がした。「ぼくも。じゃ、ぼくも東京です」ぼくは笑いながら言った。

啼《な》けない晨鶏《しんけい》

囃子太鼓がだんだんと大きくなってきた。浩はもう何時間も鳴り響いているような錯覚を感じていた。小刻みに叩かれる太鼓の音が、静寂な彼の周りの空気を引き裂く度、苛立ちが増した。

頬がぴくぴくと動くのがわかる。また始まったと浩は思う。あの喧騒な掛け声と弾ける太鼓の音が入ってくると、自分も同じように耳鳴りがし、体中が熱っぽく火照る。頬の次には、体全体が勝手に発条《ばね》じかけのように震える。背筋に悪寒が走り、冷汗が額や首筋から滲み出てくる。

「君、顔色が悪いみたいだが、大丈夫かね」

度の強い眼鏡をかけた、年配の試験官が彼の顔を覗き込んだ。「えらく辛そうだけど、大丈夫ですか」眼鏡の奥の瞳が苦笑しているようだった。

「どこも悪くありませんよ。邪魔しないでください。一秒でも時間は惜しいんですから」浩は突き放すように言った。

「邪魔なんかしてないつもりだが、ひどく息苦しそうにしていたものだから」試験官が訝しそうに言った。喉が渇ききり、ひりひりと痛みを覚えた。彼は生唾を飲み込んで、そばを離れない試験官に「気が散るんですよ。向こうに行ってください」と声を荒げた。

「言われなくてもここを離れますが、気分が悪くなったら言ってくださいよ」浩はその言葉に応えず、古びた机の上の問題用紙に目を通した。試験官が去ると、彼は「気分が悪くなったって、この日のためにやってきたのに、出られるはずがないじゃないか」と吐き捨てるように言った。

こめかみが痛んだ。浩はかたく目を閉じ、深く呼吸をして、再び机上の問題を見た。みんなあの囃子太鼓のせいだ。「世の中には馬鹿が多過ぎるんだ」彼はそう呟いて問題を読み始めていた。

「すみませんが、声を出さないでもらえませんか」後ろの痩せた神経質そうな男が言った。

「おれがいつ声を上げた」彼はゆっくり振り向いて、相手を睨みつけた。そしてしばらく威嚇するために、充血した目を向けたままにしていた。男が怯むのがわかった。「いつおれがそうした」浩は相手のたじろぎに自信を得て、とどめを刺すように言った。

「こら、後ろを向いちゃいかん。子供じゃないんだから」若い試験官が走り寄って来た。「どうしたんだ」彼は二人を見比べながら、浩の顔に視線を写すと、おやっというような戸惑いの表情を見せた。

「この人が問題を読み上げるから、注意しただけですよ」おどおどした声で男が言った。

「君、みんな神経が高ぶっているんだから、黙読してくれなくちゃ、駄目じゃないか」若い試験官が恫喝した。

「声なんか出してない」浩は自分でもびっくりするような声を上げた。

「出してたじゃないか」男は体格のいい、若い試験官が来て自信を取り戻したのか、浩に負けないくらいの声で答えた。額に青筋が浮き上がっていた。浩がもう一度睨みつけると、視線が左右に動いた。

「出してない」浩は叫んだ。周囲の受験生達が疎ましそうに見た。

「おい、おい、君達は喧嘩をやりにここに来たのかい」試験官が苦笑しながら言った。

「そんなことをやってる場合じゃないだろう。みんなに迷惑がかかるから静かにしたまえよ」

若い試験官は諭すように言った。「いい大人がみっともないじゃないか」浩は、ふん、と鼻を鳴らして、試験官に背を向けた。隣りの席の男がペンを走らせながら、横目使いに彼を盗み見た。試験官は再び腰に手を当て、浩達に視線を投げつけながら進んで行った。それから心配そうに見ていた年輩の試験官の脇に行き、小声で囁き、浩の方へ目配せをした。年配の男の口元がゆるんだのが見えた。「また、おれのことを笑っている」浩は顔を上げると、彼らを見返した。すると、二人は何もなかったように左右の通路に別れ、受験生を一人一人点検するように歩いた。「馬鹿な奴らだ。お前達にわかってたまるか」彼は舌打ちした。

浩は最近、音に敏感になっていると自分でも気づいていた。部屋で本を読んでいても時計の音で何も集中できない。目は文字を追いかけているが、耳は時計の規則的な音を聴いている。隣りの電話のベルやテレビの音声で幾度も壁を叩き、大家に文句を言われたこともある。子供の泣き声だけで、髪の毛を掻きむしっている。アパートの住人達と挨拶をかわさなくなって、すでに久しい。目が合っても相手は横を向いてしまう。浩が一方的に気に入っている二部屋隣りの女は、彼の姿を見るだけで逃げて行く。先日は若い男を部屋に連れ込んで、嬌声を上げていた。浩はラジオのボリウムを上げてその声に対抗したが、気持ちがどうしてもおさまらない。廊下に出て、女の部屋のポリバケツをおもいきり蹴とばした。中の声が止んだ。彼はほくそ笑み、ドアに耳をつけてみた。

「変人なのよ。相手にしないほうがいいわ」

彼はその言葉を聴いて、体じゅうが震えるのを覚えた。力まかせにドアを蹴とばし、部屋に入り内から鍵をかけた。

「宮間さん、いいかげんにしてくださいよ。みなさんと一緒に生活してるんですから」その晩、大家が文句を言ってきた。「わたしのところは慈善事業をやっているんじゃないんですからね。他にも入る人はいくらでもいるんですから。気にくわなかったら、出て行っていいんですからね」いつもこめかみに絆創膏をはった女将は、露骨に立ち退きをにおわせた。

「実際、わたしのところでも、あなたのことで迷惑をしているのよ」

浩は胡座をかいたまま上目使いに女将を見つめた。あの女が言ったからだ、と呪文のように呟いていた。

「本当に気味が悪い人ね」

大家は捨て台詞を残して強くドアを閉めた。「癇癪持ちめ」と彼は硝子窓に唾を吐きかけた。「あの女を姦《や》らなければ試験に落ちる」突然、浩の内部からとてつもない思いが浮かんできた。


普段でもあの囃子太鼓が鼓膜を打ち続けるようになったのは、いつ頃からだったろう。浩には鳴り響いている囃子太鼓が現実のものではないような気がしていた。いつまでも続く音は、幻聴か現実の音かはっきりしなかった。

試験のことを考えるといつも太鼓の音が伝わってくる。最近はその音に混って、先に受かった仲間の嘲笑が届いてきた。浩が司法試験を受験しようと思ったのは、大学の卒業の年からだった。何故、就職をやめてまでも受験しようとしたのか、彼自身もすでにはっきりしなくなっていた。

「勤め人が一番いいんだから」一日中、野良仕事をする母は驚き、電話の向こう側で泣き始めた。「難しいことはせんでもいい。普通に暮すのが一番なんだから。就職が嫌なら、田舎に帰ってくればいいんじゃ。わたしもそのほうがいい。そうしてくれ」彼女は涙声で頼み込んだ。

浩は母の怯えを知っていた。父は強度の鬱病だった。野良仕事もせずいつも生気のない表情をしていた。庭の柿の木で首をくくった。浩にはその父の姿が大きなてるてる坊主のように映った。あの男は若い頃、志願兵だった。ながく生きることを放棄していたのかもしれない。祖母は寝込みそのまま死んだ。

「心配することはないよ。たいした試験じゃないから」浩は不安をぬぐいきれない彼女に安心させるように応じた。「最初の試験はいつも五月の第二日曜日の母の日だから、嫌でも頑張るよ」快活に喋る浩に対して、彼女は電話の向こうで沈黙していた。

「わたしのためなら、そんな勉強はせんでもいいんよ」

「みんなぼくのため。それが母さんのためにもなるんだ」彼は自分でも驚くほど大声で笑っていた。そして笑いの裏側に緊張しているもう一人の自分がいることを知っていた。

「わたしはそんなもんにはなってもらわんでもいい」

母がまた父とだぶらせていると浩は思った、彼女は必要以上に父の暗い影に怯えていた。

「大丈夫だよ」

浩がわざと陽気に言っても、最後は重苦しく沈黙したままだった。「心配することなんて、ないんだから」浩は苛出ちを覚えていた。「そんな勉強はしなくていい」彼女はもう一度重々しい口調で言った。「そんなものになったって、わたしはちっとも嬉しくない」海までせまっている畑が脳裏をかすめた。息を切らしながら野良仕事をする彼女の姿が浮んだ。男手のない母は朝早くから夜遅くまで海辺の段々畑で働き、潮風で、一年中日灼けしていた。働くことが、無学な親が子供にできる教育だと思っていた。あるいは体を酷使することによって、残り火のように燃え続けている夫の存在を打ち消しているのかも知れなかった。あまく呻きながら寝返りをする母の寝姿を思い出した。

「受かると田舎に帰るから」

「なにもこむずかし勉強なんかせんでもいいじゃないね。こんなことになるなら、大学なんかに行かせるんじゃなかった」

四年が過ぎた。二年目から三度続けて論文試験に落ちた。三年目から人の視線が気になりだした。いつも誰かに見られているような不安感が湧き上がっていた。人の視線と合わないように、真冬でも大きな麦藁帽子を被って勉強をした。仲間達は訝り、不気味だと陰口をたたく者もいた。変化がほしい受験生達は、彼への雑言を格好の息抜きにしていた。

もう、田舎に帰ってこい、としきりに言う母に神経質に声を荒げた。受話器を勝手に切った。高ぶる感情を彼女にぶつけると、浩は頭をおさえて深く後悔した。母はすでにおろおろするばかりだった。浩は自分から田舎に電話をかけることはなくなった。その分だけ、彼女の電話をかけてくる回数が多くなり、彼の感情を一段と高ぶらせた。追われているような落ち着かない焦燥があった。まだ一年も先のことなのに、母は父親の十三回忌に早く帰ってこいとくり返し言った。

アパートの女を犯すと決心すると、自慰行為が増えた。彼は女形の人形を作り、部屋の柱にぶら下げ、日に何度もその人形の局部に、この売女め、この売女めと呟いて針を刺した。そうすると気が和んだ。それから搔きむしるように自慰にふけった。

机の上の紙には女の起床時間、水洗便所に入る時間、通勤に出る時間、帰宅、消灯時間と克明に書きしるした。帰宅時間はまちまちだったが、土曜日も休みだということがわかった。アパートは四部屋あったがその日に部屋にいるのは、自分とあの尻軽女だけだ。彼は低い声で笑い、怒張している性器をゆっくりと玩んだ。それから性器を出したまま麦藁帽子を被り、刑法の本を読んだ。笑いがいつまでも止まらなかった。

電話のベルが鳴った。「もうすぐ、試験の日だね」母のよそよそしい声がした。

「どうして、知ってるの」浩ははずんだ声で言った。その感情が伝達してか、相手も珍しくはれやかな声になった。

「だって、初めの試験日は母の日にあるんでしょ」

「そうだよ。今年は大丈夫さ」

「そう」

「絶対に自信がある」

普段の話し声と違う息子の声に、母は驚いた様子だった。

「そんなに自信があるの」

「ようやく原因がわかったんだ」

「原因?」母が問い返した。

「はっきりしたんだ。もう間違いなし」

「どんな原因なの」

「内緒。それを言うとまた駄目になってしまう」

母は理由がわからないまま電話を切った。息子の喜ぶ声を無条件に受け入れることは無理だったが、苛立つ声を聞くよりも、少しでも快活な声の方がいいと自分に言いきかせて、受話器を置いた。重い徒労感を味わい、しばらく電話をかけるのをやめようと思った。その感情は何か得体のしれない物に近づくのを拒むような虞れだった。

五月の第二土曜日がきた。浩は久し振りに眠った。計画の前日に深い眠りにつけた自分がひどく大きな人間に思えた。

カーテンを引くと五月のやわらかい日差しが侵入してきた。近くの町工場ではすでに金属を切る音が響き渡っている。その音が途切れると、商店街のパチンコ店から軍艦マーチの曲が届いてきた。窓から見える広場では子供達が遊び、ベンチでは若い母親達が明るい声で談笑していた。普段なら苛立つのどかな雰囲気も、今日の彼にはそれがさわやかな光景に映った。

耳をすますと、女の部屋から音楽が流れていた。

「クラシックなんか聴いて、平和な女だ」浩は独り言を言って、昨日買ってきた登山ナイフを丹念に研いた。刃こぼれを親指で確かめ、何度も砥いだ。そして仕上げに人形を切り落した。

彼は自分の思いつきがとてつもなく偉大に思えた。あの女がおれの試験の邪魔をしている。人を変人あつかいにして、あの冷たい瞳は人を薄汚い野良犬か猫かに見ている。自分があの女より優位に立たなければ、絶対に受からないと確信していた。「売女め、もうしばらくの命だ」浩は人形を跡形もなく切り刻んだ。

コインランドリーで洗った下着に取り替えた。売女を姦るにも下着ぐらいは替えておかなくちゃ、失礼にあたるというもんだ。鼻歌が出てきた。ふわふわと宙に浮いてしまうような気分だ。女は掃除を始め、窓硝子をはたく音がしている。彼はしつこいほど歯を磨いた。自分が今、大きな獲物を追いつめてどのように捕えるか、その捕え方に酔っている腕のいい猟師のように思えた。

ついでに靴下まで取り替えた。自分がひどく神聖な者に感じた。あの売女は生贄だ。登山ナイフをポケットに入れ鏡を見ると、はれやかな男が笑いかけていた。薄暗い廊下を忍び足で歩くと、緊張感が体の中を走り抜けた。浩は胸の鼓動を押えるために、ポケットのナイフを取り出して右手に持った。

女は流行歌を聴いている。その音をかき消すように掃除機の音がしている。ドアを拳で二度叩いた。掃除機の音が止まった。「どなたですか」ドアの裏側で女の声がした。彼は相手と自分の間に広い河が存在している気がした。空気が重く沈殿しているように感じ、急に息苦しさを覚えた。啞のように言葉が出てこない。ドアをもう一度叩くと、レコードの音が小さくなった。

「かずちゃんでしょ。そんな悪戯をするなら戸を開けないわよ」浩は返事の代わりにまたしつこく叩いた。

「いいかげんにしてよ。鍵を持っているんでしょ」徐々に女の声が明るくなった。レコードの音がまた大きくなり、女性歌手が絶唱している。「あまりふざけちゃ駄目よ」ドアのすぐ向こうで女の声がして、勢いよくドアが開いた。女があっと声を上げた。浩は隠していたナイフを相手の顔面に突き出した。女は尻もちをついた。

「おまえ、おれのことを変人だと言ったろ」

浩は怯える女に言った。

「おれはなんでもわかるんだ」

「そんなこと言いません」

色白の女だった。眼鏡をかけているのを初めて見た。

「嘘をつくな。おまえは言った」相手は返答できないほど動揺していた。浩は落ち着いている自分が小気味よかった。この売女は性悪なうさぎだ。

　真赤な絨毯が敷いてあり、テーブルには二個の男女用の湯呑みが並べてあった。部屋は安手の香水の匂いがしていた。浩をかずという男と間違えて香水を撒いた様子だった。シングルベッドには花柄の蒲団がかけてある。二人用のながい枕が無造作に投げてあった。開いてある洋服箪笥にははなやかな服がぶら下がり、サイドボードには葡萄酒とジンが並べてあった。衣紋掛けには男の緑色のセーターが、女物のあかいセーターと一緒にかかっていた。浩は新たに嫉妬を覚えた。倒れた女に改めてナイフを突き出すと、顔が蒼白になっていくのがわかった。

　つい先日まではこの女と生活をしている夢を見ないでもなかったが、今、目の前で震えている姿を見るとすべてが憎悪に変った。この女がドアを開けた時、自分を素直に入れてくれたら、犯すことを諦めてもいいという感情はまだあった。しかし眼鏡の奥の怯えきった目は、最早生贄以外なにものでもないと悟った。

「声を出すと殺すぞ」

　浩は女のシャツを引張った。相手は両腕を交差させて体を縮めた。かまわずシャツを一気に引き破ると薄い胸が出た。女が両膝を抱えて抵抗すると、浩はおもいきり頬を殴った。

「おれを馬鹿にするからだ」

「そんなことなどしてません」

　女はようやく声を出した。「おまえはおれの姿を見ては逃げるし、この前は男と一緒になって、変人あつかいにしていたじゃないか」浩は女のスカートをまくり上げた。胸と不釣り合いの発達した臀部があらわれた。女は手足をばたつかせて抗った。彼は力を込めて殴った。女は仰向けに倒れ、ベッドの角で後頭部を打った。

「こっちが試験に落ちるのはおまえ達のせいだ」

「わたしのどこが悪いんですか」

「その目が馬鹿にしてるんだ。おれのどこが変人なんだ」

「本当にそんなことを言った覚えがありません」鼻血が流れ落ち、女の口にすべり込んでいた。「おまえは生贄だ」額の汗が小さな乳房に落ちた。女は鼻血をすすり上げながら抵抗するのをやめた。浩は女をむき出しにして体を重ねた。

誰かに似ていると思った。無表情に体を投げだした女の上で、息を切らしている姿が誰かに似ていると思った。父だ。父に似ている。あの男は自分の充たされない感情を母の肉体にぶつけていた。泣き叫ぶ子供の前で暴力的に押え込んでいた。浩は母親が殺されるのではないかと泣きじゃくっていた。母親は抗いをやめ、浩と同じように泣きだした。しかしその泣き声が、自分の声よりもあまくせつない声だったことを忘れない。

女は怯えきっている。かたく両膝を閉じたままだ。彼は萎えたままの性器を相手にあてがった。汗は無数に女の顔や胸に落ちた。ふと見ると冷笑している気がした。女の視線が煩わしかった。数度の試みは失望を大きくさせた。彼はだらしなく立ち上がり、足元まで下がっているズボンを引き上げた。相手は動こうとはしなかったが、はっきりと安堵の色をあらわした。重い脱力感が襲った。その脱力感は萎えたままの性器への恨みと、今年も試験が駄目だという暗示だった。足元に横たわっている女の性器は小高く盛り上がり、ひどくいびつに見えた。急に背筋に悪寒が走り、体に震えがきた。彼は慌てて部屋を飛びだした。

　蒲団をかぶって息を止めた。アパートからは何の音もしなかった。涙が出てきた。彼は高ぶった感情を押えきれず泣きじゃくった。蒲団が自分の失敗を責めたてるように重かった。母に電話をかけた。ながい通話音の後に荒い声が届いた。

「きっと、浩ちゃんだと思ってたわ。わたしの勘もたいしたものね。今日はきっとかかってくると思って、畑に出ないでいたのよ」母の声は陽気だった。

「調子はどう?」

「駄目だよ。何もかも駄目さ」浩は赤子のようにまた泣いた。

「そんなことはないわよ」母は息子の泣き声にびっくりした。

「この前、原因がわかったと言って、喜んでいたじゃないの」

「それが駄目になったんだ」

「どうして駄目になったの」

「みんなでぼくをおとし入れようとしてるんだ」

　浩は登山ナイフでテーブルを何度も刺した。

「大丈夫よ。何も考えないで頑張りなさい」

　彼女は狼狽しながらやさしく促した。そしてその言葉が息子のためのものではなく、自分自身に言いきかせている言葉だと気づいた。

「明日は母の日でしょ」

電話が一方的に切れた。彼女は切れた受話器を耳に当てたまま深い溜息をついた。必要以上の夫への怖《お》気《け》が、息子を溺愛させたのではないか。過保護に育った息子が、自分の思惑とは違う方向に走り去るのを意識した。切れた受話器の向こう側で、何があったのか。嗚咽している息子の声がいつまでも鼓膜に残った。受話器を持ち、ダイヤルを回そうとしたが途中でやめた。それから再びながい溜息をつき、なにげなく目を移すと、仏壇の中で弱々しく微笑している夫の写真と目があった。部屋の空気が重みを増していた。急に背筋に冷気を感じ、彼女はそれを仏壇からはずそうと思った。

囃子太鼓が浩の耳に進入している。一睡もしなかった眠たさが襲ってきて、その苛立ちが一層太鼓の音を拒絶した。

「筆記道具以外はみんなしまってください。尚、トイレには原則として行けません。どうしても行きたい時には言ってください。試験官がついて行きますので」

年輩の試験官が受験の諸注意をした。毎年、同じことのくり返しだ。若い試験官が問題用紙を机の上に配った。浩は身をかがめ消沈していた。

どのくらい経ったのだろう。彼は問題も解かず、頭髪を掻きむしっていた。抜けた頭髪で問題用紙がくすんだ。彼には喧騒な囃子太鼓の音しか耳に入らなかった。苛立ちと焦りで頭の中がふくらみを増していた。

口元があまずっぱくなって、涎が顎を伝わった。自分がだらしなく笑っている気がした。「君、どうしたんだ」試験官が声を上げた。相手を見上げても焦点が合わなかった。試験官が両手を浩の両肩に置き、揺り動かした。浩は一瞬怯んだが、すぐさま相手を押しやって、わぁーと絶叫しながら教室を走り抜けた。声を出さなければ、自分の存在がなくなるような恐怖に襲われていたのだ。あの囃子太鼓を止めなければ、何もかもが駄目になってしまう。

校舎を抜けて大通りに出ると、狂喜した人間のはしゃぐ姿が視野に入った。「あいつらはみんなきちがいだ。みんなでこっちを駄目にしようとしている」彼は背中をまるめてその中に突っ込んで行った。

此岸

「思っていたより凄いところだね」母が風になびく髪を押え声を上げた。横殴りの風は見物人の体を押し倒すように吹いている。空は分厚い雲に覆われ暗かった。足元の煙は風に千切られて舞っていた。

「こんな場所に立っていると、誰だって死んでみたくなるわね」くすぶり続けている噴火口をながめながら、母が呟いた。

「最近の自殺の名所は高島平の団地だよ。ここはもう流行らないんじゃないの」ぼくは火口を見ている彼女を茶化した。

「なんだか飛び込まないと、申し訳ない気分になるわ」

そばではバスで一緒だった観光客が、厚化粧のガイド嬢の説明を聴いている。その先では若い男が恋人の写真を撮っていた。女は薄い唇を広げて笑っていた。

母はすでに十分近くも寒風の中に佇んでいた。時折、突風が吹き、白髪の多くなった髪をなびかせている。風が吹くたびに、写真を撮られている女はあまい声を上げていた。麓からタオルを頰被りした馬子が、砂埃に身を屈めて登ってきていた。跨っている女は強風のために馬にしがみついていた。

「寒いから茶屋に行って、甘酒でも飲もうよ」

茶屋の前では太った女が呼び込みをやっていた。

「わたしはもう少しここにいるから、あんたは先に行っててもかまわないわ」

母は相変わらず噴火口を見下ろしていた。

「風邪ひくよ」

「大丈夫」

彼女は肩のショールを頭に被り答えた。団体客がガイド嬢の後からぞろぞろと歩いた。

「先に行ってるから、飛び込んだりしないでよ」

三原山に行きたいというのは母の願いだった。彼女は弟が大学院に残ることが決ったので、ささやかな祝いをやりに上京してきた。それは長年ぼくらのために頑張ってくれた労いも兼ねていた。母は六十になろうとしていた。苦労した分だけ白髪が増えていた。「生きていると、たまにはいいことがあるもんだね」弟の高広が試験に受かると、電話の向こうでしみじみと言った。田舎には八十を過ぎた祖母が一緒にいる。父はぼくが十二才の時に死んだ。久し振りに見る母は急に年老いて見えた。

途中、鎌倉に寄った。母はそばに二人の息子がいるだけで満足している様子だった。行く先々で賽銭箱に小銭を放り投げていた。

「そんなに頼み事をしても、神様もどれを叶えていいか迷ってるんじゃないの」

信心深い母は二人を待たせしきりと祈っていた。

「そうは言っても、お祈りをせんことには落ち着かんから。こうして、わたし達が元気なのも御先祖様のお蔭なんだから」夫に先立たれて、頼るものがなくなった女の弱さが滲み出ていた。鶴岡八幡宮のおみくじでは大吉だと言って喜び、近くの梅の木に結んだ。

「もう賽銭の効き目が出たんじゃないの」

高広が冷やかした。

「いい時にはいいことが重なるもんね」

彼女は上機嫌だった。水子地蔵の前では、昔、流産した子供を思い出してか涙ぐんだ。

「鎌倉の大仏さんは美男だというけど、本当にいい男だ」

白梅が芳ばしい匂いを漂わせ、境内は早春の訪れを告げていた。外国人の老夫婦が大仏を見上げていた。空は澄んでいる。母は外国人夫婦の真似をし、大仏を背景に、高広にシャッターを押してくれるように頼んだ。ぼくの腕を取り、背伸びをした。

「うまく撮らないかんよ、おばあちゃんに見せないかんから」

「年より若くとるから」

高広がファインダーを覗きながら言った。のどかで陽気だった。それはぼくらが田舎にいる時には考えられなかった母の姿だった。

大仏の中から出てくると、彼女はそばのみやげ品を物色した。痩せた若い女店員が、決断の遅い母に顔を顰めた。

「これから大島に行くんだし、みやげ物は後でもいいんじゃないか」

高広が店内を歩き廻っている母に言った。

「なんだか落ち着かないの」心配性の彼女は自分でも気恥ずかしいのか、弱々しく笑った。上京してきたばかりなのにもう帰る時のことを考えている。彼女はそういう性格だった。

「相変わらずだな」

高広が溜息をついた。「お袋がああだから、おれ達は生きてこれたんだ。あれはあれでいいよ。今更治るもんでもないし」

彼女はぼくらが世間に出て不利にならないようにと、毎月、上級学校へのためにとお金を貯めていた。

「平凡なのが一番なんだから」

そう言うのが口癖だったが、その実、自分の感情を押し殺して生きてきた。

「もう少し時間がかかりそうだから、外で待っててもいいわよ」

母がすまなさそうに言うと、女店員が下唇を突き出した。大仏の前では修学旅行の小学生達が整列して、写真を撮っていた。それが終わると、教師に並ぶように言われ、大仏に入る順番を待っていた。

「あのことは言わないほうがいいぞ。あんな性格だから、きっと卒倒するぞ」

高広が煙草に火をつけ、小声で言った。ぼくが会社を辞めて二カ月が過ぎようとしていた。証券会社に勤めて、すぐに辞めてしまった。企業をよく知らない母は、田舎の婦人会の旅行で広島に行った時、駅前にあんたの会社があり嬉しかったと言った。母の夢はぼくらだが、ぼくらの夢は彼女ではなかった。

「どうせそのうちわかってしまうんだから」

高広が念を押した。ぼくは急に気が重くなった。東京駅に迎えに行くと、母は「仕事はどうしたの」と訊いた。彼女は高広がくるものとばかり思っていたらしい。一瞬、怪訝な顔でぼくの顔色を見た。

「楽しくしている時にこわすことはないもんな」

やがて母はみやげ物を持って出てきた。ありがとうございましたぁーと語尾を上げた店員の声がした。

「気の早いことだな」

高広が重そうな紙袋を持った。

「思った時に買っておかないと、気になってしょうがないから」

「今回はお袋が大将なんだし、なんでも言うことを聞くから心配しなくていいよ」

ぼくはもう一つの紙袋を取って答えた。紙袋は重かった。

「わたしが大将ね」

母は口元をゆるめた。それから「近所の人達が東京に行くのを羨ましがってたからね」と弁解がましく言った。

熱海で一泊した。

「あとはお嫁さんをもらうだけだね」

母は猪口一杯の酒で頬をあからめていた。母は女だ。人より先に進むことも遅れることも嫌がる。ただ家や子供達を守ることだけを考えている。「まだ早いよ」ぼくが会社を辞めたことを知ったら、どんな顔をするだろうかと思った。高広はぼくを盗み見ていた。何も知らず、夢を語る母がかわいそうだった。

「同級生だった澄子さんはもう子供ができたわよ。あんたくらいの年齢じゃ、田舎の人はみんな結婚してるわ。澄子さんは東京から帰ってきたら、いつもうちに寄ってくれた人じゃった」

高広がテーブルの下でぼくの脚をつついた。息子が母親に対して秘密を持つということを、彼女は知らなさすぎる。澄子とは一年近く一緒に住んだ。左右の乳房の大きさが違うと、いつも愚痴を言っていた女だった。美大を卒業すると、教師として帰って行った。

「本当にいい人。明るくて。ああいう人がお嫁さんだったらよかったのに」

澄子の生温い肉体が脳裡に広がった。

「東京に行くと言ったら、みんな靖ちゃんの結婚話だと思い込んでしまっている。違うと言えば言うほど本気にしてくれんの」

母はよほど息子達といるのが嬉しいのか、饒舌になっていた。祖母が元気で助かるとか、隣りの孫が幼稚園に入園するとか、とりとめもないことを話し続けた。「おばあちゃんは八十にもなるのに、目もいいし歯だって自前、お父さんの分まで生きるつもりだ」と、祖母に手がかからないから、わたしも働けると言った。寝床につく時にもう一度「靖ちゃんは誰もいないの」と尋ねた。「そんなのいないよ」と言うと、「あとはあんた達がお嫁さんをもろうたら、いつお迎えがきてもいいのに」と蒲団を頭まで持ち上げ、何かを思案するように息を殺していた。

次の日、熱海から船に乗った。みやげ品を高広に持たせ、ぼくと母は船に乗った。その日は朝から曇り空だった。母は人の少ない一等客席よりも二等客席のほうがいいと言い張った。「わたしみたいなもんは人の少ないところよりも、みんながいたほうが落ち着く」彼女は息子の財布の中を気にしていた。

船内は混雑していた。母は疲れもみせず快活だった。「二十五年振りの夢が叶ったんだね」たかが大島くらいでと言いかけたがやめた。子育てに余念のなかった彼女が一層不憫に思えたのだ。

ぼくらの席の隣りには、大島に帰る女が赤子を抱きかかえていた。赤子のぶよっとした頭には産毛が残っていた。強くにぎるとつぶれてしまいそうなやわらかい頭だ。赤子は先程からどこにそんな活力があるかと思うほど泣きじゃくっていた。女は周りの視線を気にして狼狽し「よし、よし」と呪文のようにくり返していた。

「あなたと同じくらいの人ね」

母はおどおどしている女のそばに寄り、石を持ち上げるようにひょいと赤子を抱き寄せた。女は額にびっしょりと汗をかき、途方にくれて彼女のあやし方を見ていた。母は舌を出したり、頰ずりをする。やがて赤子は泣きやみ目を閉じた。

「なかなか、うまいもんだ」ぼくがおだてると「だてにあんた達を育ててきたんじゃないわよ」と小鼻をひきつらせて誇らしげに答えた。

海はうねりを増していた。甲板に出ると、冷たい風は耳を根こそぎ抉るように吹いていた。「本当に迷惑をかけてしまったね」食堂に入ると、彼女は言葉とは裏腹に楽しげに言った。「たまには親孝行をしないと、罰が当りそうな気がするからな」信心深い母の影響で自分も知らないうちに、そんな気分になっているのではないかと思った。ウェイトレスがぼくらのコップに水を入れにきた。若い男と老女という組み合わせが奇妙に映っているのか、しきりに盗み見をしている。母はたっぷりとコーヒーに砂糖を入れて飲み、息をついた。「会社勤めのあんたに休みまで取ってもろうて。申し訳ないわね」彼女はコーヒーを口に運びながら、上目使いにぼくを見た。


団体の老人達がこれから観に行く寒椿の話をしている。すでに酒に酔っている者もいて、時々、仲間の名前を呼んでわめいている。相手はのろのろと立ち上がって、酔客の男の差し出す酒を受けている。若い男女は音を立てて、そばをすすっていた。男は茶色の毛糸のマフラーを首に巻き、犬のように音を立てて食べている。女の鼻の頭は寒さであかくなっている。目と目が合うと、微笑をつくり合っていた。

甘酒を注文すると、汁は熱かった。ぼくが息を吹きかけて飲むと、甘酒は冷えた体を温めた。母はなかなか茶屋にこようとはしなかった。曇った硝子戸を手で拭き、外を見ると、火口には彼女一人だけだった。観光客は突風のために早めに切り上げて、茶屋の中に閉じ籠っていた。鉛色の空から雪がちらつき始めた。

突然、母が噴火口に向かって合掌し、今にも飛び込もうとしているように見えた。ぼくは驚いて店を飛び出した。母が自殺するのではないかと思った。先刻の彼女の言葉が浮かんで消えた。風が母の後姿に追撃ちをかけるように吹いた。

「何をするの」夢中で体を押えると、母は驚いて体を硬直させ、「どうしたの」と反対に問い返した。

「それはこっちのほうが訊きたいよ。手なんか合わせるから、驚くじゃないか」ぼくは声を荒げた。母の目が充血していた。彼女は土色になった唇をゆるめて、「なんでもないよ」と言った。眼鏡の奥が濡れてふくらんでいる。

「どうしたの、びっくりしたよ」

母は再び黄煙の混った煙に目をやりながら、ふいに「谷田部さんところのおばさんを知ってるね」と尋ねた。「ああ」ぼくは何を言い出すのかと身構えていた。雪が激しく舞って、遠くの海も辺りの景色も消していた。降りしきる雪で母の姿が一層白くなった。

「あのおばさんにお兄さんがいたのを知っているね」

母が戸惑い気味にぼくを見た。母の小物入れの引き出しに、四隅の黄ばんだ軍服姿の写真があったのを思い出した。白馬に乗っている姿は堂々としていたが、子供心にもその男の奥底に繊細な感情が流れていることを感じていた。「それが、どうかしたの」ぼくはつっけんどんに訊いた。

「その人がここで飛び込んだのよ」母は噴火口を再び覗いた。煙が竜巻きに会ったように大きくうねっている。彼女の話では谷田部仙造は戦死したのではなく、戦後まもなくここで自殺したということだった。仙造とは許嫁同士だったと言った。風が泣いて通り過ぎた。降りそそぐ雪は地上に降りるのを拒むように、風に翻弄されていた。母が一瞬澄子と同じ人間に見えた。「それで親父は知ってたの」母は再び合掌していた。

「お父さんとは幼馴みだから、なんでも知っていた」彼女は三十年以上も仙造のことを忘れないでいたのだ。その想いは噴火と同じように、たえずくすぶり続けていたのではないか。父に同情したい気持ちになった。「死んだ人はみんなよく見えてくるわね。あの世で、二人して酒でも飲んで、わたしらの悪口でも言ってるんじゃないかね」ぼくは口ごもった。ただ生きるために前のめりに走ってきた母も、またみじめに思えた。そして彼女の痩せた肩に、ぼくらがのしかかっていたのだ。そう思うと、胸に熱いものを感じた。

「でも、みんな遠い昔のことのような気がするわ」額の皺の一つ一つが、彼女のやるせない過去をきざみ込んでいる気がした。そして彼女が行く先々で賽銭を投げて祈っていたのは、神や仏でなく父と仙造に祈っていたのだと思った。

観光客がおぼつかない足どりで下っている。雪は一層激しく降り、一面は雪の海になっていた。「そろそろ下らないと、道がわからなくなってしまうよ」母は再び火口を見た。雪が噴火口に吸い込まれるように落ち込んでいた。

「なんだか余計なことを言ってしまったね。せっかく楽しい旅行だったのに」母は詫びた。息子に話をしたのが気まずかったのか、彼女は「これで胸のつかえがおりた」と少しだけ笑った。母の手を取った。野良仕事をする手は太く、節くれていたが温かかった。先に歩いていた人影はすでに視線になかった。雪の下の小石によろける母は、歩き始めた赤子のようによろよろしていた。

嫌がる母を背負った。「てれる年齢でもないんじゃない」ぼくは彼女の前にかがんで両脚を持ち、背中に引き寄せた。母の体温が背中に拡がった。土の匂いがした気がした。彼女はしきりに恥ずかしがった。「おれが転んだらお袋も怪我をするな」後ろを向くと、複雑な目と合った。これから母に代わって、自分が彼女を背負わなければいけないと思った。

母はバスの近くまでくると降りた。頭の雪が溶けて白髪が見えてきた。バスが動き出し、ガイド嬢が今日の天候を残念そうに言ってから、島歌を歌い始めた。「疲れたんじゃないの」座席に小柄な体を沈めている母に訊いた。

「そんなことはないよ」彼女は目を閉じた。車窓には雪が張りつき、何も見えない。バスはにぶいエンジン音を上げて自然公園に向かうところだった。母は小さな寝息をたて始めた。彼女の手首と首筋に老人性のしみができている。何年もパーマをかけない髪を後頭部でたばね、針さしのようだ。若い彼女の姿はいつも働き、土とにらめっこをしている姿だ。その姿がまっさきに浮かび上がってくる。母とぼくらをつなぐものは何なのか。親というだけですべてを犠牲にして生きていけるものなのか。静かに、死んでいるように寝ている彼女の顔は苦悩に満ちている気がする。

ガイド嬢が再び流行歌を歌いだした。母が起きて目をしょぼつかせた。

「あんたがそばにいると思うと、すっかり安心してしまった。わたしもおばあちゃんみたいになってきたわ」

甘えることを忘れていた母は、珍しく甘えた。

「しょうがない。みんな年を取る」

「これぱかりは同じだからね」

母はバッグからハンカチを取り出し、目元を拭いた。年老いてきた目は白く澱んで見える。

「こんなに休んで、会社のほうには連絡せんでもいいの」母は急に尋ねた。「いいんだ。どうして」彼女は何もかも気づいて、訊いているのではないかと思った。

「それなら、どこか温泉で、もう一泊せんね。せっかくだから」

「一泊でも二泊でもいいよ」

母に嘘をついているのがつらかった。「温泉に入って、二人でお酒を呑もう」と言った。しかし彼女は酒を呑めなかった。

自然公園に着いた。ガイド嬢が扉を開けて外に出た。冷気がバスの後方部まで走った。ぼくは母の嬉しそうな顔を見て、緊張しているのがわかった。いつまでも騙し続けられるものではない。乗客が降りても母はぼくの感情を読み取ったのか、立ち上がろうとはしなかった。

「靖ちゃんはどこか体の具合が悪いんじゃないの。わたしは寒いし、無理に見学せんでもいい」

「悪いところはないよ」

「子供の時からあんたがそんな態度の時は、いつもどこか悪かった」

「健康だね」

「それならいいけど」

しかし母は不安な表情でぼくを見た。父親のいない家庭は必要以上に健康に気をつける。昔と少しも変わっていない。バスの中は中年の運転手とぼくらだけだった。彼は青緑色の帽子を取って頭を掻き、バック・ミラーでちらちらとぼくらを見ていた。「本当のことを言うから、決して驚かないでよ」ぼくは重苦しい感情に負け、母の動揺を誘わないようにやさしく言った。母は身構えた。言ってすぐさま後悔した。

「なんなの」彼女は不安な感情を瞳にためて訊いた。

「会社を辞めてしまったんだ」窓の外の雪が雨に変わり、硝子から流れ落ち始めた。沈黙している母が無気味だった。空気が張りつめていた。運転手がわざと咳払いをした。

「やってしまったことはしょうがないね」

　また重苦しい沈黙が襲った。やはり言うべきでなかった。

「それでこれからどうするつもり」

　母はぼくの顔を見つめ、深い落胆の色を表した。「そのうちになんとかするから」ぼくは彼女を見ないで言った。運転手が弁当箱を開き飯を頬ばり始めた。やがて「あんたが会社を辞めたから、わたしがこんないい目におうたんだし、しかたがないわね」母は笑おうとしたが、笑いになりきれなかった。言葉が喉元でつまり、胸が圧迫された。母はぼくの横顔を見て、「それで、高広は知ってるの」と言った。

「知っている」

「二人して騙していたんだね」

「そういうつもりじゃなかったけど」

「いいわよ、もう」ぼくは黙り込んだ。老夫婦が途中で戻ってきて、視線が合うと会釈をした。「こんな天気は年寄りにはこたえます」頭の禿げ上がった老人が嗄れた声で言い、危なっかしい足どりで座席に戻った。後の老婆はぼくらのかたい雰囲気に気づいたのか、ちらりと視線を走らせた。

「まったくひどい天気だ。天気予報なんかちっとも当たりゃしない」団体客が次々と戻ってきた。酔客は腰かけると、すぐさまコップ酒をあおった。「そんなに心配することはないよ。もう大人なんだから」ぼくは快活な声で言った。「心配なんか、してないわよ」しかし母の顔は玩具を取り上げられた赤子のように、ぼんやりと視線の定まらない目をしていた。

「隣りの人はいますか」ガイド嬢が人数の確認をしている。運転手がエンジンをかけた。「しょうがないわね、田舎にでも帰って、働くね。そのほうがおばあちゃんやわたしも喜ぶかもしれん」その声の裏側に新たに始まる彼女の不安と焦燥が隠されていた。「なるようにしかならんからね」母は短く息を吐いた。

バスはゆっくりと発進した。「一難去って、また一難じゃね。そのためにゆっくりと温泉につかって元気をだすね」雨がまた雪に変わった。運転席のワイパーは激しく行き来して、降りしきる雪を払いのけていた。それはこれから先の母の不安を払いのける作業に似ていた。

家郷

「駄目よ、自分で起きなさい」転んで泣きじゃくっている子供を若い母親が叱った。赤い毛糸の帽子を被った子供は涙をため、母親が抱き上げてくれるのを待っていた。姉がそばに寄って弟を起こそうとしたが、母親の注意で弟を見下ろしている。

「ほら、自分で起きなさいよ」姉は母親の口調を真似した。子供が持っていた赤い風船が、冬の曇り空に舞い上がっている。子供は手から放れた風船の行方を見ながら泣いていた。

「さあ、行きましょう」姉は母親の元に走り寄り、不安な瞳で振り返っている。弟は転んだ格好のままだ。いつもと違うじゃないか。こんなはずじゃなかったというような視線で、彼女達の後姿を見ていた。

公園の桜の木には葉が一つもない、その枯れた木を白い顎鬚の老人が写生をしている。浮浪者が破れた薄汚れたズボンから痩せた太腿をちらつかせて、塵箱を漁っている。食べ残りのホットドッグを見つけ、手垢のついた指で口に運んだ。向かいのベンチでは若い男女が、楽しそうに話し合っている。その隣のベンチではセールスマンらしい男が時間を潰していた。

「だから外套を着てくればいいと言ったでしょ。あなたが強情を張ったりするからですよ」

品のいい老女が年老いた連添いにやさしく言った。男は女房の話には応えず、煙草をポケットから取り出した。「いつきてもここは変わらないですわね」女房が男の襟に巻いているマフラーを伸ばしながら呟いた。老人は煙草をふかしながら、まだ泣いている子供を見ている。「どうしたんだろうね」頬にしみが浮かんだ老人が女房に尋ねた。雲の隙間から幾重かの冬の陽射しが伸びている。見上げると、子供の手を放れた風船がゆっくりと昇っていた。

広場に鳩が舞い降りてきた。子供がポップコーンを散蒔《ばらま》くと、鳩は喉を鳴らして突ついている。逆毛を立て、喧嘩をしながら餌を取り合っている鳩もいる。その鳩たちを迷い込んできた犬が追い散らしていた。犬は遊び相手ができたかのようにはしゃぎ、尻尾を振りながら追いまわしている。それでも鳩は犬を馬鹿にしたかのように、少し飛んでは餌を貪欲に突ついていた。

噴水が放物線を描き始めると、子供は驚き泣きやんだ。それから母親の元へ走った。

「田舎に帰ったら、さっそく同窓会をやるべ」

若い職人風の男がそばのベンチに座った。

「同窓会に、忘年会に、正月か、毎日酒びたりになるべ」

黄色いボストンバッグには入りきれない土産品が飛び出ている。

「今年はみんな集まるから楽しいっぺ」

薄い口髭を生やした男が笑った。パーマをかけた髪は灰汁《あく》で赤茶色になっている。細身のジーパンが寒々としている。美佐子は自分と同じ訛を使う少年達に耳を澄した。

「おめえが幹事をやるんだから、みんな呼びだせ。おれが公民館の予約をする」

少年が首筋のゆるんだ丸首を気にしながら言った。噴水の脇では高校生の男女が立ち話をしている。老夫婦はぼんやりと跳ね上がる飛沫を見ている。定年退職をしてどのくらい経っているのだろう。所在ない日々を紛らわすために、老婆と連れだって公園にきて、時が過ぎてくれるのを待っているのだろうか。自分とよく似ていると美佐子は思った。彼女は今日で三日続けてこの公園にきた。

「どうしてやめるの」度の強い眼鏡をかけた神経質な上役が訊き返した。「困るんだよね。このいそがしい時期に」戦力としてみていないと言っていた男は慌てた。「たいした理由はありません」美佐子は無愛想に答えた。「だから女は嫌なんだよ。責任感がなくて。今、やめられたら困るよ。君の仕事だって、誰かに受け継がせなくちゃいかんから」やめる理由ならいくらでもある。いちいち答えるものでもないだろう。美佐子は押し黙っていた。

小さな同族のデザイン会社だった。いつも机にへばりつくようにして働いていた。出戻りの嫁を貰った男は愚痴が治り、管理能力を誇示したいのか、社員を怒鳴りちらしていた。

「こっちの責任になってしまうじゃないか」美佐子は返事の代わりに男を睨んだ。「この退職届は保留にしておくよ」相手は退職届けを机の上に放り投げて、横柄に言った。彼女はそれきり出社しなかった。

よく食う浮浪者だ。再び食べ残りの弁当を見つけ、頬ばり込んでいる。昨日も今日もあの浮浪者を見た。いつも食物だけを捜し廻っている。鳩と同じだ。満腹になると、ベンチで行き交う人々を見ているだけだ。美佐子は彼と一緒に歩き、食物を漁ってみたいという衝動にかられていた。別に守るべきものがあるわけではないが、いつも何かをやろうとする時に、陽に灼け、海辺の段々畑を耕す祖母と母の姿が脳裏を走った。男手があればいいのになあと祖母は美佐子の帰省のたびに溜息をついた。父親は美佐子が十八の時に若い女と逃げた。しかし女は半年もしないうちに土地に戻ってきて、いかがわしい酒場を開いて稼いでいた。母は美佐子の前で一度も父親の話をしなかった。祖母は息子を罵《ののし》ることで、母との対話を保っていた。

「うちには男がおらんからなあ」深い皺を額にきざみ込んだ祖母は、帰ろうとしない孫達にそう言うのが口癖だった。父が若い女と逃げたのが、近頃はわかる気がする。浮浪者は美佐子の視線が出会っても平然と強張った髪を掻きむしっている。父親も同じような生活をしているのではないか。

「公園を降りて、食事でもしましょうか」老夫婦は立ち上がった。男のほうの足どりは覚束ない。右手に持っている杖に体重をかけて歩いている。

「あ」美佐子は軽い声を上げた。下腹部が微かに動いた気がしたのだ。おそるおそる腹部に目を向けながら、身構えた。「動いた」美佐子は小声で呟いてみた。下腹部に手のひらを当ててみたが、何の変調もなかった。美佐子は身の内に、自分の意思とは別に活動をはじめた生物に気色ばんだ。彼女は老夫婦につられて立ち上がり、喫っていた煙草を踏み消し、もう一つの生物を打ち消すように歩いた。

交番では三人の若い警察官が泣いている女の子の住所を尋ねていた。やがて婦警が公園の隅々まで響き渡る拡声器で、子供が迷子になっていることを告げた。公衆便所から小さな性器を出した男の子が走ってきた。母親が慌てて追いかけている。美佐子には誰ものどかで平和そうに見えた。

先刻のセールスマンが公衆電話の中でしきりにお辞儀をしている。美佐子は頰をゆるめた。以前の自分によく似ている。電話の前で頭を下げなくてもいいのに、いつもそうしていた。若い営業部員に馬鹿にされても直らなかった。その男は会社をやめる前日に美佐子に酒を飲ませ、馬鹿にしたことを詫びた。それから、あなたがいなくなると、今度は誰がいじめられるのだろうと首をかしげた。

「あなたはいじめがいがあるんだ」と高校を出て間のない少年は大人びた口調で言った。「どうして」美佐子は酔いの広がってきた頭で考えた。「何も抵抗しないからだよ。抵抗しないといじめてみたくなるもんだよ」少年は自分の話に興味を示す年長の女に、瞳を輝かせて言った。

「はい、じゃ、これから直行します」中年のセールスマンはしきりに御辞儀をしながら声を上げていた。美佐子は初めて声を出して笑った。すると、今度は確実に腹部の内側が蠢いた。

サイクリング道路では、小学生達が怒鳴り声を上げて競走している。道路を横切ろうとしていた男が自転車をよけきれず転倒した。「馬鹿野郎」男は東北訛で叫び、子供達を追いかけようとしたが、彼らはペダルを強く踏んで逃げた。

　美術館の入口には大勢の男女が並んでいる。五台の公衆電話の前にも人は並んでいる。美佐子はふとあの生意気な少年に電話をしてみたくなった。

「はい、田上デザイン会社です」相手の声が受話器の向こう側でした。

「あの、坂本ですが」美佐子は興奮していた。

「坂本さん？　高校の時の坂本さん？」少年はしばらく沈黙した。

「いえ、違います」

「どこの坂本さんかいな」相手はふざけるように言った。

「もう忘れてしまいましたか」

「坂本さんでしょ。ここにいた」

「わかっていただいて嬉しいわ」

「お元気ですか」少年が甲高い声で尋ねた。

「まあまあです」

「今、何をしていらっしゃるんですか」相手は急に丁寧な言葉遣いで言った。

「寒くなったから蛙のように冬籠よ」

「冬籠ですか。いいですね」

「先日、お酒をご馳走になったから、お返しをしたいと思って」美佐子はそんなことを言うつもりはなかったが、少年の和らいだ声に安心して言った。「わあ、どうもありがとう」相手は本気で喜んでいる様子だった。

「でも、今日は駄目なんです」すまなさそうな声が届いてきた。

「残念ね」美佐子は軽く息をとめ「是非、お礼をしたいわ、何曜日ならいいのかしら」と訊いた。

「今週は毎日つまっているんです。ごめんなさい」

相手ははっきりと断わってきた。隣りのボックスには二人の女子学生が入っていて、楽しそうに受話器を取り合って話をしている。「すみません、またにしていただけますか」美佐子にふくらみかけていた感情が急にしぼんだ。

電話が切れた。彼女は硝子に映っている自分の顔を見た。今にも泣き出しそうな顔がこっちを見ている。おもいきり息を吐きかけると、硝子が曇った。自分が父親と同じ人間に思えた。息苦しそうに脂汗を流している蟇蛙のようにも見えた。

いつも夢を見ては砕ける。期待の先に失望が待っているのがわかっていても、期待する自分がいる。受話器を置いて、陰湿な笑い声を上げている少年の顔が浮かんだ。

駅からブルーのコートを着た男が走ってきた。美佐子に笑いかけている。男の顔を見たが記憶がない。相手は白い息を吐きながら、美佐子の前を走り抜け、後方にいた若い女のところへ駆け込んだ。

「ごめん、ごめん」男は髪を栗色に染めている女に両手を合わせ、謝った。「駄目じゃないの」女は語気を荒げて言った。「悪い、悪い」男は女の肩を抱いて美術館に入って行った。

半年前に二歳年下の男と別れた。何を考えているのかわからない男だった。初めはそれが可愛く思えたが、直にいいかげんな人間だと気づいた。気にくわないことがあると手を上げられた。「おまえは大人しくて気色が悪い」相手はそう言って、部屋を出て行った。美佐子がせいせいしたのはほんのわずかだった。新たに身の内で形づくり始めたものに戸惑った。

誰かが肩を叩いた。振り向くと、ひきつった顔に出会った。

「しばらくですね。人違いだと思ってたけど」

男は年齢よりも年老いたように見えた。六年ぶりだった。

「こんなところで会うとは思わなかった」

「わたしも驚きました」

昔、この男とわけもなく美術館めぐりをしたことがある。こうして美術館の前に立っている自分を思うと、知らず知らずのうちに、この男の真似が身についていたのかもしれないと思った。

「びっくりしましたよ」

男は美佐子の前に立ち、すばやく一瞥した。臀部に折檻の跡がある男だった。そのことを気にしていた。父親を一生恨み続けると言っていた。北陸の医家に生まれた男は、東京の私立中学に入学させられた。父親は自分の子供ではないと言っていた。でなければ自分の子にこんな折檻をするはずがないとよく口にした。四人兄妹で自分だけ血液型が違うとわざと明るい表情をつくった。

「じゃ、みにくい家鴨の子だ」若い美佐子はふざけて言った。

「おれの場合はずーっとみにくいまま。何をやっても楽しくないしな」美術館に行くのは淋しさをまぎらわすためだと教えてくれた。今もそうだろうか。目の前の銅像を見ている男の顔を見ると、目元に深い皺が走っていた。

「もう観られました」

「いえ」

「あまりいい作品はないようですよ」

「わたしはよくわからないんですが」

話がぎこちなく途切れた。

「歩きませんか」

風が出てきた。人がひっきりなしに登ってくる狭い坂道を下った。雪をかぶった列車がゆっくりと入ってきている。その姿がホームに消えると、駅の構内から季節列車がまもなく発進すると告げていた。

「田舎へは帰るんですか」

杉田が温和な声で訊いた。

「いえ、帰りません」

もう帰省しなくなって四年になる。深い雪に埋れた家は息苦しい。老いた母が冬の過ぎていく日を数えている姿が浮んだ。

「じゃ、まったくぼくと一緒だ」

杉田は目元に微笑を見せた。「せいせいしたもんですよ。一度捨ててしまうと、田舎なんてどうでもよくなりますよ、実際」相手は深々と煙草を喫い込んでおもいきり吐き出した。街に入ると、「ジングルベル」の曲が響き渡っていた。美佐子は杉田の後を歩いた。

「いつ聴いても嫌な曲ですね。なんだかこれが耳に入ってくると落ち着きませんよ」

美佐子は自分もそうだと思った。この曲を聴く度に。追いたてられているような居心地の悪さを感じる。

「どこかに入りましょうか」杉田が顔を顰めて言う。

「変わらないですね」美佐子は店内を見廻して言った。

「そうですか。もう駄目ですよ」杉田は勘違いをしていた。木椅子に座った相手は自分の容姿を言われていると思ったようだ。「いくつになったんでしたっけ」今度は杉田が尋ねた。

「女性に年齢を訊くなんて失礼ですよ」

美佐子は自分も他人行儀な言葉遣いをしていると感じながら、男を見た。昔より痩せて頬骨が高く見えた。「もう三十ですよ。いいおばさん」そう言って、昔の杉田の年齢と同じだということに気づいた。「お互いに年齢をとったということですな」彼は再び煙草に火をつけた。

生ビールを注文すると、女将が以前よりも太った体で運んできた。覚えていたのか、細い目に親しみをこめて、「おまちどうさま」と言った。それからすばやく二人を盗み見た。

客は三組いた。年配の男が押し黙ってビールを飲んでいる。近くの百貨店の制服を着た女店員達の歓声が上がった。杉田は煙草をもみ消し、眩しそうに若い店員達を見た。彼女達は正月休みに行くらしいスキー旅行の話を大声でしている。杉田は時折、上目使いに美佐子を見ている。怯えたような目つきだ。以前はその目が魅力だと思っていたが、今はいじけて見える。女店員達がアイスクリームを舐めながら、男友達の話をし始めた。甲高い笑い声が響き渡った。

「お勤め?」杉田が探るように訊いた。

「今はちょっと」美佐子はぎこちなく口元をゆるめて誤魔化した。

「ぼくのほうは相変わらず」杉田もひきつらせるように頰をゆるめた。慌ただしくネクタイをしめて部屋を出て行く、以前の杉田の姿が頭の中にふくらんだ。

初老の客は軽く目を閉じ、音楽に耳をかたむけている。店員達のだらしない笑い声がその音楽を消し、女将が鼻柱に皺を集めてボリウムを上げた。

「何も変化はありませんよ」

杉田の歯並びが違っていた。尖っていた糸切歯がまるくなっている。

「あなたはもうとっくに田舎へ帰っていると思ってましたよ」

三日前に珍らしく母から手紙が届いた。たどたどしい字が並び、目が悪くなってきた、世の中が半分くらいしか見えなくなったと書いてあった。文字の間に弱気な気持ちが浮かび上がっていた。そう言えば杉田の父親も弱視だった。「目の悪いところだけ、あいつによく似ている」と言っていた。相手をじっと見ると、コンタクトレンズを入れているはずの目がすばやく動いた。

「ひょっとしたら独りですか」

杉田が訊きにくそうに尋ねた。

「でも子供は産みかけたことはあるんですよ」

彼女は先刻、微かに動いたはずの胎児を服の上から押えた。

「あなたの子だったのよ。昔、わたしのことを石女《うまずめ》だと言ったことがあるでしょ」

「そんなことは言わないでしょ」

「冗談かも知れないけど言ったことがあるのよ」

「まったく残酷なことを言ったものだね。それでどうしたの」杉田はびっくりした顔で問い返した。今、自分の内部でどろどろと形づくり始めている生き物が、以前、これと同じようにうごめいていたのだ。

「堕したの」

美佐子は平然とした顔で言った。それから視線を落とした。サーモンピンクのマニュキュアがはがれているのが気になった。手の甲の血管が浮き上がっている。自分がひどく変わっている気がした。

「それもまた残酷な話だね」

「今、考えてみると、もったいないという気もするわね」

美佐子はビールを口にふくんだ。

「どうして言わなかったの」

杉田が不快な表情をつくった。

「あなたに言うと、なんだか迷惑がかかると思っちゃって」

「そんなこと」

杉田は苛立っているようだった。自分の胸につまった憤りを溶かすように再びビールを呑んだ。

「嫌な気持ち?」

美佐子は弱い者苛めをしているような心地いい快感があった。

「いい気持ちじゃないのは確かだね」

「そうでしょうね」

「なんとなくがっかりしたよ」

誰かが皿を落としはじける音がした。客がみな振り返った。にきび面の少年が舌を出してにやついていた。杉田は少年を見ていたが、その視線を美佐子に向けた。もし産んでいたら自分達はどうなっていたのだろうと、彼女は考えた。いつも何かに憤っていたこの男と、つつましく生活をしていただろうか。あるいは子供のためにと献身的につくしていただろうか。そのどちらも脳裏に浮かばなかった
「一言言ってくれればどうなってたんだろう」

「さあどうなってたかしら」

美佐子は小首を傾げて見せた。杉田とは神田の語学学校で知り合った。若い男女が多く、彼だけが大人の雰囲気を漂わせている気がした。

「お互いにもっと疲れていたんじゃないかしら」

別れる寸前に杉田はその言葉を頻繁に言うようになっていた。何に疲れているのか、美佐子にはわからなかった。相手はいつも自分と誰かを計っている気がしていた。「でも、もう遠い昔のような気がするわ」彼女は自分でも驚くほどはっきりと口にした。

冬の夕暮れは早い。外はすでに薄暗かった。ネオンサインが輝きを見せ始めている。杉田はコートの襟を立て、美佐子の肩に手を回した。美佐子はたじろいだ。

「おかしい？」杉田が見つめた。遠くで道路工事をやっているのか、削岩機の音が響き渡っている。

「いえ」肩に杉田の生温い手の感触が広がった。目の先にホテルのネオンサインがあった。美佐子は目をそらした。すると相手の手が彼女の肩から放れた。

百貨店の前ではハンドマイクを持った男が客をあおっている。パン屋の前ではクリスマス用のケーキが山積みになり、若い女の子が通りの人々を呼び込んでいた。ジングルベルがひっきりなしにかかり、街じゅうが浮かれている気がした。駅の近くの交差点までくると、ようやく人波が切れた。杉田は立ち止まって、また煙草を取り出した。

「何か予定があります？　なければいい店があるんですが」

杉田が尋ねた。

「これから友達に会うもんですから」

「残念ですね」

相手はポケットから手帳を取り出して何かを書いた。

「また会うことができるかしら」杉田はメモの数字を確かめて渡した。電話番号が書いてあり、渋谷に住んでいると言った。

歩道橋の登り口で別れた。杉田は車できているから送ろうかと言った。美佐子は断わった。杉田は再びきた道を戻り、雑踏の中で笑って振り向いたが、すぐさま人ごみに消えた。彼女は相手が自分と似たような生活を送っているような気がした。

歩道橋を登ると、風が吹き抜けていた。体の奥まで吹き抜くような冷たい風だ。身震いした。歩道橋の上から杉田の姿を追いかけたが、すでに見つけることができなかった。

メモ用紙を改めて見た。細かい数字が並んでいたが引き千切った。杉田の香りが届いてきそうな気がしたのだ。空中に投げると、紙は走り去る自動車の風に巻かれるようにして散らばった。

寒さが体にしみた。階段を降りていると、足元に荷物を置いた老女が途中で休んでいた。視線が合うと、白髪だらけの頭を下げた。どこか母親に似ている気がした。「運びましょうか」美佐子は荷物を持ちおだやかな声で訊いた。皺だらけの老女が笑うと前歯がなかった。日に灼けた顔が泣いているように見えた。「年寄りにはこの橋はこたえます」老女は曲った腰を伸ばし、初孫を見に田舎からきたのだと言った。

荷物は予想以上に重かった。老女は筋くれだった指で、わざわざ荷物の中の餅を取り出して美佐子に渡した。二個だけもらった。それを外套のポケットに入れ、指先で感触を確かめながら歩いた。

スーパーの前を歩くと、荒縄にぶらさげられた鮭がいくつも並んでいた。ただ子を産むため何千キロの荒波を越えて戻ってくる鮭がいじらしかった。しかもその子達を無残に取られ、痩せ細った身体を店頭にさらされている。母の手紙では近くの川には例年になく鮭が帰ってきたと書いてあった。ふとこの腹の中で生きようとしている子供を、自分の生まれた郷里で産もうかと思った。振り向くと、荒縄で顎を通された鮭達がいっせいに涙を流しているような錯覚に捉われた。

思案したまま池の方へ歩いた。先刻、転んで泣きじゃくっていた子供が、危なかしそうに坂道を下ってきた。右手に赤い風船を持ち声を上げている。自分が走ると、風船が風になびくのが嬉しそうだった。

「また転ぶわよ。もう風船は買えないんですからね」

母親の声がすると、姉が走ってて、弟の前に立ちはだかった。よく気のきく娘だ。弟は姉の胸を押して、笑い声を上げて逃げた。

木々の間はすでに薄闇が忍び込んでいる。池のそばに出店している香具師が後片づけをしはじめた。池にはボートが浮かび、学生らしい男女が乗っている。誰かが小石を投げたのか、水面は震えるようにさざ波立った。水鳥が羽音を立てて飛んだ。「あ」美佐子は再び動いた分身に呼応するように低い声を上げた。

エンジェル・フィッシュの家

朝方から降りだした雨は、午後になっても止む気配をみせない。薄暗い土間では惚けの始まった老犬が、道路を叩く雨をぼんやりと見ていた。

二階の広間では仕事にあぶれた男達が、ラジオの相撲中継を聴いてはしゃいでいる。また小銭を賭けているのだ。隣で寝ている光男は、蒲団の中でまるまっている。おれは光男の背中を蹴飛ばした。

「なんだよ、ちょうどいいところだったのに」

光男は唇を尖らせた。

「擦り剝けてしまうぞ」

「まだ三度目だぞ。金もないし、他にやることもないしな」

光男は三日前の花札賭博で、すってんてんになってしまった。それから自慰ばっかりだ。猿と一緒だ。

「なんかあるやろ」

「なんもなか」

光男は再び蒲団を被って、右手をいそがしく動かし始めた。


「おれがあいつらと一度だって、喧嘩なんかしたことがあるかよ」

昨日の午後、道路工事の日雇い仕事に出かける時、親父と口喧嘩をした。

「わかっているが、万一のことを考えてだ。おまえは口より手が早いからな」

「同じやろ」

おれは吐き捨てるように言った。最近の親父はますます口うるさくなってきた。

「馬鹿の一つ覚えみたいに、何度も同じことを言うなよ」

おれが未だに喧嘩ばかりしていると思っている。喧嘩なんか馬鹿らしくてもうやめた。

「絶対にするんじゃなかぞ」

親父が額に青筋を立てて、こっちに負けないくらい怒鳴り返した。

三日前、炭坑《やま》の広場で、日本人坑夫と朝鮮人坑夫との間で喧嘩があった。原因は些細なことだった。酔っていた日本人坑夫が、出刃で朝鮮人坑夫の指先を切ってしまった。後味の悪い喧嘩だった。

「みんな仲間なんだからな」親父が念を押した。

「ちょこっと年齢《とし》を取りすぎたんじゃなかと」

「あいつらの仲間が、仕返しをすると言うちょるらしか」

朝鮮人坑夫の女が男のそばで金切声を上げていた。月夜の番ばかりじゃないから、気をつけろと言っていた。仕返しが怖くて坑内に入れるはずがない。暗闇よりもっと暗いところで、おれたちは稼いでいる。闇夜が怖くて坑夫になれるわけがない。

「まったく息子をなんだと思っているんだ。ぐれてしまうぞ」

おれは地下足袋を平手で叩き、履き具合を確めた。立ち上がると、親父はおれの肩までしかなく、何か言いたそうだったが口籠った。その親父の声が若い連中の声に混って二階から届いている。朝から晩まで博打だ。光男が蒲団の中で呻き声を上げている。蒲団が揺れていた。

「誰とやったんだ」

「和泉雅子」光男は嗄れた声で言った。こいつは日活映画の見すぎだ。

「まだ餓鬼だぞ」

「餓鬼でもしょうがなか。ほかにやる奴が浮かばん」

外は土砂降りだ。雨が降ると土方にも行けない。博打をやるにも元銭がない。もう嫌というほど寝た。背骨は痛いし、目が腐りそうだ。夜中に飲んだ焼酎が目玉から吹き出しそうだ。光男の蒲団からは焼酎の匂いが漂っている。酔いつぶれるまで飲むのが、こいつやおれの馬鹿なところだ。酔払って、高鼾をかいて眠っていれば、嫌なことも忘れるし、第一すかんぴんの人間には好都合だ。それにしても二階の親父たちの騒ぎ声は耳ざわりだ。

起き上がって土間に出た。灰色にくすんだ老犬が足許に寄ってきた。むくみきった犬は、太りすぎて喘息のように息を上げている。惚けが一段と進行しているのかもしれない。時折、日雇いから帰ってきたおれを忘れて吠えている。ばあさんより先に惚けてしまった。お蔭で、こっちは光男に一万円も取られてしまった。何年も面倒を看てきたのに、最後の最後まで、この犬はおれを裏切った。惚け始めていたばあさんは閉山になると急に元気になってきた。そうなって、いいことがあったとしたら、ばあさんの惚けが止まったということぐらいだろう。ほかに何一つとしていいことなんてありゃしない。

おれは老犬の剛い毛を撫でた。惚け犬は弛んだ腹を見せ、軽く目を閉じた。小学校の頃、多産だった犬は家族の悩みの種だった。春先になって、腹がふくれてくる度に、おれたちは重い溜息をついたものだ。仔犬を引き離すのと、不妊手術をやるのと、どっちがあわれなのかわからなかったが、お袋は絶対に手術をさせなかった。そのためにおれたちは毎春、仔犬の貰い先を捜して歩いた。

犬はその仕打ちに抵抗し、毎年たくさんの仔犬を産んだ。腹をふくらませてもの悲しげに睨んでいたのは、おれたちへの恨みだったのかもしれない。妊娠しなくなって、犬もおれたちもようやく平穏な日々が送れるようになった。

「なんをやっちょるんな」

光男がいつの間にか起き上がってこっちを見ていた。

「なんか、おもしろいことはなかかな」

「なか」仕事がなくて、金もないのにおもしろいことが、そうざらにあるもんじゃない。

「鼻毛の伸びが急に遅くなった」

「坑内に入らんようになったからたい。埃が鼻に入らんもんな」

二階から親父のはしゃぐ声がしている。また勝っているのだ。坑夫たちが汗水たらして稼ぎ出した金を、朝から巻き上げて行く。実の子のこっちの金だって平気で巻き上げる。碌な死に方はしないだろう。

離れの部屋からばあさんの長唄が聞えている。毎朝毎晩、同じ唄ばかり歌っている。ばあさんは若い頃、芸者だった。だがやくざなじいさんと逃げた。追手から逃れるため、遠賀川の炭坑《やま》に入った。いつ追手がくるか不安で、息を抜く暇がなかったというのが口癖だ。ばあさんは読み書き算盤、踊りとできる。親父やおれよりもうまい字を書く。

死んだじいさんは、親父と同じように全身にもんもんを入れていた。じいさんが般若で、親父は仁王だ。痛い思いをしてまで格好をつけている。じいさんはばあさんと逃げてから、直《じ》きに坑夫の人夫出しを始めた。それが今も続いている。親父が二代目で、おれが三代目になるはずだったが、やがて閉山になり、仕事もなくなってきた。国策だから仕方がないが、おれの頭で考えても割り切れない話だ。親父は、そのうち、じいさんと同じように焼酎を呑みすぎておだぶつするだろう。本人がそれでいいって言っているんだから、どうしようもない。一気におだぶつしなけりゃ、寝ていても、お袋に枕を蹴飛ばされ続けられるだけだろう。よいよいになっても助けてくれなくて結構だと、格好いいことをほざいている。今から見物《みもの》だ。

惚け始めていたばあさんは元気になって、若い頃習った長唄ばかり歌っている。惚けた方が近頃のことを思い出さず、体にいいのかもしれない。ばあさんの唯一の見込み違いは、親父もおれもじいさんに似て、半端者になったことぐらいだ。半端者でも、飯だけは自分で食っていけるようにはなるつもりだ。

老犬は目脂をためて心地好さそうに目を閉じている。惚けた頭で、ばあさんと同じように、昔の牡犬のことを思い出しているのかもしれない。

「こんなにしけこんでちゃ、気が滅入ってしまうと」

光男が言った。炭坑《やま》は半年前から間引操業だ。四日に一日しか働けない。後は土方に出るか、博打で稼ぐしかない。雨が降り続けて、博打を打つ元銭もなけりゃ、まったくの上がったりだ。

「あれしか荒稼ぎする手はなかとじゃろ」

光男が同意を求めるように言った。

「しばらく無理たい。もう少しやばか」

十カ月前の夜のことだった。盗人をやるにはもってこいの暗い夜だった。遠賀川の川面はどす黒く光り、基地から照し出す照明灯が川面を照していた。勇吉と光男とおれの乗っている舟の波が、川面の光線を幾重にも屈折させていた。丘の上を米兵がなにやら喋りながら通りすぎた。闇夜で見る黒人兵は黒猫のようだ。目だけが光って見えた。

「静かにしろよ」

誰も喋っていないのに、光男がひきつった顔で言った。右頬の大きな痘痕《あばた》までが血の気を失っていた。舟の軋む音でも太鼓の音のような気がした。

おれはどんごろすを持ち、鉄条網を張りめぐらした丘の上に登った。振り向くと、川面は墨汁を流し込んだように黒かった。兵舎ではラジオをつけているのか、陰気な歌が聴えてきた。暢気《のんき》なもんだ。おれたちが戦争に負けたのが、不思議なくらいだ。

「金目のものだけにしろよ」

おれは声を殺して言った。命と引き換えに稼いでいるんだ。たくさん儲けなきゃ、阿呆らしい。

「ものの三十分もしないうちに金持ちになるからな」

「そう願いたいもんだ」

勇吉の顔が硬張っていた。それからおれたちは地面を這った。夏草の匂いが鼻孔をくすぐった。兵舎の壁に張りついた。蟹だ。横に歩いた。空を見上げると、薄雲だと思っていたのは八幡製鉄所の煙だった。真夜中に働いている者がいる。おれたちの掘り出した石炭を燃している者がいた。

資材置場に向かって再び地面を這った。腹をすかした蟹だ。叢のすれる音が鼓膜をついた。基地はおれたちが卒業した中学校の校庭の何百倍もの広さだ。修理工場には戦闘機が数機、おれたちの方を向いていた。倉庫には様々な部品や修理中の戦車や自動車が置かれている。おれたちは物陰に隠れて、金目のものをどんごろすに入れた。

「これでしばらくは楽ができるな」

鉄条網を抜け、ふくらんだどんごろすを土手から転がした。おれと光男はまるまった銅線を肩にかついで、夏草の上に滑り落ちた。

「一ト月は楽に遊んで暮せる」

戦争に勝っただけで威張っている奴らに、一発お見舞をしてやった。光男を見た。そこにはうまい仕事をやった時の自信に満ちた顔があった。

静かな川面をゆっくりと下った。夏の夜風は気持ちいい。舟の中でどんごろすを開けると、真鍮《しんちゅう》が銀色に光っていた。

「しばらくは成金たい」

勇吉が面皰《にきび》だらけの顔をほころばせた。あの頃がおれたちが絶好調の時だった。何をやってもうまくいきそうな気がしていたから不思議なもんだ。仕事だって順調だった。今とでは月とすっぽん、天国と地獄ほどの差があるというもんだ。

勇吉の中古の自転車にリヤカーをつなぎ、盗品を積み込んだ。しらじらとした道を飛ばして、朝鮮人夫婦がやっているくず鉄屋を叩き起した。眉毛の薄い女房が眠そうな細い目をこすりながら、隙間だらけの戸を開けた。

「腰を抜かすんじゃなかばい」

女房が黄ばんだ歯を見せた。家の脇の養豚場では早起きの豚が啼いていた。光男が小石を投げると、ひしゃげた鼻で音を立てて食った。あきれた豚だ。相変らずなんでも食う。

女房はどんごろすのふくらみを見た。

「えらか時間だな。まだ眠たいよ」

「善は急げ、言うやろが」

バラック小屋の周りには鉄くずや廃品が積み上げられていた。女房が節くれだった手で秤にかけた。

「十万五千円」

女房はぶっきらぼうに言った。おれたちの半年分の給料だ。町の上等な女が五十人は買える。

「足許を見るなよ。上客なんだからな」

おれは語気を強めた。女房は顔をしかめて、これがいっぱいよ、と言った。

「えげつないことを言うたら、これから持ってこんぞ」

おもいきり煙草を喫い込み、相手の顔に勢いよく煙を吐きかけてやった。

「親父を呼んできな。こっちは口が軽かからな。親父がつくっている密造酒はうまかよな」

おれは脅した。女房は十二万まで上げた。労せず稼ごうとするなんて、太い女だ。

「みんな仲良くせんといかんのじゃからな。これから先もあるんじゃから」

勇吉が痩せた女房の肩を叩いた。

「人は助け合わないかん」

相手の泣き出しそうな顔を横目に見て、光男がやさしい声で言った。女房は指に唾をつけて、分厚い百円札を数えた。くず鉄屋の女房は百円札ばかりで寄越した。金は金だから、どちらでもよかったが、かさばって持ち歩きにくかった。その金でおれと光男は遊び呆けていた。

それから十日ばかり後のことだった。浮かれていたおれたちを慌てさせることが起きた。勇吉が基地で射殺されたという噂だった。

　おれはその話を訊いた時、餓鬼たちのいやがらせだと思っていた。光男もそう思っていた。ほとぼりが醒めるには早すぎる。勇吉がのこのこと出て行くはずがない。しかしあいつの家で葬式が始まると、おれたちはあいつが米兵になぶり殺されたのを、認めないわけにはいかなかった。

　勇吉は富子と所帯を持とうと思って、焦っていたらしい。見栄なんか張って、馬鹿な奴だ。見栄と交換に楽しく生きられるはずの人生を放棄してしまった。もったいない話だ。勇吉のお袋が陽に灼けた顔で泣いていた。勇吉の死に震えるような怒りを覚えた。何も殺すことはないだろう。

　線香を上げに行くと、妹がかたい表情でおれたちを睨んだ。兄《あん》ちゃんを殺したのはあんたたちの責任だと言われている気がした。間の抜けた笑い方をしている勇吉の遺影を見ていると、悔しさと悲しさが入り混じって、涙が止まらなかった。坑夫長屋の脇にあかい鶏頭の花が咲き、勇吉の野辺送りをひっそりとやってくれていた。

　その晩、おれたちは目玉が飛び出るくらい親父に殴られた。抵抗はしなかった。痛みが勇吉への懺悔のような気がした。一年近くたって閉山に追い込まれると、迫力のあった親父はいっぺんに腑抜けになってしまった。

「まだやばいやろな」

　光男が言った。

「ほとぼりが醒めとらんもんな」

　宝の山がある場所を知っているのに、行けないもどかしさはない。老犬がざらついた舌で、おれの足を舐め上げた。

「もう半年ぐらいは辛抱せにゃいかんたい」

いくらあいつらが頓馬だと言ったって、勇吉をいたぶり殺したことを忘れないだろう。

「うまい稼ぎ口はないやろか」

光男が乱れた髪を掻きながら言った。老犬がおれの足の指をまだ舐めている。今日はやけに懐ついてくる。光男が重い溜息をついた。親父が二階から降りてきた。上機嫌だ。

「また、勝ったんか」

親父のふくらんだ胴巻きを見ながら、光男が言った。

「当り前じゃ、お前らとここが違う」

親父は太い腕を指した。それから裸足で土間に降りて、柄杓《ひしゃく》で水を呑みほした。呑みすぎて、喉が渇いているのだ。

「どうした。しけた顔をして」

うさぎのように充血した目で、親父がおれたちを見た。

「遊ぶ金がほしけりゃ、貸してもよかたい」

光男がおれの顔を見た。もう借りる気になっている。いつもの親父の手だ。息子だろうが、親だろうが関係ない。平気で巻き上げる。

「いくらな」光男が訊いた。

「いくらでもよかぞ。四一《よいち》だぞ」親父が嬉しそうに言った。

「四一《よいち》は高か」

「じゃ、十一《といち》だ」十日に一割の利息だ。光男は五千円借りてにやつき、おれを見た。

「お前はいいのか」親父が胴巻きに手を入れたまま尋ねた。

「よか」

「無理せんでもよかたい」

「無理はしちょらん」親父は金をにぎりしめた手で、頭を掻いた。階段を登りかけた親父は再び降りてきて、一ト月前に町で買った熱帯魚に餌を与えた。こっちが仕草を見ていると、いいやろとだらしない顔を向けた。「弱いもんは助けないかん」親父ははずんだ声で言った。熱帯魚は小さな水槽で息苦しそうに泳いでいた。


あじの開きと大盛りの飯を食って、また蒲団を被った。雨は止む気配がない。昨日きた金田の誤字だらけの手紙を改めて読んだ。あいつの手紙は久しぶりにいきいきしていた。

東京で女ができたと嬉しそうに書いてあった。近所の八百屋で働いている、東北出身の女らしい。同封された写真は、東京タワーを背景に腕を組み笑顔を見せていた。太った女だった。長身の金田と並んでいると、横幅が倍くらいあった。一緒になるかもしれないと書いてあり、気の早い、大人びた手紙だった。おれはやっかみを書いて、返事を出してやるつもりだ。

二年前、力自慢だった金田がうなだれていたのを、昨日のことのように思い出す。いつも喧嘩ばかりしていた奴が、しょんぼりしている姿ほど惨めたらしいものはない。集団就職で東京方面に行くはずだったが、あいつは思うようにいかなかった。理由は簡単だった。朝鮮人だったからだ。

「そのうち、なんとかなるよ」

おれたちがはげますと、金田は情けない顔で笑った。ようやく中華そば屋に働き口が見つかった時、おれは少し大人になった気分で祝酒をしてやった。そんな奴に初めて女ができた。いいことも悪いことも順番に回っている。

光男はまだ二階から降りてこない。もうすぐ泣きべそをかきながら降りてくるだろう。雨の中を文子が歩いている。むくんだ脚が強い雨脚で濡れている。右手に買物籠を持ち、野菜に混じって、四合壜の焼酎が頭だけ出ている。

「関取さん」

おれは縁側に寝そべったまま声をかけた。

「ふくれてきたな」

「ややこが生れるんじゃもの」

文子は難儀そうにこっちを向いた。文子は十八だ。こいつの頬はまだ餓鬼のようにあかく、顔全体にあどけなさが残っている。餓鬼が餓鬼を産むようなもんだ。こいつは中学を出てすぐ坑夫と一緒になった。籍なんか入れてない。相手の男は気障《きざ》な奴だった。坑内に潜るのに、反吐が出るほどポマードを塗りたくっていた。他の炭坑《やま》から流れきてすぐに文子を孕ました。二、三度、暗がりで文子と抱き合っているのを見た。おれたちが見ていても文子のスカートをまくって、太い尻を撫で上げていた。

「なんね、若い男が昼間からごろ寝して」

文子は縁側まで寄って、下着一枚で寝ているおれの体を見た。

「一緒に寝んね」

「今度な」

おれは彼女の腹を見た。今にも餓鬼が飛び出てきそうな感じだ。文子は暗い部屋の中を、誰かを捜すようにのぞいていた。ばあさんが珍しくじいさんの好きだった「ゴンドラの唄」をか細い声で歌っている。暖かくなるにつれ惚けが治っている。血のめぐりがよくなっているからかもしれない。

「仕事がなかから、退屈やろ」

文子は声はかけたが視線は誰かを捜していた。

「力が余ってしょうがなかたい」

雨は一段と強くなった。文子のおかっぱ頭が雫で濡れている。おもいきり煙草を呑み込むと苦かった。いつもうまい煙草を喫いたい、うまい酒を呑みたい。坑道の中で汗水をたらし、トロッコの中に、カンテラの光で黒光りする石炭を満載し、力一杯働きたい。体中に炭塵を浴び、体の穴という穴に、それがへばりついてもいい。一本のうまい煙草を喫いたい。乾いた肉体にしみ込むような酒をもう一度呑みたい。文子は縁側で降りしきる雨を見ている。おれは苦い煙草をもみ消した。

「よく降る雨やな」

文子が重い空を見上げた。鉛色の空から雨が槍のように降っていた。遠くで赤子の泣きじゃくる声がしている。文子の細い手がふくらんだ腹を押えた。

「ややこが動きよるんよ」

「子供が動くんか」

「動くんよ。知らんかった?」文子が笑った。

坂道を流れる雨水の量が増えていた。雨水は道路を洗い流し、石ころがむき出しだ。男はどうしているんだと訊きかけてやめた。わかっていることを訊いたところで何もなりゃしない。文子の濡れた手の甲を見ると、あおい血管が浮き上がっていた。疲れた横顔だ。おかっぱ頭から雫が落ち泣いているように見えた。

あばら骨の浮き出た赤犬が濡れて雨の中をうろついている。惚けの犬は何も反応を示さない。土間に蹲ってただ雨音を聞いていた。文子も犬と同じように雨音を聞いている。向いの家では夕食の用意でもするのか、七輪の白煙が上がっていた。それにつられるように腹をすかした赤犬が土間に入って行った。中から薪が投げつけられ、赤犬は尻尾を巻いて逃げ出した。

雨が斜めに傾き始めた。風が出ていた。

「嫌な雨じゃな」

文子が言った。

「親父さんは元気な」

「空が抜けちょる。ざると同じだ。なんか用事な」

「用事やなか。ちょこっと訊いてみただけたい」

文子の腹がおれの目の前にあった。せり出た腹の中にいる餓鬼が、こっちに向かって笑いかけている気がした。

「女の腹ってすぐ出るんやな」

文子が弱い笑いを洩した。前歯が欠けていた。

「重くてしょうがなか」

「西瓜が入っちょるみたいたい」

文子がにやつくと深い皺が額にでき年老いて見えた。遠くで泣いていた餓鬼に呼応するように、向いの家から赤子も泣き始めた。餓鬼なんて腹をすかせるために生きているようなもんだ。泣いて食い物を催促している。どこもかしこも貧乏人の子沢山だ。金太郎飴と一緒だ。次から次と生れてくる。この村は息臭い年寄りとミルク臭い餓鬼ばかりだ。

文子が耳をすましている。隣りの部屋で新興宗教に凝った若い坑夫の読経が始まった。拝んで腹がふくれるなら、誰だって楽なほうを選ぶはずだ。星野のばばあが、新興宗教を勧誘しにこの家にきたのは、三カ月前のことだった。

「毎日拝むだけでいいんじゃから。わしが長生きしているのも、みんな信心のお陰なんじゃから」

星野のばばあはすっかり歯のこぼれ落ちた歯茎を見せて言った。

「わたしんとこはご先祖様からの仏様でよかよ」

お袋が言った。うちのばあさんは星野のばばあが持ってきた経文を読んでいた。

「その仏様があんたのうちを不幸にしちょるのよ。カズのおばあちゃんだって、おじいさんがはよう死んでどげん苦労しちょるが。あんただって働き通しで大変じゃなかかね」

星野のばばあはたたみかけるように言った。この家の坑夫たちも五人が入信して、家の中はいっぺんにうるさくなった。

「わたしは苦労をしてもよかから、他の人に言うたらよかたい」

お袋が神経質に言った。

「あんたを取り上げたんは、わたしなんだから、もうちいと言うことを聞いてくれてもよかじゃなかと」

「それとこれとは別問題たい」

「カズさんはどうね」

星野のばばあがばあさんに訊いた。ばあさんの袖をお袋が引張った。

「入ってもよかけど、わしが死んだ後、この人が嫌がって、お参りもしてくれんかったら嫌たい」

お袋の顔に安堵の色が表われた。そこに親父が帰ってきた。星野のばばあは親父の姿を見つけると、板の間に広げていた経文をたたんだ。

「こら、あんまりしつこいと碌な死に方をせんぞ。おれのうちがどうして改宗などせにゃならんのだ。このあほんだら」親父が怒鳴った。

「またくるからな」

「はよう死にくされ」

酔っている親父は殴る真似をした。ばばあはすっかり曲った腰で足早に出て行った。炭坑《やま》が不景気になるにつれて新興宗教に入る者が増えてきた。

「あげなもんに入ったら。あの世でじいさんにぶっとばされるぞ」

ばあさんは聴えないふりをしていた。

「惚け始めているから、何をやるかわからんからな。気をつけろよ」

「あの人は一人入信させると、ご利益があると本当に思い込んじょる」

お袋が星野のばばあの後姿を見て言った。くの字になって歩いている。地面ばかり見て、お天道様なんて見ることがないはずだ。

「もっと強く断わればよかったじゃなかね」

おれのうちはお人よしばかりだ。

「そうもいかんよ。年寄りだし、話相手になってやると思えば、気も楽なもんばい」

「よくくると」

「年齢《とし》を取ると、誰でも死ぬのが恐しかからね。あげなもんに入ると、ご先祖様に申し訳がたたんし、村八分にされてしまうわね」

どこの馬の骨ともわからないご先祖様のことだ。改宗したってどうということはないが、人に言われて改宗するなんて性に合わない。拝むだけで寝小便が直ったり、いい女にありつけたり、金が稼げるわけがない。死んで極楽に行ったたって何もなりゃしない。死んだら終りだということぐらい、鼻糞をつまらせている餓鬼だって知っている。

「わからんよ、おれには」

親父は戸棚から焼酎を出している。ばあさんは黙って外の景色を見ていた。紋白蝶がさかって飛んでいる。おれは庭先を見た。枯れかけたチューリップが、情けなさそうにお辞儀をしていた。柿の木はあおい実をつけていた。陽射しは柿の葉蔭の向こう側に見え隠れしていた。「しょうがなかよねえ」ばあさんがおれの顔を見て言った。

「本当にしょうがなかばいね」

　お袋がばあさんに相槌を打った。


　雨が小止みになった。文子が古い傘を広げると、破れていて小さな雨空が見えた。

「お父さんによろしく言っててくれんな」

　文子は奥の部屋を未練がましく見つめた。

「親父にな」

「そお」

　文子は弱い微笑を見せた。子供の時と少しも変らない、泣いているような顔だ。

「気が向けばな」

　文子はおれの顔を見て再びふくみ笑いをした。

「別になんもなかよ。ただよろしく言うてくださいと言うちょるだけたい」

「わかった」おれはつっけんどんに言った。

「聞き分けのいい子ね」

　一つしか年齢が違わないのに、文子は餓鬼をあやすような言葉を残して雨の中に出た。むくんだ脚に下駄の迸り《とばし》がかかっている。文子はO脚で億劫そうに歩いていた。

若い坑夫が玄関先にかけた褌のような赤旗が、雨に打たれてしおれている。縁の下では野良猫が生んだ仔猫が啼き声を上げている。仔猫はいつも出歩いている母猫よりも、惚けている犬のほうに馴ついている。老犬のしなびた乳首をまさぐっている時がある。それが老犬には嬉しいのか、目脂の溜った目を閉じてうっとりとしている。

線香の匂いがしている。またばあさんが死んだじいさんに両手を合わせ、はよう迎えにきてくれと言い続けている。仏壇の中からじいさんが笑いかけている。笑った顔など見たことがなく、ばあさんと喧嘩ばかりしていたのに、死なれると懐かしいもんらしい。

じいさんは酒の呑みすぎで、十年前に六十でひっくり返った。そのまま高鼾を三日間かき通して、おさらばした。けったいな死に方だった。死んでしまうと背中の般若まで死んだ気がした。

間引操業になって六カ月が過ぎた。一月早々それが開始になって、梅雨入りと同時に本格的な閉山になった。坑夫たちは組合をつくり団交をかさねているが埒があかない。村中が葬式をやっているように落ち込んでいる。おれたちが通っていた小学校ではクラスが統合されていた。炭坑住宅は廃墟化し、自主運営をやると言っていた組合は、いつの間にかしりすぼみになっていた。

光男が二階から降りてきた。今にも泣き出しそうな顔をして、視線が合うと横を向いた。こいつが博打に勝つなんて落盤事故に遭うより少ない。

「また負けたんか」

「雨の日もあれば、風の日もある」

光男はながい吐息をした。

「よう負けるな」

「勝つ時もある」

光男はむきになって言う。欲に目がくらんだ奴だ。光男は再び蒲団をひっかぶってまるくなった。

佐々木が組合の残務処理を終えて帰ってきた。玄関先の赤旗を外しはじめた。あいつは明日の昼にこの家を出て行く。目が合うと無精髯の顔がゆるんだ。

「みんな終ったとよ」

佐々木は来月、義兄のいるブラジルに渡る。彼ら夫婦がサンパウロで成功していると話していた。

「いよいよやな」おれは言った。

「ああ、いよいよたい」

おれはいつか映画館のニュースで見た日本人町を思い出した。現地人に混って、背の低い日本人がうろついている町が浮んだ。解説者が日本人はよく働くと言っていたが、貧しいおれたちが働くのは当り前だ。働かなくちゃ食っていけない。

「だんだん淋しくなるな」

「世の中の流れたい、しかたがなか」

四十人近くいた坑夫たちはほとんどいなくなった。残っているのは七人だけだ。やがてみんなもこの家を出て行く。

佐々木はやがて五十になる。小学校もろくに出ないで炭坑《やま》に入った。戦前から坑内に入っている古参だ。

「閉山になるなんて、考えてなかったもんな。のんきじゃな。わしらは」

佐々木は煙管に煙草をつめ、ざらついた舌で吸い口を舐めた。

「明日は明日の風が吹くたい」

博打を抜けてきた湯浅が言った。

「わしらは糸の切れた凧と同じたい。どこへ飛んでいくのか全然わからんと」

「沈むところがあれば、浮き上がれるところもあるとよ。今まで坑内に入っていて、命があっただけでも運がよかったと思わにゃいかん」

「お上に逆らったって勝てないんだから、今まで命があっただけでも感謝して諦めるしかなか」

「うまくいかんから面白いのかもしれんしな。頑張って頑張って、それでもうまくいかん人間のほうがいいんたい。負けおしみじゃないが、うまくいった男はつまらん」

そばにいた湯浅が言った。佐々木は招き猫のように首を上下に動かして頷いている。六十をすぎた湯浅が無気力になっていないのが嬉しかった。

光男は博打に負けて元気がない。黙って焼酎を舐めている。おれは町まで働きに出ることを考えていた。足の裏にできた魚の目をほじくると、かたい皮が白く固まっていた。

「六文さえ持っとれば、三途の川を渡れるんじゃから、何も心配いらん」

佐々木の口の隙間から銀歯が見えた。

「坑内で石炭を掘っている時に、ずーっとこのまま掘って行けば、いつか地獄に着いて、閻魔様に会う気がしちょったが、それもなくなるしな」

湯浅の腰は曲っている。土竜《もぐら》みたいな生活がながかったからだ。腰の痛みを忘れるために、薬の代わりに酒ばかり呑んでいる。それに極端に痩せた。肉がげっそりと落ち、あばら骨が浮き上がっている。どこか悪いのかも知れなかった。

親父が二階から降りてきた。少ない金をたらい回しにしていた博打だったが、最近は調子のいいあいつが一人で吸い上げている。光男はすでに真赤な顔をしている。黙って呑んでいる分だけ、早く酔いがやってきている。

円陣ができた。親父が水を呑むように焼酎を飲んだ。

「炭坑《やま》がつぶれたくらいで誰も死にゃせんのだから、心配いりゃせん。なんとかなるもんたい。いつもそうやってなんとかなってきた。行きあたりばったりでも死にゃせん」

酔っている親父が陽気に言った。

「そうですな」

佐々木の言葉におれたちの間に弱々しい笑い声が広がった。誰もが無理に笑顔をつくっている。実際、笑いで誤魔化すしか方法はなかった。

「また戦争が始まったと思えばいいんだ」

親父が餓鬼のようにはしゃぐ。佐々木が生れ故郷の安来節を歌い出すと、親父が褌姿で泥鰌すくいを踊り始めた。湯浅が空になった小皿を叩く。惚けの犬がながい舌を出したまま、おれたちの騒ぎをぼんやりと見ている。

「親父の奴、気が狂うたのと違うか」

光男が呆気にとられて言った。

「どっちでもよかよ」

湯浅が肉の落ちた尻を見せて、親父と一緒に踊り出した。ゆるんだ褌の中から、萎縮した性器と白くなった陰毛が見え隠れしている。佐々木が歌いながら涙を流している。それが楽しくて流す涙か、悲しくて流す涙か、おれにはわからない。

「お前達も踊れ」

親父が言いながら尻もちをついた。光男がよろける脚で踊りの中に入った。おれもランニングシャツをぬぎ、踊った。

「踊れ踊れ。馬鹿な奴は踊るに限る」

親父が酩酊した目を向け、空になった湯呑みをおれの前に突き出し怒鳴った。

「最後じゃ、最後じゃ、なんもかも最後じゃ」

親父が絶叫した。おれは彼の湯呑みに焼酎を注いでやった。閉山はやはり早過ぎた。振り返っても惨めさとうらめしさが残るだけだ。この十七年間の月日は一体何だったのだと、おれは思った。この土地に生れて以来、ずーっと閉山に向かって走り続けてきたような気がする。なにが国策だ。安い石油を輸入すれば、もう石炭はいらないというのか。おれたちが生死を賭けて掘り続けた石炭は何だったのだ。

親父が酔っぱらって鼾をかき始めた。佐々木は陽に灼けた顔を下に向けたまま、餓鬼が袖で洟を拭くように、あかい鼻柱をぬぐった。泣いていた。おれは仏壇のじいさんを見た。四隅が黄ばんだ写真のじいさんは、早くあの世に行って幸福だったんじゃないか。湯浅が歌う歌に合わせるように、親父の高鼾がしていた。

雨上りの生温い風が出ていた。村の夜は早い。陽が沈むとすぐ闇だ。湯浅も佐々木も酔いつぶれている。おれたちの最後の祭りが終った。

採炭夫上がりの朝鮮人がやっている酒場に入った。若い坑夫が日雇いの金をにぎりしめて、焼酎を呑んでいた。店主は坑夫たちが少なくなって。店がはやらなくなったと片言の日本語でぼやいていた。顳顬《こめかみ》に絆創膏を張った痩せた女将は、亭主の嘆きに合わせるように、出刃包丁を臓物に叩きつけた。店の隅には、先日博打で負けて、ぶん殴られた朝鮮人坑夫がくすんだ目でこっちを盗み見している。指を切られた仲間のことで恨んでいるのかもしれなかった。時折、女将が朝鮮人坑夫を神経質に叱りつけていた。

「オボエテロ」

張の細い目が尖がっていた。

「オボエテロ？」光男が鸚鵡返しに訊き返した。

「オボエテロ」張ははっきりと言った。

「何を覚えているんだ。おれたちには関係ないだろ」光男が声を荒げた。仕事がないと些細なことでも感情が高ぶる。喧嘩は貧乏人のレクリエーションだ。おれは天井近くに備えつけてあるテレビのスイッチをひねった。油でスイッチがべたついていた。三池争議が写し出され、坑夫たちのいきり立った声や嘆いている声が、画面に映っている。どこの炭坑《やま》も閉山で荒れ狂っていた。組合員と会社側の人間が幾重にも乱れて、小競り合いを続けていた。どうして暮せばいいんだと、坑夫の女房たちが途方にくれていた。

胸がむかつきスイッチを回した。力道山が外人のプロレスラーの胸許に空手チョップをくらわしていた。

おれも誰かにくらわしたかった。

「何か文句があるのか」

光男が張を睨んだ。

「カンケイナイヨ、カンケイナイヨ」

親父が二人の中に入って制止した。張のもの悲しそうな目の中におれたちへの侮蔑を読みとった。光男が焼酎の壜をにぎって身構えた。張が薄い下唇を嚙みしめた。喧嘩なんかいくらでもやってやる。女将が喚きながら張のそばに寄り、臓物の血がついた手で痩せた頰を殴りとばした。張が悔しそうに涙をこぼした。それから睨みつけて外に飛び出た。スンマセンナ、スンマセンナ、と親父が申し訳なさそうに謝った。同じ血が謝らせるのだと思った。光男がコップの焼酎を一気に呑みほした。


店を出た。星野のばばあが雨上りの坂道を登ってきている。おれたちの姿を見つけると、顔をそむけて通り過ぎた。このばばあは湿った土地に咲く蕺草《どくだみ》だ。

「ばあさん、あんまり人をたぶらかすと、いい死に方はせんぞ」

星野のばばあは曲った腰に、手を当てたまま黙って通り過ぎた。

「どいつもこいつも頓馬な奴ばかりだ」

光男は少しずつ気が短くなっていた。誰もが足搔いていた。足搔いて、少しずつ深みに落ちていた。

張が息をきらせておれたちの脇を走り抜けた。暗闇の中で振り返り、おれたちだとわかると動転して転んだ。その先の道端では、坑夫の有光が呑み過ぎて倒れていた。先日の博打に大勝ちして、毎日呑んだくれている。景気のいい奴だ。死んだ豚のように俯せになっていた。禿げた後頭に血が滲んでいた。炭坑《やま》がなくなれば、まっとうな生活なんてできない奴ばかりだ。走り去る張の下駄の音だけが、暗い新緑の山間に響き渡っていた。

バスが狭い山道を走ってきて、運転手はおれたちを威嚇するようにクラクションを鳴らした。バスは倒れている有光に迸り《とばし》をかけ、鈍い音を上げて走り去った。ただ不気味に静かな闇の中を走っていた。坑内と一緒だ。闇の中をカンテラを照して進んでいる気がした。もう一度、力一杯働いてみたかった。

「なんもなかところじゃ」光男が呟いた。

「西部劇ができるとたい」

残ったのはボタ山と廃屋になった炭坑住宅だけだ。

「東京はよかよ。賑やかで」光男が言った。おれは映画で見たはなやかな都会を思った。人の少ない田舎より、雑踏の中で生活したほうが、気も紛れて暮しやすいだろうと思った。「東京はよかよ」光男が同じことを吐いた。おれは黙った。みんなやどかりみたいなもんだ。閉山になった今、また新しい栄養のあるものを見つけ出すしかない。おれはぼんくらだが、人の幸福はいい仕事をして、充実感を味わうことだと思っている。炭坑《やま》は荒っぽくて危険な仕事だが、十分に満足していた。地下足袋を履いて町を歩いても、カンテラを腰に下げて酒場で呑んでも、八幡製鉄の煙はおれたちが出しているという自信があった。光男もそうだった。おれたちはそのことだけで幾晩も酒を呑むことができた。

細い道いっぱいに大きな影があらわれた。目をこらして見るとまだ酔っている親父だった。あいつは暗い夜道を炭坑住宅に向かって千鳥足で登っていた。暇つぶしにおれたちは後を追った。

親父は文子の家の前で立ち止まった。家の中から読経が聞えてきた。文子の声だった。重苦しい空気が体を刺した。親父はあたりをうかがって、空家から裏口に回った。

割れた曇り硝子の隙間から中を見ると、腹の出た文子が仏壇の前で祈っていた。部屋の中はおれたちを寄せつけない雰囲気が充満していた。おれには彼女の読経の声が、「もう疲れたよ、もう疲れたよ」と泣いているように聞えてきた。

山の上の炭坑住宅から見る村は、人家が鈍い光を発して点在していた。雨上りの空には星が散らばっている。周囲の山々は夜目に不気味なほど盛り上がって見えた。新興宗教に顔をしかめていた文子が、別人のように読経しているのを聴いていると胸の鼓動が早くなった。

おれたちは静まりかえった部屋の中をのぞいた。文子は変らない姿勢で、胸許に両手を合わせて拝んでいる。薄いシャツの下の豊かな胸に、節くれだった男の手が伸び、弾力のある乳房をゆっくりとまさぐった。

文子の小声の読経はうわずって聞えてきた。男は親父だった。灼けた手は尻から乳房へと壊れ物をあつかうように撫で上げている。文子の正座がくずれ、太腿が開かれた。両手は合掌されたままだ。親父の分厚い唇が文子に唇が当てがわれ、小さな吐息が口から洩れた。

あいつは文子のシャツを脱がせ乳房を吸った。腹の奥深くから絞り出すような呻き声が、文子の喉の奥からしていた。

「どうしたん」光男が呑気に立ち上がり。おれの横顔に汚ない顔を寄せてのぞいた。光男の顔がひきつっていった。文子の手が親父の背中に回った。あいつがスカートをまくった。

「大事にせんと、やや子に当ると」

「わかっちょる、わかっちょる」

両手をついて、文子の上に乗った。当るよ、当るよ、文子が言った。親父がシャツを脱ぎ、文子がしがみついた。あまい声に混って、仔猫の鳴き声のように切ない声を上げた。「なんだよ」光男が吐き捨てるように言った。坂道をゆっくり下った。おれは足許の小石を拾い、おもいきり投げた。小石は谷川を越え、暗い森の中へ鈍い音を残して消えた。「後家《ごけ》が一番いいんじゃ」親父の好色な声が、文子の呻き声を掻き消すように耳の奥から届いてきた。


三日後、有光のじじいの葬式が、汗が吹き出てくる暑い最中にあった。有光は賭博の大勝ちと引き換えにあの世へ行った。有光は張に下駄で頭を殴られた。脳内出血だった。日本人坑夫と朝鮮人坑夫の喧嘩が始まらなければいいと誰もが緊張していた。星野のばばあは、じじいが住んでいた炭坑住宅の前で読経を上げていた。彼女だけがさびれた炭坑《やま》の中でお祭りをしているようだった。じじいの息子が星野のばばあにバケツの水をぶっかけた。

勇吉の妹が黒人兵の餓鬼を産んだ。一人死ねば、一人生れてくる。妹は若松でパン助をやっていた。三途の川の向こう岸で勇吉は泣いているだろう。そして淑子は一週間前に帰ってきた。彼女の変りようはすぐさま広がった。髪は脱色し銀色に染めていた。小さな顔に厚化粧をし、それが汗で白粉が浮き上がっていた。あいつも帰ってきてすぐ餓鬼を産んだ。

陽気だった勇吉のお袋が、急に口が重くなった。餓鬼たちはダッコちゃんが生れたと、はしゃいでいた。

誰もが砂糖菓子に群がる蟻のように、淑子の餓鬼の話でもちきりだった。人は他人《ひと》の不幸がやはり一番好きなんだ。今のおれたちにはやさしさや思いやりよりも、人の悪態をつくほうが嬉しいのかもしれなかった。

勇吉が殺され、また娘が黒人兵の餓鬼を産み、あいつのお袋があわれだった。昨日の仲間が、一夜明けると格好の餌食になっていた。

「寺本のばばあが赤子を取り上げて真黒だったので、驚いて腰を抜かしたという話たい」

二階に寝泊りしている坑夫が興奮気味にしゃべっていた。

「うちの子供が窓からのぞいたから、嘘じゃなか」

子連れの坑夫が言った。

「おれは本当にここが嫌になったとよ」

光男が坑夫たちの話を聞きながら舌打ちした。いつも悲しそうな顔をしている淑子の顔が浮んだ。餓鬼の時にいじくった淑子の小さな性器から、どす黒いぶよぶよしたと餓鬼の顔が出てくる姿が浮んだ。

有光の葬式の次の日の朝、勇吉のお袋が松林で首をくくった。大きなてるてる坊主みたいだったと、餓鬼たちが話していた。あの世でまた有光のじじいと喧嘩をしているはずだ。

「なあ、東京に行かんな。行って働かんな」

光男が真剣な顔で言った。

「東京なら、ぎょうさん働くとこがあるったい」

「あってもここがある限り、頑張らんといかんよ」

光男は黙り込み、気忙しそうに煙草を喫った。

昨日の夜、おれたちはバス停で淑子を見た。あいつは身をかがめて落ち着かなかった。おれたちは酔っぱらっていた。淑子は餓鬼を抱きかかえ、顔が見えないほど大きな帽子を被らせていた。

「どうしたんな」光男が尋ねた。淑子は餓鬼を見せまいとした。

「生れたんか」おれは言った。頓馬な質問だった。淑子は身構えた。

「あっちへ行って」

淑子が金切声を上げた。

「おれたちは幼な馴染みじゃなかね。おまえの味方たい」

「味方なんじゃから。なんも心配いらん」

光男は淑子の前に立ち、酒臭い息を吹きかけて言った。

「あっちへ行ってって言ってるでしょ」

淑子の顔は憔悴しきっていた。餓鬼が泣き出した。くろい肌の餓鬼が、口を開けられるだけ開けて泣いていた。毎年、家の玄関先で生れるつばめのようだった。

「仲間なんじゃから。仲間なんじゃからおれたちは」

餓鬼の帽子が落ち、ちぢれ毛の頭が見えた。淑子は慌てて顔を手のひらで隠した。餓鬼はひきつるような顔で家鴨《あひる》のように泣いた。淑子の顔を見た。バス停の裸電球の光の中に、土色のそばかすだらけの顔が浮んでいた。おれたちは黙り込んだ。そうするより方法はなかった。淑子は赤子と一緒になって泣いていた。

勇吉は盗人に入って殺された。お袋は松の木にぶら下った。自分の下にはまだ洟を垂らした餓鬼が二人もいる。そして淑子はくろい餓鬼を産んだ。定職のないアル中の親父が、一日中酔っぱらって家の中でとぐろを巻いている。十七の女が生きて行くにはきつすぎる環境だった。

淑子は忍耐強い女だ。学校に弁当を持ってこられない時や、つぎはぎだらけの下着をおれたちに馬鹿にされても、下唇を嚙んでこらえていた。あの時と同じ仕草だ。こいつは悔しさや苦しさを身の内に閉じ込めることができる。何もしないこと、声をかけないことが淑子への思いやりかもしれなかった。光男はいまいましそうに小石を蹴って駄菓子屋に行った。手にチョコレートやキャラメルを持って淑子の前に差し出した。

「ちょこっとしつこかった気がしちょる。悪気はなかったと」

よく気のきく奴だ。悲しくなるほどだ。淑子は涙をためた目でこっちを見ていたが、かたい頰がゆるんだ。

「びっくりしたんじゃなかかね。こんな赤ちゃんで」

「ちょっと色が黒かな」

光男がわざと剽軽な声を上げた。

「みんなダッコちゃんとか、インド人とか言うちょるでしょ」

「言う奴には言わしとけばよか。そいつらがお前の面倒をみてくれるわけじゃなかばい」

煙草を足で消しながらおれは言った。光男が淑子のそばに坐って餓鬼の顔をのぞいた。

「うちもびっくりしてしもうた。一か八かで産んだやけど。今は可愛かよ」

「結果をとやかく言うのは愚の骨頂たい。終りがわかっとったら、誰も馬鹿なことはしやせん」

餓鬼はようやく眠った。のどかなもんだ。母親の苦しみなどどこ吹く風だ。泣き疲れたのだろう。くろい瞼の下から白い目脂が出ていた。

「どこに行くんな」光男が淑子の足許のバッグを見ながら言った。

「当てはなかけど、遠いとこがよか。東京に行こうかと思うちょる」

「東京にな。おれも一緒に行こうか」光男がおれの顔を見た。

「なんを言うんな。光ちゃんは相変らずだな」淑子が笑った。光男は真面目な表情だった。

「お前がいいっていうなら、本当に一緒に行くぞ。嘘やなかぞ」

淑子は餓鬼の額の汗を丁寧に拭きながら返答しなかった。

「これ以上悪かこつはおこらんやろから、なんとかなると。なんとかなるに決まっちょるよ」

淑子ははにかんだ。それからこっちに向かって、餓鬼の時と同じように眉間に皺を集めて顰め面をして見せた。


秋になった。庭の柿の実は熟した。金田から手紙がきた。あいつは相変らず女の子とうまくやっていた。別の中華そば屋に変り、賃金が増えたと喜んでいた。金をためて、早く所帯を持ちたいとはしゃいでいた。暇な時は家具店や電気店を回っていると、気の早いことを言っている。正月に女の子を連れて帰るから、楽しみに待っていろと格好をつけていた。

文子が夏の終りに餓鬼を産んだ。逃げた坑夫と同じように鼻が空を向いていた。坑夫の餓鬼に間違いなかった。親父はおれたちに見られたことも知らず、相変らず馬鹿をやっていた。そのうち一悶着があるだろう。

「どういうことなんだ」おれのまどろみを引き裂くように親父の怒り声がした。

「もう嫌になったんじゃ」光男が親父に負けないくらい大声で言った。母屋を見ると、光男が親父の前で正座しうなだれていた。親父が光男を張り飛ばした。

「お前はわしの気持ちがわからんのか。絶対に許さんばい。そげなに働きたいなら、ここから町に通えばいいやんか」

殴り飛ばされた光男は、再び正座し動かない。

「お前がなんと言おうと、許さんからな」親父が強く念を押した。それから勢いよく襖を閉めた。

「どうした」黙り込んだ光男は口許から血を流して、母屋から離れまで歩いてきた。

「なんでんなか」

「喧嘩をしとったじゃなかか」

光男はタオルで血を拭き、やがて大粒の涙を流して嗚咽し始めた。

「おれは北海道に行くと」

「東京じゃなかとね」何を言ってるんだろうとおれは思った。東京でも北海道でも、光男が行くなどとは少しも考えなかった。

「なしておれに言わんかったんな」

「やさしくしてくれちょる親父やお袋にも言えんかった。別れて生活するのも淋しか」光男がうつ向いたまま言った。

「だったら、ここにいて働けばよかたい」

「なんをやって働くと」

「諦めてしまうのは早か」

その言葉が何の説得力も持たないことを、おれ自身がよく知っていた。

「人がおらんようになったし、また仕事ができるなんて、誰も思うちょらん」

光男は興奮を押えるように煙草をくわえた。指先が小刻みに震えていた。

「一人で行くんか」

「湯浅のじいさんと行く。じいさんが反対するのを、おれのほうから頼んだ。湯浅のじいさんは親父に叱られちょる。それでもおれは行くと」

光男は切れた唇を舐めた。

「じいさんに義理だてすることはなか。あの人も身内と一緒たい。北海道なんかに行かさせん。取り消せば、なんでもないこったい」

「北海道はまだぎょうさん石炭が取れるという話たい。亀田も久米川も行っちょる」

光男は口を閉じ体を硬化させた。それはおれが何を言っても聞かないぞという仕草だった。光男が首を引っ込めた亀のように見えた。北海道は途方もなく遠くに感じられた。

「寒かぞ」おれは言った。

「決心したと。北海道に行って、こっちの人間の心意地を見せちゃる」おれは黙った。光男は煙草を深く喫い込んだ。

「何やってんだ」母屋で親父が怒鳴り、お袋を張り飛ばした。お袋が小さな悲鳴を上げた。親父の可愛がっていたエンジェル・フィッシュが、水槽の中でひっくり返っていた。その魚たちは勝手に生きているが、いざ仲間たちが危害に会うことがあれば、みんなで攻撃して助け合うのだと言った時の親父の顔が浮かんだ。あの言葉は嘘だったのか。


「光男、お前の家はここだからな」

親父が光男の肩を叩いた。光男は説得にもかかわらず、北海道に渡ることを承諾させてしまった。強情で阿呆な奴だ。一年に一度は必ず帰ってくるという条件をつけて、しぶしぶと承諾した。粘りのない親父だった。あいつがそんな条件を守るわけがない。鉄砲玉だ。出たら帰ってきやしない。そんなことはおれが一番知っている。

「お前が死んだら、あの世で親父になんと言われるかわからんからな」

おれは光男と初めて会った頃のことを思い出した。光男は小学校二年の時に、落盤事故で父親を失った。こいつがおれの家にきたのはその三年前だった。親父に連れられ、生れた時から炭坑《やま》を転々としていた。お袋は三つの時に死んだ。結核だった。痩せおとろえたお袋を見て、恐しくなって泣きだしたと話した。多分、ぼんくらなこいつが覚えているはずがない。父親が話していたのを自分の思い出としているのだ。人なつこい光男をおれの親父は可愛がった。不憫に思ったのだ。光男の親戚は補償金を持って消えた。いつもにこにこしていたのが、こいつの唯一の取り得だった。親父は同い年のおれたちを同じように育てた。おれたちは仲がよかった。

「おらんようになると、家の中の灯が消えたみたいになるな」

お袋があわれっぽく言った。

「わしはもう生きて会えんかもしれん」ばあさんが萎びた腕を伸ばして、太宰府のお守りを渡した。光男は首につるしおどけていた。どこまでも道化者の役をやってやがる。

「そげんことを言わんでくれんな。気になるじゃなかね。今度はばあちゃんに土産ばぎょうさん買うてきちゃるからな」

光男は黒いサングラスをかけた。間抜けな顔が少しは隠れていい。湯浅が親父たちにながい間お世話になったと礼を言っている。

「もう母屋には誰もおらんですから、いつ帰ってきてもよかですからね」

お袋が目頭に涙を浮べた。まったく涙もろい女だ。親父にだまされているとわかると、どのくらい泣くのだろう。

「無理せんで帰ってきたほうがいいんじゃからな、湯浅」

「これから一花咲かすつもりでやりますたい」

湯浅が言った。

「親父も無理しちゃいかんぞ」光男がお袋たちに気づかないように耳打ちした。それから小指を立てた。親父の拳骨が光男の頭に落ちた。

「知っとったんか」

「あいつも知っとる」

光男はおれを指さした。親父は黙った。

「あいつの博打の負けをちゃらにしてやってくんな。おれのあいつへの餞別にするから」

光男の頭にもう一つ拳骨が当った。「口止め料にしちゃ、安かよ」光男が言った。

「湯浅、無理しちゃいかんぞ。無理すると、年寄りの冷や水になってしまうとたい」

親父が話をそらした。湯浅たちが笑った。おれは頬がひきつって笑えなかった。村はすっかり秋だ。停留所のそばの溜池の水面は青さが消え、薄い緑色に変化していた。子供たちが鯉釣りをしている。溜池に覆い被るように迫っている山は、至るところ紅味を帯びていた。

停留場の前の古い家は、藁葺屋根を壊してトタン屋根に張り直していた。新しいトタンは太陽の光に乱反射し、釘を打つ音が響き渡っていた。

「わしはこれから酒を呑む相手がおらんようになるな」

親父が言った。ばあさんがようやく坂道を登ってきた。いつの間にか白髪だらけになっている。お袋を見た。彼女もまた後髪に白髪が混っていた。風が晩秋の気配を運んでおれたちの前を通り過ぎた。

「息子がいるじゃなかかな」

湯浅が言った。親父がゆっくりとおれの方を見た。酒の呑み過ぎで、頬があかく染っている。おれは顰め面をした。父親と毎日酒を呑むほど年齢《とし》をとっちゃいない。お世話様だというもんだ。

バスが急停車した。土埃が舞い上がり誰も見えなくなった。

「おれも元気でやるから、お前も元気でやるとよ。おれたちは義兄弟なんだからな」

「当り前だ。元気なのが取り得だろ」

義兄弟ならここにいてもいいじゃないかと、言葉が喉まで出かけたがやめた。

「無理だと思ったら、すぐ帰ってくるんだぞ」

親父が怒鳴った。ばあさんは泣き、お袋は小金を渡していた。湯浅は古い布袋を痩せた肩に担いで、よろけるように乗車した。おれはこれきり光男に会えない気がした。あいつはバスの後部から手を振っていた。

バスが山肌を削ってできた新道を登りきった。光男たちが出て行き、おれは始めてこの村に活況が戻らないことを知った。丘の上まで登った。バスは新道の坂道を下り、舗装されていない旧道を土埃を上げて走っている。田と田の間を流れている遠賀川が陽差しに輝いていた。遠賀川はおれたちの川だ。おれたちはこの川を中心に生きていた。それももうこれでおしまいだ。やがて、時と共に、この川も忘れられる。ごんた船がゆっくりと川下に流れていた。

遠賀川の向こう側にかすかに黄色く澱んだ空が見える。八幡製鉄所の煙だ。あれが東洋一の煙だ。あの空を澱ませている煙は、おれたちの掘り出す石炭の力だと信じていた。川の流れに沿うて、客車を二両繋いだ機関車が黒い煙を吐いて走っている。煙は青い空と黄色い田を覆った。光男と湯浅が乗る汽車だ。悲鳴のような汽笛がこだました。あれはおれたちの叫び声だ。涙がまた出てきた。おれはもう一度、足許の死んだようにひっそりとしている村を見つめた。村がふくらんで見えた。

待ち針

運河をぽんぽん船が走り抜けている。船は上流から下流へ向っているようだ。かわいた空気をはじくように、音は少しずつ大きくなりやがてまた遠退いた。その音で目が醒めた。不燃板の低い天井には、蛍光灯の白色の光が窓の外の夏の光に抗《あらが》うように鈍い光を放っていた。

ベッドは二十床あった。整然と並べられたその上に、男たちが仰向けになっている。誰もが無言だ。船の通り過ぎる音、コンクリートの防波堤の脇道を、おしゃべりしながら歩く女の声、路地を走り抜ける子供たちのはしゃぎ声、それらの音や声が静かな病室にしみ込んでいた。

「疲れているみたいね」

顔見知りになった年配の看護婦は、度の強い眼鏡をかけた目を向けた。今日は分厚い唇に、ていねいに口紅を塗っている。なにかいいことがあったのかもしれない。女は先刻まで、同僚の看護婦と秋にいく旅行の話をしていた。

「いびきをかいてたわよ」

おれは壁の時計を見た。微睡《まどろ》んだ時間は十分たらずだ。そのわずかな時間に夢を見た。夥《おびただ》しい向日葵《ひまわり》の花が咲いていた。おれの背丈より高い向日葵は、黄色い花びらをすべてこっちのほうに向けていた。その花びらの中で、おーい、おーい、と誰かが野太い声で呼び続けていた。どこかで聞いた声だったが判然としない。幼いおれは、その夥しい花の中を泣きじゃくって走り回っていた。

目が醒めると、首筋に冷たい汗が流れていた。喉が渇き、唾液を飲み込むと、喉の奥でひっかかり軽い痛みを覚えた。

「どんな夢を見ていたの」

看護婦が真上から覗き込み弱い笑顔をつくった。ひらべったい鼻の穴が見えた。

「いい夢？」

「まあね」

「羨ましいわ、お裾分けをして」

女がおれの左腕に刺している注射針を抜くと、小さな痛みが走った。ダブルだったかしら、と彼女は訊いた。ああとそっけない返事をすると、脱脂綿を渡して押さえろと言った。

「体じゅうにとりもちを塗って、お札の上を転げ回っている夢を見たよ」

「欲の深い夢」

「そうなったら、一緒に逃げようか」

「正夢なら悪くないわ」

大きな前歯にかぶせている金歯が見えた。頬に塗っている白粉が斑《まだら》に浮かび上がっている。

「瘤つきよ、それでもいいの」

女は中学生と小学生の娘がいて、亭主は五年前に脳出血で、あっけなくこの世とおさらばしたと笑った。

「娘さんか」

「そうよ」

「大変だ」

「金食い虫を飼っているようなもんよ」

おれはぶらりと下げている手で女の尻を触った。ぷよっとした肉だ。相手はハンガーから採血バッグをはずしている。わたしは安くないわよとこっちの手の甲をたたいた。

戸口の向こうに三角錐のボタ山が見えた。山肌は深い亀裂が入り、雑草が山の麓から頂上に向かって増殖している。巨大な古墳のようだ。その山に植林がされ、松が植えつけられていた。

おれは腹ばいになって煙草を吸いながら、子供の頃、よく遊んでいたボタ山を見ていた。ボタを捨てなくなった山はまるみをおびている。そばには香代子が寝そべっている。細い首に汗が無数に浮き上がり、毛を毟《むし》られた鶏の肌のようだ。

「さっきからぼけっとして、気色悪かよ」

香代子が首筋の汗をぬぐった。

「考えごとをしちょる」

「誰がね」

香代子が暑さでやられたんじゃなかかね、とこっちを見た。

「おたがいにぼんくらな頭で考えたってしょうがなかよ」

おれは香代子の細い足首を引っ張った。それからおもいきり脚を開いた。

「ほんとにめめこが好きなんやな」

「他にすることがなかばい」

「嘘ばっかし」

香代子が嬉しそうに目を潤ませた。

「お前と同じたい」

脇で子供が細い寝息を立てている。八カ月前に生まれたばかりだ。香代子の腹から子供が這い出てくる前に、男は逃げた。河川の増幅工事にきていた職人だった。近くに飯場ができ、そこに飯炊きにいっている時に孕まされた。歳が一回りも違う男だった。こんなところに根を生やすわけにはいかんもんなと言って、別の土地に逃げた。

「なんを言われてもよかばい」

香代子は汗ばんだ腕をおれの首筋にからませた。

「好きなら好きと言うたほうが気が楽ばい」

子供が寝返りを打って薄目を開け、盗み見をしているように見える。香代子は手を伸ばして、子供の横顔を反対側に向けた。夏の陽射しが彼女の火照《ほて》った顔の半分を、炙りだすように照りつけていた。

近くの木から蟬が鳴き始めている。香代子が強い陽射しを避けるように上体をずらすと、子供がもう一度こっちを向き、汗が狭い額からこめかみに流れた。

香代子は濡れたタオルで脇の下を拭き、髪を輪ゴムで止めた。子供が突然ひきつけを起したように泣き始めた。

「よう泣くがきたい」

「ひもじいんよ、おなかがすいて」

香代子はおれが銜《くわ》えていた乳頭を娘にふくませる。相手は小さな手を乳房に当てて吸い、母乳の雫が口元から伝わり落ちていた。

「お前の老後は安泰たい」

おれは弱い笑いを口元に集める。お前と同じ仕事をやって、食わしてもろうたらよかと言うと、哺乳壜を投げつけた。

「亭主はどげんしちょると」

「もうさっぱり忘れたと。そのほうが楽やし」

香代子は膝の上に止まった蠅をたたいた。蠅は押しつぶされて古びた畳の上に転げ落ちた。彼女は口をすぼませ、その蠅をおれのほうに吹く。蠅は尻から体汁を出し引っ操り返った。

「しょうもない男たい」

「うちがちょっと運がなかっただけたい」

「いいんか、それで」

「どこにいるかもしらん」

香代子はそっぽを向いたまま右側の乳首を吸わせた。彼女の手の甲には太い血管が走っている。そこにも蠅が止まった。それを払おうともせずじっと見ている。子供が満腹になったのかまた眠った。

「よう寝るがきやな」

「しょうがなかよ、それが仕事ばい」

香代子は赤子を畳の上に寝かせ、前腕部でもう一度汗をぬぐった。それから両足を握って、襁褓《おしめ》を取り替え始めた。古びた坑夫長屋から、数人の女たちがお経を読み始めていた。蟬の鳴き声に似ていた。

「あっちのほうはうまくいっちょるんな」

香代子が襁褓をあてがいながら尋ねた。

「わるさはやめた。地道が一番たい」

一年前、都会から戻ってきた石井と、養豚場の豚を三匹失敬して売り飛ばしぱくられた。拘留期間いっぱいにぶちこまれ、いやというほどぶん殴られてようやく出された。性根のくさっている奴は、少しは体で覚えさせせんとわからんもんな。いかつい体をした刑事はおれをぶったたいた。石井はそのまま都会に出て、今はどこかの部屋住みのやくざになっていた。半年ぶりに会うと、左手の小指の先を落とし包帯をしていた。

「違うばい。あっちのほうたい」

「なんとかうまくいっちよる」

「よかな、あんたは夢があって」

それから香代子は、やることがないからあげなことばっかやっちょるんよ、あん人たちはと顔をしかめた。

「なんな」

「新興宗教たい」

うなるような声が暑さを一段と感じさせた。ほんとに辛気くさかね、と香代子が溜め息を洩らした。それからまたきてくれんな、と言った声を聞いて外に出た。陽射しが眩しい。太陽はボタ山の向こう側に傾こうとしていた。山肌には陽炎《かげろう》が無数に立ち上がっていた。

このまま何日も暑い日が続けばいいと思った、春先に廃坑の土地を借り、キウイの蔓を植えた。その実がふくらみ始めたばかりだ。去年は水はけに注意せず、ほとんどを枯れさせてしまった。今年は同じ轍《てつ》を踏まないと決めている。暑い日が続けばその心配も少なかった。

「キウイって、女のめめこに似ちょるんな」

香代子が怪訝な顔で訊ねた言葉が、脳裏をかすめた。

「やっぱ、あけびみたいにまんなかから割れてくるんな」

「割れちょるのはお前たい。割れてはこん。毛は生えちょるけどな」

「助平そうなくだものやな」

香代子が笑った。なにもかもがうまくいっているのが心地よかった。今年の一年は早い。それだけおれがキウイをつくることに夢中になっているからだ。盗人や喧嘩をして暮らしていた時より、はるかに体の中にふくらむ感情があった。

五月に葉陰につぼみが現われ乳白色の花が咲いた。蔓の下に入ると、薔薇の花に似た淡い香りが立ち籠めていた。六月の終わりに小さな果実がぶら下がるのを見た時には、身震いするほど嬉しかった。この実さえなれば、おれはこの土地で生きていけそうな気がしていた。

「うまくいっちょるんな」

「もう安定期たい。あとは臨月を待つだけたい」

「うちもなんか見つけんといけんな」

「いつまでも馬鹿をやっちょってもいけんばい」

変われば変わるもんね、鑑別所や豚箱はいいところみたいやねと香代子は言った。そうかもしれんとおれはにやついた。悪い気はしなかった。

「実がなったらくれんね」

「いくらでもよかよ」

「高いんやろ」

「一個でお前のめめこ代になるばい」

うちはもっと高か、と香代子は手の甲をつねった。おれはわざと痛いと言ってやった。香代子が嬉しそうに、いいざまや、と声を上げた。人の笑い声を聞くなんて久しぶりのような気がして、おれの胸に心地よく響いた。腹いっぱい食わせてやるばい、こっちもつられて口元をゆるめた。

何年も人が住まなくなった坑夫長屋は、空き家だらけだ。壁は剝げ落ち、あちこちに落書きがしてある。風は坂下から吹いている。生温い風だ。飛行機雲が青空に伸びている。おれは木陰に腰をおろし、炎天下で遊んでいる子供たちの姿を追いかけた。安打した子供が一塁ベースでつまずいて転倒した。

広場の端にはいつのまにか薄《すすき》の穂が生えていた。やがて秋だ。木々の繁った山が目にしみる。目を閉じると、その裏側に逃げた父親の顔が浮かんだ。酒に酔ったあいつが、おふくろを頼むぞと陽気に言った。出稼ぎに行く前の晩だった。どうせ女と一緒なんだから、なんも格好つけることはないとおふくろは言った。おれは黙っていた。親父のいびきが部屋の中に響いていた。

「殺してしまいたかな」

おふくろが大の字になって眠っているあいつを見下ろした。こげん人は死んでしまったほうがいいんよ、と亭主の脚を蹴飛ばした。女の腹の中で、親父のがきがふくれ始めていることは知っていた。ほんなこつ殺してしまいたかなと声が震えていた。それに答えるように親父のいびきが一瞬止まった。しかしまたなんでもないように往復のいびきをかき始めた。

「あんたはどげんすっと」

おれは大口を聞けている親父を見た。喉に唾液が詰まって息苦しそうだった。みんな出て行ったほうがせいせいするばいと彼女が言った。

「親の面倒をみるんは、息子の務めたい」

「誰が言うたんね」

「昔からそう決まっちょるし、おれもそげん思うちょる」

「そのうち捨てられてしまうのに」

おふくろがなさけない顔で親父を見た。子供の世話をやってくれと言うても、絶対にやらんからな、と憔悴した顔を向けた。弟でもなんでもないんやからなと言い含めるように言った。

「わかっとる」おれは煙草を吸い込んだ。喉がいがらっぽかった。それからおふくろの横顔を盗み見た。目尻に深い皺が走り、陽に灼けている分だけ一層深く感じた。くさくさするなと真っ赤な目をして言った。

親父の連絡は半年経ってもなく、途中一度だけ小金を送金してきただけだった。なにも書いていなかった。自分たちが住んでいる場所さえも書いていなかった。

「まったくの鉄砲玉たい」

おふくろは茶封筒を吹いて中を見た。

「この敷居は絶対に跨《また》がせんばい」

「もう帰ってこんよ」

おふくろは封筒の消印を見て、東京におるみたいだなと言った。

「さかりのついた犬と一緒たい」

「いつ頃までさかりはつくんな」

おれはおふくろを見て死ぬまでやろかと訊いた。

「あん人に訊いたらよか」

元気でやれよと次の朝早く、親父はおれに言った。おふくろは眠っていた。起きているのかもしれなかった。襖の裏側で息を殺しているようだった。あいつは二日酔いの頭を二、三度たたいて水を飲んだ。

「行くんな」

「男の義務たい」

親父はあっちのほうが大変だからな、こっちはお前が食わしてやったらよかと笑った。おれは単純な発想だと思った。あちら立てればこちら立たずという論法だった。

「いいんか、それで」

「いいか悪いか誰もわからん」

親父は新しい靴を履き、それからよろしく頼むわと言って家を出た。野良犬が夏草に鼻面をつけて徘徊している。やせた犬だ。三日前、近所の赤犬とさかっていたが、こっちの顔を見ると迂回して逃げた。野球をやめた子供たちが喧嘩を始め、石を投げつけられた者達がバットや棒切れを持って追いかけている。今年キウイの栽培がうまくいけば、香代子と一緒になってもいいと思った。

看護婦が血漿を抜いた採血バッグの血液を、血球返還採血機でおれの身体の中に還流させている。ハンガーに取り付けられた採血バッグから、生理食塩水の入った血がぽたぽたと落下している。赤黒い血だ。

「田舎、どこ?」

看護婦がこっちの身体に戻っていく血を確かめながら訊いた。

「九州」

「随分と帰っていないでしょ」

おれは黙っていた。

「当たりね」

女はたまには帰らないから、おててが悪さをするのよねと言った。そばに横たわっているやせた白髪の男が、元気があっていいなと笑った。入り口を見ると、検査の終わった年配の女医が、腰に手を当ててこっちをながめている。

朝、おれはその女医の前で冷汗をかいた。血液の比重を調べるために、採決した血液を硫酸銅液の中に落とすのだが、いつもより落ち方が遅く、再び浮かび上がるのではないかと怯《おそ》れた。相手はぎりぎりねと呟き許可してくれた。血液は十四日間経たなければ売れない。おれがここへきたのはちょうど十四日前のことだ。女医は無理してはいけないと言った。おれは黙っていたが危ういところだった。

十四日前、飯場で一緒にいるフィリピン人のポールと売血にきた。ポールは二十七歳で、フィリピンのスラム・トンドの出身だった。おれが血を売れば、四千円になると言うと、あいつは目を輝かせて、連れて行ってくれと頼んだ。その金を送金するのだと言った。ポールが話すスラム街は、おれがいた村にどこか似ていた。こいつも出稼ぎ、おれも出稼ぎだと思うと急に親近感が湧いた。

「行くか」

「お願いします」

まかせときな、とおれはやせた胸をたたいた。次の日、ポールは両親が喜ぶと言い、四千円で十日は家族が暮らせると言った。そして検査を受ける段階で、あいつは外国人ということで拒否された。女医にしつこく頼み込んだが受けつけてくれなかった。あいつは目に涙をふくらませていた。

「心配するな、待っていろ」

ポールは椅子に坐り込んでうなだれていた。売血が終わり、四千円のうちから二千円を渡すと、あいつは本気で泣き始めた。

「仲間だからな」

「ありがと」

ポールは白い歯を見せた。それから四千円もくれるなら毎日きたのにと涙を拭いた。

昨晩、野崎がまたシャブを売りつけた。一カ月前、あいつがいい薬があると言った時からそれがなんであるか知っていた。

「腰の痛みなんか、これで一発でよくなる」

あいつは寝ているおれの横にやってきて、媚を売るような視線を投げかけた。深夜労働をやる若い奴には、睡眠防止法の薬だと言って売った。風をひいた奴には風邪薬だと言い、なんにでも効く万能薬だと囁いていた。

　おれはなけなしの金でそれを買った。少しずつ値は上がっていた。注射針がこっちの腕に入った瞬間からおれがおれでなくなる。腰の痛みも忘れ、厭なこともどこかにふっとんでしまう。その魔力に抗いきれなくなってきているのがわかる。いい薬だろ、と野崎は下卑《げび》た笑いを浮かべた。そして今朝ここにきて血液の比重の検査をやった。女医の唇からついて出る言葉が気がかりだった。

　左隣の坊主頭の男は左腕をだらりとたらしながら、右手で競輪新聞を読んでいる。こいつもダブルと看護婦に言った。シングルが二千円でダブルは四千円だ。その金を持って競輪場に行く様子だ。隣の老人に、これは石より硬い、鉄板レースだと言っていた。老人がだらしなく笑い、しなびた腕から赤い血が吸い上げられていた。


「元気な」

　受話器を取るとおふくろの声がした。びっくりするじゃないかと応じると、あんたを驚かせてやろうと思ってなと声を上げた。

「香代子さんから電話がいったな」

　おふくろは探るように訊いた。

「なかよ」

「近いうちに電話があるばい」

「なんで」

「あの人から直接訊いたほうがよか」

おふくろは口籠もった。さびれた田舎が浮かんで消えた。その村にわずかな彼女の土地があった。そのために家族は離れられなかった。炭坑のなくなったボタ山には木々が繁り、鉄気水《かなけ》で赤茶けた水田は透明な水になりきらきらと反射していた。

男ができたと言ったのは香代子だった。別れてくれと苦しげな声で言った。どういうことかわかっちょるのかとおれは怒鳴った。おれはなんのために働いてきたのだと思った。休日も祭日も志願して、仕事に出て、仲間が嘲笑するのも知っていた。

「そんなに働いてどうするんですか」

「若いもんにはわからんさ」

おれがそう言うと男の顔色が変わった。

「まるでエフやバキと同じじゃないですか」

利尻《りしり》からの若い出稼ぎの男がからかい、津軽海峡は遠いですわと言った。おれなんかすっかりはぐれ鳥になっちまったよと淋しそうな顔をした。おれにはおれの生き方がある。誰も助けてくれないことくらい知っていた。それはあの閉山のあとの土地を見ればわかる。さびれた土地に誰もこなかったし何も起きなかった。

「やさしくしてもろうたんよ」

香代子が呻き四十六だと言った。おれより十歳も上だ。美津子も一緒に育てたい言っていると呟いた。犬や猫と違うだろうがとおれは声を絞り出した。うちはこうなってしもうたから、あんたとはもう住めんよとあいつは言った。

おふくろが厭がっている白内障の手術を、自分からやると言い出したのは十日前のことだ。あれはどういう心境の変化なのだろうかと思う。香代子がいなくなった時のことを考えて、目を治そうと思ったのに違いない。

「美津子はうちが育てるばい」

おふくろはおれの感情を計るように黙った。あの娘もそうしたいと言うとると言った。香代子と一緒になった時、美津子も自分の子として認知した。あいつは今でもおれが本当の父親だと思っているはずだ。十六年間の夫婦生活は一体何だったのかと、しびれたような頭の中で考えた。


坂道を下って旧道に入ると、坂下から金槌の音が弾き返っていた。音は村中に響き渡っている。それにつられて近づいた。新築工事は旧道と新道の交差するところでやっていた。屋根には二人の職人がトタンを張りつけていた。屋根が眩しかった。

背後から誰かが呼ぶ声がした。振り向くと、香代子が黄色のワンピースをひらつかせながら坂道を走った。

「別人かと思うた」

おれは驚き、今、お前んとこへ行ってきたばかりたいと言った。

「家にな」と香代子は、指先で頬を伝う汗をはらった。白粉が斑になって浮かび、かさついた指の爪にピンクのマニキュアを塗っていた。

「しばらくやね、元気やった」

「何かいいことあったんか」

「あったんよ」

香代子はサンダルを突っかけている足の爪にも、指先と同じマニキュアを塗っていた。

「店をやるんよ」

「誰が？」

「決まっとるじゃなかね」

香代子が細い目をトタン屋根に向けた。屋根の向こうに秋の陽射しがあった。

「これがうちの店になるんよ」

彼女の鼻柱にも汗粒が浮かんでいた。右手に持っている買物籠には飲み物とパンが放り込まれていた。大工さんに飲ますんよと言った。

「本気な」

「うちの人が一月前に、仕事現場で死んだんよ。身寄りがこの間までわからんで、ようやくうちが妻だとわかったんよ」

香代子は妻という言葉に力を入れた。言葉づかいまで変わっていた。運がよかったなと言いかけてやめた。はい、と言って彼女が二人の大工にコカコーラを渡した。

「えらく景気がよくなったんやな」

「みんなあん人のおかげたい」

笑い方まで変わった気がした。それから背負っていた子供を木陰に寝かせた。おれはそばに寄り、子供の性器の割れ目を見ながら、お前のにやっぱ似ちょるなと言った。

「好かんよ」と香代子があまったるい声を上げた。一人で放っておかれた子供が両手両足を突っ張って激しく泣き始めた。あんたがこの娘の大事なとこを触ったから、恥ずかしがって泣いたんよ、と香代子は上機嫌で言い、今晩、前祝いをやらんねと笑いかけた。


おれは別れると言う香代子のことを考えた。その一瞬の気のゆるみがまずかったのだ。品川の配送工場の地下工事をやっている時だった。工場は地下三階、地上十階の建物だった。山留工事が終わり、掘削工事に並行して、おれたちは仮設構台を造っていた。掘削をして土がなくなったところから構台のぶれや、たわみを防ぐために水平ブレースやアングルを取りつけていた。

決して体調は悪いほうではなかった。しかし意識の奥深くにあいつの言葉が重く沈んでいた。なにを戯言《ざれごと》をと打ち消したが、あぶくのように浮き上がってくる。なぜ別れたいと言いだしたのか理解できなかった。ながい出稼ぎ生活がまずかったのはわかる。だがそれ以外にあの土地で、なにをやって食っていけばいいのか。みんなあいつらのためによかれと思ってやったことだ。

香代子のただの気の迷いと思いたかった。高校二年になる美津子も短大に行きたいと言っている。まだ稼がねばならなかった。離れて暮らしているのがいいことではないことがわかっていた。それもあと二、三年の辛抱だ。そうすればあの土地に戻って、今度は腰を落ち着けて、なにかをやるつもりだった。

そのためにも金も必要だったし、今ここで泣き言を言っている暇はなかった。それなのにあいつは別れたいと言う。香代子は訴えるように言い、受話器を持ったまま沈黙が続いた。そこには硬い決心が感じられた。

「下ろすぞ」

構台の上にいる根岸が大声を上げ、ぼんやりしていると怪我をするぞと怒鳴った。構台のラフタークレーンが警戒音を鳴らしながら旋回した。ワイヤーには数本のチャンネルが取りつけられ、頭上から下ろされていた。おれがいるところから地上まで、十六メートルの高さだ。最後の荷降ろしの時に、一番ながいチャンネルが、構台の支持杭と水平ブレースの間にひっかかった。おれはしかたなくそこまで登り、プレースに足をかけチャンネルを押した。

その時、ぴんと張っていたワイヤーがゆるんだ。クレーンの運転手と根岸との連係が嚙み合っていなかったのだ。おれは自分の体を支えることができなくなり、そのまま落下した。十三メートルの高さだった。落ちる時、このまま死ぬなと妙に冷静な気持ちになっていた。

途中、飛び出していた水平ブレースに体が当たり、そして地面にたたきつけられた。落ちたところは偶然に軟弱地盤だった。おれは息もできず、失神した。下りてきた仲間達が不安そうに見ていた。目を開けたおれはだらしなく笑って、立ち上がろうとした。大丈夫かと運転手が訊いた。助かったよとおれは顔をゆがめた。しかし起き上がろうとしても起き上がれず、そのままうずくまってしまった。腰部に感覚がなかった。救急車がきて、そのまま病院に運ばれた。

医者は下半身不随になるかもしれないと言った。おれは右腕の複雑骨折と脊髄の裂傷を負った。砕けた骨が神経を圧迫するかもしれないと医者は言った。三カ月の安静治療だった。そして一月前、ようやく歩行許可がおりた。固まった骨はなんとか神経に触らずにいたが、コルセットはつけたままだ。長時間歩くことはまだ禁止されていた。

その間、おれは労災補償の賃金をもらい、それを田舎に送金した。少なくなった分はそのうち送ると言っておいた。あんなに重宝がっていた経営者は、態度を一変させ、おれが安全ベルトを着用していなかったことを詰《なじ》った。

そのことを一番後悔しているのはこっちのほうだ。あの時、なぜベルトを締めなかったのかと、ベッドの上で数えきれないほど考えた。仕事に慣れきっている傲慢さと、ほんのちょっとした気のゆるみがあった。それでも運がよかったと思わずにはいられない。途中でチャンネルにひっかかった偶然、軟弱地盤に落ちた偶然、そのどちらがかけてもおだぶつをしていたはずだ。今頃は三途の川を間違いなく渡っていたに違いない。

だがギプスをはずしても、再び高所作業の鍛冶工をやれるという保障はなかった。医者は重い物を持ち上げたり、高いところに上がったりするのは、無理だと呆れ顔で言った。毎日飯場で寝ているおれを、経営者は疎《うと》んじ始めた。こっちが安全ベルトをしていなかったというだけで、不足分の賃金を出そうとはしなかった。それどころか田舎に戻った方がいいと、露骨に言う始末だった。昔ならこいつなんかという思いが込み上げてくるたびに、気持ちを押さえ込んだ。

迷い込んできた蛾が消し忘れた蛍光灯の下を飛んでいる。窓の外からは粘りつくような海風が侵入し、かすかに潮の匂いがする。遠くにディズニーランドの建物が見えた。きのうの夜、その広場から花火がいくつも上がった。それを一人で見ていた。今年の正月に帰省した時、ディズニーランドのすぐそばに住んでいると美津子に話すと、目を輝かせた。何年も近くに住んでいて、まだ一度も行ったことがなかった。一緒に行くかと言うと、あいつは小躍りしていた。まだ子供だった。

「明日の三時にそっちに着きますけん、五時にホテルのロビーでどげでっしょ」

受話器の向こうから香代子の事務的な声がしていた。おれはあいつに会って何を喋ればいいのだろう。男ができた女房を張り倒せばいいのか。別れるならそれで事足りた。考えが固まらず、いつまでも頭の中で浮遊し続けていた。

香代子が別れたいと言った時のことを改めて反芻してみる。あの言葉は今でも本心なのだろうか。何年も帰らなかったおれへの当て擦《こす》りではなかったのか。しかしそんなはずはなかった。あいつは相手の男の名前まで告げ、おふくろは目を治すとまで言った。おれとあいつの関係が抜き差しならないところまでいったので、目を治すと決めたのだ。

「もうあんたらはいけんよ」

おふくろは戸惑い気味のこっちの気持ちに、とどめを刺すように言った。

「みんなのことを思うて、働きに出とるんたい」

「割れた茶碗は元に戻らん」

体の中で血がゆっくりと躍っている。血はおれの怒りを乗せて体中を駆け回っていた。突き上げてくるものはもどかしさだけだ。そのもどかしさの向こう側に、男に抱かれている香代子の姿が浮かんだ。

おれの楽しみといったらなんだったのだろうと思う。朝、陽が昇る前に飯場を出て、危険で気が抜けない現場で日暮れまで働く。工程がきつければ残業もやる。疲れ切った体をライトバンにうずめてまた飯場に帰る。毎日がその繰り返しだった。

たまの休みには郊外の健康ランドに行った。あれが唯一の楽しみだった。そこでサウナや薬湯に浸かって、重く沈殿している疲労をほぐす。そして湯上がりに冷えたビールを飲み、職人たちとカラオケを歌う。へただが大声を上げて歌うと、疲れがどこかにすっとんでしまう。まれにだがマッサージも受けた。極楽だった。

香代子の楽しみはなんだったのかと考える。わずかな水田に稲を植え込むあいつの姿が脳裏をかすめる。嫁と姑の関係もうまくいっていたはずだ。だからおれは安心して出稼ぎに出られていた。その香代子が離縁したいと言う。何度話をしても堂々巡りで、犬が自分の尻尾を噛もうとするようなもんだ。いつも受話器をたたきつけていた。

蛾はいつのまにか二匹になり、執拗に蛍光灯の周りを飛んでいる。やがてそのうちの一匹が、飛び疲れて畳の上に降りた。おれはそばにあった週刊誌をまるめておもいきりたたいた。週刊誌をずらすと、蛾はひらたく押しつぶされ、大きな羽をばたつかせていた。バランスを失いひくついている蛾が、ほんの一瞬だけ香代子の姿と重なった。

通りに出ると、雨を含んだ重い雲が村全体を覆っていた。湿り気をおびた生温い風が吹いていた。雨になるのかもしれなかった。店に着くと、遅かったじゃなかねと香代子が親しげな顔を向けた。五坪ほどの小さな店には三個の円卓が並び、壁にはへたくそな字の品書きが張りつけてあった。

「よか店でっしょ」

香代子が木の匂いがする店を見回した。カウンターの中には景子がいて二人のやりとりを聞いていた。

「いつ戻ってきたんな」

「おととい。しばらくおるからここで手伝うかもしれん」

景子は髪を脱色させ金色に染めていた。美容師になると言って都会に出ていた。いろいろあってねと視線を落とした。

「だから今晩は同窓会も兼ねちょるんよ」

景子は東京の葛西《かさい》にいると言い、江戸川を渡ればすぐ千葉県だと言った。その川べりの美容室に三年勤めていると話した。

「どうね、東京は」

おれは挨拶代わりに訊いた。

「厭なとこ」

さびれたとこでも生まれ育ったとこがいいと景子は言った。それからおれ達は都会に出て行った仲間達の話や、子供の頃の愉快だった話をしながら酒を飲んだ。香代子に子供がいることに景子は驚き、おれの子かと尋ねた。そうよと香代子がながい舌を出した。酔った景子は、店で働いていた男に捨てられて堕胎までさせられたと泣いた。

「どこにいても同じようなことはあるんやな」

香代子が自分の身の上と重ねるように呟いた。そうだなとおれは言った。「馬鹿野郎」と酔った景子が突然声を上げた。

　風がドアをたたいている。香代子がラジオのスイッチを捻ると、大型台風が上陸するとアナウンサーが喋っていた。香代子はふらつく足取りで二階に上がり、雨戸を閉め始めた。あんたは東京に出んの、と景子は充血した目を向けた。行かんとそっけなく言うと、そのほうがよかよと彼女は弱い笑みを浮かべた。それがどういうことかおれにはわからなかった。風の音が気になり、キウイのことが頭をかすめた。午前中に、キウイを見に行ったばかりだった。

実《み》は確実に大きくなり続けていた。技は繁り、葉は陽を通さないほど樹形の上で重なり合っていた。おれは枝先を剪定《せんてい》して陽が入りやすいようにし、それから枝先を陽当たりのいいほうへ誘引した。蔓の枝はいつのまにか褐色に変わり木質化している。果実の色合も緑色から茶褐色になった。おれはまだかたい果実を指先で一つずつ確かめながら、きらきらと光る葉陰の中を歩いた。今年こそはと思った。今年うまくいけば、来年はもっと土地を拡げて栽培するつもりだった。廃坑の土地をこの実でいっぱいにしたかった。自分が初めて夢中になれるものに巡り会えたと思った。

葉陰の下に入るといつも厭なことがどこかに消える。藪蚊に刺される痛みも、腕のかぶれも気にならない。このやせた土地に根を生やした蔓のように、おれもこの廃坑の土地に根をおろしたいと願った。あの実さえ摘み取ることができれば、この土地で生きていけると信じ込んでいた。酔ってもキウイのことが頭から離れなかった。

「ここで香代子と一緒になろうと思うちょるんよ」

景子が酔った目でおれを見た。

「いい話ばかりでよかな」

「ちょうどいいような気がすっと」

香代子が姉さんかぶりの手ぬぐいを取って、階段を降りてきた。背中で子供が眠り、頭をだらりと下げ、今にも折れてしまいそうだった。いいことよ、それは、と景子は言った。細い目は笑っていなかった。

窓の外を見た。雨混じりの風の向こう側にボタ山がゆらいで見えた。頂上付近でボタがくすぶり、白い煙が千切れていた。変わっちまったわよねと景子は同じ景色を見ながら呟いた。

「ひそひそ話をして、なんね」

階段を降りてきた香代子が言った。まじめに生きたいと話しとったんよとおれが言うと、こいつがあんたと夫婦になりたいんだって、と景子が酔って澱《よど》んだ目を向けた。香代子が惚けた顔で突っ立っていた。風が吹き荒れていた。やっぱ台風だわ、と香代子が戸口から外をながめた。景子は酔い潰れ、テーブルの上に頭を置いて眠り込んでいた。

通りに出ると、風がおれの体を押し倒すように吹き、太い雨が体にぶつかってきた。通りは真っ暗だった。明日朝早く、キウイ畑に行こうと、酔った頭の中でそのことばかりを考えていた。

山火事の夢を見ていた。火は土地の山という山を嘗《な》め上げていた。おれは火の熱さに狼狽し喉が渇ききっていた。半鐘の音が鼓膜を打ち破るように鳴り響き、おふくろが叫び狂っていた。

「起きんな」

強引に揺り動かす彼女の声で目が醒めた。酔いで、後頭部が重く鈍かった。「何時な」とおれは尋ねた。雨戸の隙間から鈍い光が忍び込み、村の半鐘が響き渡っていた。

「上の堤が決壊したんじゃと」

おふくろが神経質な声で、昨晩の大雨で堤防が切れて大水が流れていると言った。あわてて外に出ると、半鐘の音が山々に激しくこだましていた。おれは走った。走りながら祈った。途中、香代子と景子が寝間着のまま通りに出て茫然としていた。トタン屋根は捲《まく》れて吹っ飛び家屋は半壊していた。手抜きたいと香代子が詰《なじ》った。

炭坑のあったところまでやってくると小さな声が洩れた。廃坑の中腹にある堤は滝のように濁った水を流していた。濁流は木々を薙《な》ぎ倒し、誰もいなくなった坑夫長屋を流し去っていた。水量は減る気配を見せず、大量の水はでき上がったばかりの新道を破壊しながら、下流の田圃へうねるように流れこんでいた。田圃の真ん中にある小高い大師堂は水に浸かり、流れくる小波でゆらいで見えた。放心したまま突っ立っていると、そばでは老婆が、堤に向かって、なむあみだぶつ、なむあみだぶつと両手を合わせていた。

廃坑の中腹には深い亀裂が入り、黒色の土地の下から黄土色の山肌が現れていた。木の根は剥き出しになり何本も倒れていた。目をこらしても、キウイ畑はどこにも見当たらなかった。堤の真下にあった畑は、坑夫長屋と同じように押し流されていた。そこはちょうど大量の水の通り道になっていて、畑があったことすらわからないように、山肌は削られ深い谷間になっていた。

村の人間が集まった。鈍い音を上げて流れている水を前に為す術もなかった。祟りじゃ、祟りじゃと老婆が人垣の間をうろつきながら呟いていた。鳴り響く半鐘だけが、無抵抗なおれ達に代わって抗っている気がした。キウイ畑が怒り狂った自然への生け贄《にえ》のような気がした。

遠心分離機にかけて血漿を抜いた血液が、再びおれの体に戻されている。二つめだった。通路を歩く看護婦の姿が増えていた。売血時間があらかた終わったようだった。看護婦達は終わった者から控え室に戻っていた。隣の老人は、目が合うと前歯のない口元を広げた。白髪で艶のない顔をしているが、本当はもっと若いのかもしれなかった。腰掛けていたベッドの縁から、ひょいと降りて足早に受付の方へ行った。

「終わりよ」

看護婦が近づいてきて、おれの腕に刺さっている注射針を抜き、それからハンガーにかかっている空になった採血バッグをはずした。おれはベッドの上で針の跡を押さえ壁の時計を見る。一時間半が過ぎていた。

「ダブルだったわね」

不要の採血バッグを処理してきた看護婦が言った。ああ、とおれは力なく答えた。相手はビニール袋に入った千円札を突き出して、どうもご協力ありがとうございましたと礼儀正しく言った。おれがビニール袋を引き千切って中を確かめると、古い千円札が四枚入っていた。それを抜き取って、ポケットにねじ込んだ。

「またいい夢を見てね」

「今度は金のなる木でも植える夢を見るさ」

「楽天的でいいわね」

看護婦は茶化した。おれはまだ不安な腰に神経を使って靴を履いた。控室に行くと、売血が終わった男達が長椅子に座っていた。正面には二台の自動販売機があり、その隣にはかけっぱなしのテレビがあった。

テレビは夏の高校野球を中継していた。

おれは受付にいる看護婦から牛乳とプルーンをもらった。栄養を補給しろということだった。隣にいる男は紙袋から食パンの耳を取り出して、くちゃくちゃと口を鳴らしていつまでも噛んでいた。打席に入っているチームに点が入ると、小さな声でよしよしとうなずいている。おれの田舎なんだ、と男ははにかんだ。北海道のチームだった。男はサンダル履きで、足の親指が切断されてなかった。それに視線を走らせると、作業中の怪我から炎症をおこして切断したのだと言った。

おれは黙ったまま男の脇に腰をおろした。長椅子には漫画本が転がっていて、そのうちの一冊を取ってながめた。若い女のみだらな姿態が目を刺した。この正月に帰省した時、香代子と関係を持っただけだった。後方の長椅子では競輪新聞を読んでいた若い男がちらちらと気忙しく時計を見ていた。レース場に行くには時間が早いのかもしれなかった。


香代子と会うまでに時間はまだあった。会ってなにを話せばいいのかわからなかった。男ができたから別れてくれと言うのは虫のいい話だ。おれと一緒になる時、あいつは感謝し一生大事にするといったはずだ。キウイ畑は失敗したが、昔の野放図な生活もやめてまじめに働いたつもりだ。村の復旧工事の日雇いにも出たし、町の工場にも働きに出た。そして帰省した奴の話を聞いて、もっと稼ぎになる都会にきた。稼いだ金は、家を守ってくれているあいつらにほとんど送った。

手間のいい仕事を求めて雑工から鍛冶工になった。仕事に必要な玉掛けやアーク溶接、ガス溶接の免許も取った。祭日や休日の作業も志願した。みんな家族のためだと思って働いた。なんの苦にもならなかった。それもあいつらがおれを必要としているからだと思っていた。その挙げ句が香代子のあの言葉とそしてこの怪我だ。おれは何年もの間、この日のために出稼ぎを続けていたのだろうか。

「どうだい、景気は」

不精髭に牛乳の雫がついた男がこっちを見た。

「よくねぇな」

「だろうな」

経営者は猫の手も借りたいとこぼしていた。好景気で仕事はいやというほどあった。景気がよすぎて休む暇もないはずだった。仕事に追われているいらだちが、おれに向けられているのも知っていた。始めのうちは同情してくれた仲間達も、こっちが何カ月もぶらぶらしていると、あからさまに悪口を言う者もいた。

飯場にはパキスタン人もフィリピン人もいた。仕事を教えてやったフィリピン人は、おれの教え方が気にいらなかったのか、仕事に出かけていく時、眠っているこっちの枕を蹴飛ばしていく。それも毎日だ。体がまともになったらただじゃおかない。それともあいつらは元に戻らないと安心しているのか。つい先だってまでぺこぺこしていたのが嘘のように手のひらを返した。

「怪我のほうはどうなんだい」

脚を引きずるのを見ていた男は、おれの下半身に目を向けた。

「あんたと同じさ」

男は黙り込み、再び紙袋から食パンを取り出し薄い唇の中へ入れた。男は五年前まで北海道で牛を五十頭も持って酪農をしていたと言った。

あれはなんだったんだろうなと男は呟いた。札幌の飲み屋で知り合った女といい関係になり、気がつけば東京に逃げてきていたと言った。魔がさしたとしかいいようがないし、毎日毎日牛の世話の単調な生活に、うんざりしていたのかもしれない。ほんの少しだけ夢を見てみようと思っただけなのに、夢から醒めたらとんでもないことになっていたと男は笑った。いまさら帰るわけにもいかんしな、それにこんな暮らしも気楽で気に入っていると呟いた。

「女は」

「東京に出てきてすぐ別れてしもうた」

「ピエロだな」

「そういうこった」

テレビから歓声が上がっている。北海道のチームが逆転のホームランを打っていた。男は黙ってテレビの画面を見ていた。

「帰ればいいじゃないか」

おれは昔、女と逃げた親父のことを思った。おふくろはあいつが女と逃げると新興宗教に入信した。

「そげんもんに入って、本気でご先祖の祟りがあってもしらんばい」

「罰が当たるなら当たってもよかよ」

これ以上の祟りはありゃせんよ、あん人はあん人、うちはうち、あんたはあんたたい。おふくろは歌うように言った。

「毎日拝んどるじゃなかね」

「本気な」

「はよう死んでしもうたらよかばい」

「まだ未練があるんな」

おふくろは笑いもせずに言った。早くご利益があればよかなとおれは言ってやった。親父は戦後まもなくあの土地に入ってきた。外地から帰ってきたあいつは、年老いた母親を連れて熊本からやってきた。親子二人が腹いっぱい飯が食えれば、どこでもよかったと言い、腹をへらしたままばあさんをあの世へ送るわけにはいかんかったと言っていた。

やがて親父はあの土地で人夫出しを始めた。外地で好きなだけ人を殺してきたから、怖いものはなにもないと喋っていた。近所に住んでいたおふくろを手籠めにして、彼女はおれを産んだ。こいつが押さえ込んでくれというような顔をしちょったから、そうしたまでたいと高笑いをした。閉山になると元のもくあみだった。残ったものは誰もいなくなった家と、ばあさんの入っている仏壇だけだった。

「いい歳をしておなごと逃げるんやから、うちは恥ずかしゅうて村も歩けんよ」

おふくろは白髪の混じった髪をとかしながら言った。八カ月後、キウイ畑から帰ってくると、おふくろが風呂をわかしていた。目が合うと気まずそうに横を向き、親父が戻ってきたと言った。

「ご利益があったんじゃな」

「戻ってきて、迷惑をしちょる」

「嘘は盗人の始まりたい」

日陰の母屋はしんとしていて、親父が息を殺しているようだった。あいつは上半身裸になり、胡坐《あぐら》をかいて酒を飲んでいた。おれを見ると、徳利を持った左手を上げて、よう、とぎこちない笑みを不精髭の口元に集めた。

「鉄砲玉じゃなかったんか」

「ブーメランたい」

おれは座っている親父を見下ろした。やせて肩口の肉が落ちていた。野良犬のようだった。

「子供は？」

「お前の弟か」

「そういうことになるかもしれん」

「死んだ」親父はそっけなく言った。

「女は？」

「知らん」

親父は左肩にかけていた手拭いで額を拭きながら深く呼吸をした。

「捨てられたんか」

気楽だなとおれは言ってやった。親父の目が一瞬たじろぎ、挨拶代わりにしちゃ強かなと苦笑した。それから炊事場で酒の肴をつくっているおふくろに酒を催促した。薄暗い炊事場から、はーいと鼻に抜ける声が届いた。

「ま、よろしく頼むわ」

親父がおれの顔を見ないで言った。

「あんたはあんた。おれはおれたい」

いつかおふくろが言った言葉を思い出し応えた。親父が急に小さく見えた。お父ちゃんをあんまりいじめたらいけんばいと、おふくろが焼き魚を持ってきた。彼女は裸の親父ににじり寄り徳利を傾けた。その後おふくろは新興宗教をやめ、あいつは一日中酒を飲んでいた。確実に三途の川に近づいていた。そして三カ月後に脳出血でおだぶつした。死ぬために帰ってきたようなもんだった。


「いまさら帰りたくないよ」

男は泥が詰まった指先に煙草をはさんで百円ライターで火をつけた。あんただってそうだろ、一度気楽になるとなかなか元に戻らねえと言った。

「あんな大変なことはいまさらごめんだな。気の休まる時がないからな」

それから男は酪農経営の難しさや、動物を飼っている神経の高ぶりや冬のつらさを話した。ちょうど逃げ出したくなっていたかもしれんなと自嘲気味に呟いた。おれはどうなのかと考えた。キウイの栽培を始めた時、名案だと思い込んでいた。しかしあれから月日が経ち、キウイなんてどこでも栽培ができ、高価だった値段も崩れ、誰も見向きもしなくなっている。今思えばあのままのめり込んだとしても、いい結果は生まれなかったかもしれない。ただあの時の情熱だけは今もって乗り越えられない。

あのあとおれは村での失対事業や町の印刷工場に働きに出た。そして親父が死んでまもなく香代子と一緒になった。人間が少ない場所での商売はやはり無理だった。キウイ畑も店も失敗に終わったが、おれ達は一緒になり、香代子はおふくろと野良仕事をやったり、近くの布団の打ち直し屋に働きに出たりしていた。そしておれは七年前から出稼ぎを始めた。あいつらを幸せにしたかったのだ。しかし今もおれはそう思っているのだろうか。

この男の言うように自分も逃避し、あいつらをどこかで疎んじていたのではないか。家族というしがらみからしらずしらずのうちに後退《あとずさ》りしていたのではないか。いつしか一年に一度しか帰らなくなった。やはり家族をおざなりにしていたのではないか。おれだけが煩わしさから逃げて、解放感を味わっていたのではないか。だからといって香代子の行動は許しがたいものだ。あれは背徳以外のなにものでもないはずだ。

「あんたもそうだろう」

男は上目遣いにおれを見た。

「あんまり変わらんな」

「やっぱしな」

男は目をずらし、人間、堕ちるまでが苦しいんだ、堕ちてしまったらなんともないよと言った。

血液センターの階段をゆっくりと降りた。運河から路地を抜ける風は湿気を含んでいた。堤防は高く、古びた民家の屋根はみなコンクリートの堤防より低い。その堤防の上に子供たちが登って、釣り糸をたれていた。

おれは堤防に上がってみた。ゆるやかなくの字の流れになっている運河の向こう側は、工場が建ち並んでいる。水量は屋根の高さまであり満潮に近い。運河を丸太を積んだ船が下っていた。十四日前、ポールはこの景色を見て、自分の住んでいた町に似ていると言った。それからあいつは空の財布の中から、皺くちゃになった子供の写真を見せて、早く帰りたいと言った。それはおれも同じだった。

この運河を下ると、おれが住み込んでいる浦安の飯場がある。あの河口のほとりには、近代的な新しいホテルが水面に浮かぶように建っている。そばにはディズニーランドがあり、いつも明るく華やいで見える。

目の前には小さな工場が無数にある。浦安と何キロも離れていないのだ。くすんだ水面、どこか澱んで空間のない街並み、同じ河の流れに存在している街とは思えない。このコンクリートの堤防は海まで続き、河口の堤防と繋がっている。そこにはおれの飯場があり、重機置場も兼ねていて、広場にはいつも野良犬が屯《たむろ》している。犬はおれ達から餌をもらってみな肥満気味だ。

今朝、その犬を追っ払いながら、畳屋が飯場の畳を張り替えるためにやってきた。女房と畳は新しいほうがいいからな、と六十近い職人は挨拶代わりに言った。飯場には誰もいず、男はおれだけだった。その職人は手元に若いパキスタン人を連れていた。パキスタン人はりっぱな口髭を生やし、こいつの方が偉く見えるだろう、と畳職人はにやついた。

「変なもんさ」

年配の職人はここにもいるんだろ、と殺風景な部屋を見回した。

「おい、ちゃんと挨拶をしねえか」

職人が振り返って言うと、パキスタン人はこんにちはと頭を下げた。蔑《さげす》んだ視線を一瞬向けた。

「いい調教だろ」

返事の代わりに口元をゆるめてやった。飯場には四十以上の畳が敷いてある。そのどれもが古びてほころんでいた。彼らは一トン車から小さな機械を降ろし、飯場に運んだ。若いパキスタン人のほうが力が強く、降ろす時に年配の職人はよろけた。危ねえじゃないか、と職人はにらみつけた。悪い関係ではなさそうだった。

彼らは万年床を隅に積み上げ、降ろした畳編み機を部屋の中央に設置した。それから手際よく古い畳をはずして、先のまるまった包丁で畳の縁を切り、すり切れた畳表を剝がした。職人は、パキスタン人が持ち上げて、台の上に置いた畳に新しい畳表を乗せ、ながい定規を当てて余分な畳表を切り落とした。畳表を揃えると、彼は畳の框に十五センチくらいのながい針を刺した。七本ずつ刺して畳表がずれないように仮止めをした。それから新しい縁をつけ、大型のホチキスでとめていた。

「よく動くだろ、こいつは。いまどきの日本の若い奴よりよっぽどいいよ」

職人は埃だらけになるから離れろと言った。彼が畳表を切り揃えると、若いパキスタン人は縁を充てた。職人が針を刺し、固定させると、パキスタン人が機械で縁を裏止めした。そして仕上げに職人が畳編み機で縫っていた。一枚仕上げるたびに、パキスタン人は畳を積み上げた。ふたりともすぐに汗をかいた。見ていて気持ちのいい汗だった。おれは部屋の隅で、彼らの小気味のいい仕事を、時間がくるまで見つめていた。あいつらのように、もう一度心地いい汗をかいてみたかった。

少年達の釣りを見て暇をつぶし、浦安に戻った。途中、定食屋で飯を食った。駅前はディズニーランドへ行く若い男女で賑わっていた。すっかり成長した美津子の顔が浮かんだ。短大に行きたいと言った時の、心の落ち着かない顔が見えた。まかせとけと言うと、あいつの顔が華やいだ。嬉しかった。こいつのためにもう一度頑張らねばと思った。美津子も一緒かとおれは香代子に訊いた。あいつとおれのやりとりを美津子が知らないはずがなかった。そのことが胸に痛んだ。ひとりですたい、と香代子は言った。

以前、一度だけ香代子はおれの子供を孕んだことがあるが、妊娠七カ月の時、坂道で転んで流産した。あれ以来あいつは妊娠しなくなった。それならそれで美津子を本当の子供だと思うようにした。そして事実そのように育ててきた。

香代子は口には出さなかったが、ずーっと負い目を感じているようでもあった。親娘であんたに食べさせてもらっているようで、なんだか厭だと言ったことがある。あるいはおれの目の届かないところで、香代子とおふくろとで些細な確執があったのかもしれないと思ったりもした。しかしそんなことがあるはずがないと打ち消した。いまではおれもおふくろも、美津子がこの家の子供であるということを疑いもしなかった。だから何とかしてやりたいと願っていた。

飯場に戻ると畳は新しくなり、藺草《いぐさ》の匂いが部屋に充満していた。街をふらついてきたはずなのに、まだ四時になったばかりだ。食堂では新しくきた飯炊き女が、鼻歌を歌いながら食事の用意をしている。昨日も職人と夜遅くまで、近くのスナックで歌っていた。歌はうまかったが、飯をつくるのはへただ。そのうち誰かがちょっかいを出して、またどこかの飯場に逃げ出すだろう。

小銭を握って鉄の階段を降りる。運河の先に江戸川区の共同住宅が見える。巨大な蜂の巣だ。窓辺には数えきれないほどの洗濯物が干してある。目を海側に移すと、ディズニーランドが見える。御伽《おとぎ》の国はあそこだけだ。

あのホテルの地下工事のいくつかもおれ達がやったものだ。突貫工事で毎日へとへとになった。人通りもなかったあの現場は、住民の苦情もなく何時までも作業ができた。飯場も近く体も楽だった。手間賃も増えた。それをみんな仕送りすると、香代子が驚いて、何か悪いことをしたのかと電話をしてきた。おれは声を上げて笑った。思えばあの頃が一番充実している頃だった。そのホテルでこれからあいつと会う。それも別れ話をしにだ。

風呂場に行き顎髭を剃《そ》った。かたい鬚に剃刀が引っかかっていた。わずかに右手に力を加えると、こめかみに鈍い痛みが走った。左頬が生温かく手のひらを当てると血が流れ落ちた。

「電話ですよ」

飯炊き女が呼び、女の人、女の人からですよと言った。濡れたタオルを頬に当てて受話器を取った。

「わたしです」香代子からだった。それから間をおいて、今着いたところだから一時間延ばしてくれと言った。ひとりかと訊いた。ええ、と香代子は戸惑い気味に答えた。あいつの後ろに男の影を感じた。

二階に上がり、ぼんやりと湖のような海を見た。東京湾は弱くなった午後の陽射しを受け光っていた。くすんだ海の色はその下に隠され黄金色に輝いている。その色を見つめていると、朝見ていた夢を思い出した。なぜいまさらあんな夢を見たのだと思う。小波は河口から上流にゆっくりと向かっている。風が移動するたびに小波は遠くへ足早に逃げる。白い雲が雪山のように海の先に連なっている。その雲の間を、羽田へ向かう旅客機が少しずつ高度を下げていた。

視線をずらして飯場の中を見た。壁には白人の女のヌードが貼ってあり、窓ぎわには作業服がぶら下がっていた。部屋の隅にはいくつもの酒壜が転がり、そのそばには職人が遊ぶ麻雀台があった。目を足元に移すと、どこから迷い込んできたのか、枯れた葉をまとった蓑虫が蠢《うごめ》いていた。虫は小さなねぐらと一緒に歩いている。糸のように細い足で前に進んでいる。蓑虫の進む方に目をやると、新しい畳に一本の針が刺さったままだった。畳職人が忘れたものだった。針は夕方の陽射しを受けて、ながい影をつくっていた。おれは黒光りする針を抜いた。右手に持ち替え、新しい畳に刺してみると、ぶっ、という鈍い音がして、針は畳にめり込んだ。蓑虫がその音を聞いて、首をひっこめて動かなくなった。それからなにごともないとわかると再び首を出し、辺りをうかがってから、また何本もの足を動かして蠢き始めた。フーと息を吹きかけると、ねぐらごと飛んで引っ繰り返った。仰向けになった蓑虫は巣から体をおもいきりだして、細い足を必死に動かしていた。おれは待ち針を抜いて、狙いを定めて静かに突き刺した。針は蓑虫の真ん中に突き刺さり、虫は針にしがみつくようにもがいた。白い体液が針についた。しばらくの間蓑虫は細い足をひくつかせていたが、やがて動かなくなった。

五時半になった。おれは開襟シャツと紺色のズボンを穿《は》いた。汗が背筋をいくつも流れ落ちている。汗の匂うタオルで首筋を拭き外に出た。一度階段を降りかけて引き返し、畳の上に刺してある待ち針を抜いて、ポケットに忍び込ませた。それから飯場の古い自転車に跨った。重いペダルは漕ぐたびに鈍い音を上げた。河口のコンクリートの堤防に沿って自転車を走らせると、東京湾が広がり、微かに潮風の匂いが鼻をついた。坂道を下ったところには、湾岸道路と京葉線が平行して走り、浦安と東京を繋いでいた。河口に架かっている鉄橋の上を、電車が走っていた。河口を渡ると、すぐが舞浜駅だった。

ディズニーランドの駐車場は入車待ちの乗用車が数珠繋ぎになっていた。夏の陽射しで熱しているアスファルトを、数羽の水鳥が横切っていた。汗が激しく流れ落ち、剃刀で切った傷がしみた。ホテルは観光客で混雑していた。

「ロビーはどっちな」

おれは土産品を売っている若い女に尋ねた。客の相手をしている女は一瞥《いちべつ》しただけだった。

「どっちだと尋ねとるんじゃなかね」

声がうわずっていた。ながい髪の女が怯《ひる》んだ。

「あっちです」

「あっちじゃわからん」

女は右に行って左だと言った。向こうにいけとあしらわれているようだった。場違いなところに迷い込んできた野良犬のように感じた。

鏡に映った自分の姿を見ると汗で体が透けて見えた。やせたみすぼらしい男が見つめ返している。立ったまま映った姿を見ていると、通行人が横目で見ながら通り過ぎた。

通路を右に曲がると、階下に視界が広がり明るかった。大きなシャンデリアの下を、宿泊客や待ち合わせの人間が行き来していた。階段を少しずつ降りながら香代子を捜した。階段の下で、真っ赤な服と紺色のネクタイをした子供が、つまずいてべそをかき始めた。若い母親が、大丈夫よ、大丈夫よとあやしている。おーい、おーい、とおれの背後から誰かが呼んだ。

おーい、こっちだよと男はもう一度声を上げた。若い父親が泣いている息子に手を振っていた。子供が父親の姿を見つけ、同じように小さな手を振った。おれは朝の夢はやはり死んだ親父だったと思った。背後にいた男はおれの横を走り抜け、走り寄った息子を抱きかかえた。その先にこわばった表情をした女がいた。白地に大きな向日葵の花柄のワンピースを着ていた。

おれは脇を走り去った男のように、一瞬手を振りたい衝動にかられた。しかしその右手は、これだけが頼りというように、ポケットの中で熱している待ち針を握っていた。そして左手を金色の手摺りに当てながらゆっくりと階段を降りた。

蛸《たこ》の死

おれは明石の真蛸《まだこ》だ。身が引き締まって歯ごたえがあるので、食通にはありがたがられているようだ。おれが棲んでいたところは、海流が早く、水温が低いので、けっこうな味になるらしい。どこの蛸もそう違いはないはずなのだが、板前が、きょうはいい蛸が入っていますよ、と言うと、とんまな客は、仲間を喰い、たいして味もわからないくせに講釈をたれはじめやがる。

そんなところで生まれたおれたちが馬鹿なのだが、迷惑このうえないというもんだ。誰がそんなことを言い出したのか知らないが、言った奴がわかったら、殺される前に一言、「このたこ野郎」と言って、真っ黒な墨をぶっかけてやりたいもんだ。

東京湾の蛸とおれたちを一緒に喰わされても、絶対にわからないくせに、偉そうに知ったかぶりをする。とくに若い女ときた男たちのとんちんかんな食通ぶりは、聞いているとおかしくなって、おもわず蛸踊りをやりたくなるほどだ。いいかげんにしとけよ、とほざきたくなってくる。そのくせ女が洗面所に行った隙に、うすっぺらな財布を広げて、目をきょろきょろさせている図なんか見ると、おいおい、見栄なんかはらずに、早く家に帰って、古女房でもかまってやれよ、と言いたくなる。

おれは今、新宿のいけす料理屋の水槽に放りこまれている。水槽にはおれ以外にも、烏賊《いか》や鯵《あじ》、鮑《あわび》、それから伊勢海老《いせえび》や鯛《たい》やしま鯵までいる。一緒にいて、人間様に高級魚と言われている鯛やしま鯵は、実にいやな匂いがする。あれは養殖された魚で、化学肥料で太らされてきたから、鼻をつまみたくなるような匂いがするのだ。ちやほやされて育ってきた人間と同じ匂いがする。

おれは一週間前、明石の沖で、そばを泳いでいたグラマーな牝蛸に一目惚れして、そいつと恋愛をしていた。いい気分だった。あいつのゆらゆらとゆれていた足が、おれの体にまといついていたとき、この牝蛸を一生はなさないぞと思ったほどだ。牝蛸はあんたの子供をいっぱい生むわ、と陶酔してつぶやいていた。極楽とはああいうときのことをいうのだろう。

牝蛸と次の再会を約束して別れ、腹が空いたので、好物の鮑を探し、そいつを見つけると、くたびれた体を奴の殻の上に乗せ穴をふさいだ。何分かすると、鮑は呼吸困難になって吸いつく力が弱まる。そこを引っ繰り返して、身をいただくのだ。おれの好物は鮑や伊勢海老。だからおれたちを捜す漁師は、鮑や伊勢海老の殻がたくさん転がっているところに、こっちがいることを知っている。

その日もおれは鮑をたらふく喰って、迂闊なことにまどろんでいた。そして漁師がそばにやってきたのに気がつかなかった。一度は墨をかけてまいたつもりでいたが、そいつはおれたちの習性をよく知っていて、こっちが墨の中から逃げ出さないのを読んで、墨の上から小さな網を張ってつかまえやがった。馬鹿な蛸だと、水中眼鏡の中でにやついていた。

そしておれは他の蛸と一緒に、いけすに入れられて新宿にきたというわけだ。この店ですぐにやられると思っていたが、一週間たった今も生きている。おれがあんまりの大蛸だものだから、多分、店主が客のびっくりする顔を見たいために生かしているのだろう。どうやら店の客引き用の見せ物ということらしい。

おれがこの水槽に投げ込まれたとき、先にいた伊勢海老や鮑などは、びっくりして身動きしなかった。どうせ人間様に喰われてしまうんだから、おまえたちを今さら喰ったりしないさ、とやさしい声で言っても、あいつらは信用しなかった。おれもずいぶんと嫌われていたものだとはじめて気づいた。

そして人間の世界では、蛸のおれより、伊勢海老や鮑、それに養殖で太ったしま鯵や平目のほうが、何倍も高く売れているのだ。ほんとうになさけなくなった。いくらおれが明石の蛸だと言っても、ここではあいつらとおれを比べる段階にもいかないのだ。しかし、おれはいくら値段が安くて、足が多くてくねくねしていても、俎板に上げられたら、俎板の鯉じゃないが、往生際だけは悪くないようにしようと思っている。

だけど昨日の朝だけは度肝をぬかれてしまった。早起きして、河岸に行った職人が帰ってくるなり、さして大きくない水槽にうつぼを放り投げやがった。あいつは興奮していて、薄気味の悪い胴体をくねらせて暴れまわっていた。

「うるさい、静かにしやがれ」とおれは声を上げた。夜、遅くまで店の明かりをつけられ、おまけに酔っ払い客の大声で、すっかり睡眠不足だったのだ。その上、明石にいるときから、睡眠をたっぷりとらなければ、一日中不愉快になる性分だった。

怒鳴り声を上げ、ながい足で目をこすりながら薄目を開けると、おれの目の前を天敵のうつぼがはねていた。あいつはすっかり気が動転して、のこぎりのような歯を剝き出しにしていた。おれは心臓が飛び出すのじゃないかと思うほど驚き、水槽の隅まで逃げた。そしてだらしなく身を縮めていた。

蛸のおれたちにとって、うつぼは末代までの敵だ。のんびりと泳いでいた鯵も鯛も、飛ぶように逃げまわっていた。おれは意気地のないことに、自分の周りに墨をまきちらして身を隠した。

水槽の外側ではこっちの気も知らないで、若い小僧がうれしそうに蛸が墨を吐いたとはしゃいでいた。ながい足を口に当ててシーと言ったが、小僧は墨の中のおれをじっと見つめていた。見せ物じゃないんだぞとにらみつけても、ビクともしなかった。そのうち板前たちがやってきて、おれの不恰好な姿を見て、笑い声を上げる始末だった。

うつぼに喰われなくても、そのうち人間に喰われてしまうのに、怯えている自分がなんとも滑稽だった。そう考えると急にくそ度胸がついて、おれに対する鮑や伊勢海老の気持ちがわかるようになった。あいつらがこっちに怯えるのと、おれがうつぼに怯えるのはまったく同じことなのだ。こっちがこの水槽に放り投げられたときの、あいつらの狼狽といったら大変なものだった。あいつらにとっては蛸のおれが天敵なのだ。しかしよく考えてみれば、今のおれの動揺と少しも変わりはしないのだ。そしておれが恐がっているうつぼだって、やがて人間に喰われてしまうのだ。

おれはゆっくりと自分のまいた墨の中から出た。うつぼは相変わらずうろたえている。硬い甲羅をしょっている鮑だけが、おれたちの狼狽をよそにうれしそうに笑っていた。あいつだけはうつぼに喰われることはない。おれがうつぼに喰われてしまえば、あいつは安泰なのだ。こっちの怯えた姿にひそかにほくそ笑んでいた。本来なら窒息させてたいらげてしまうのだが、どうせここにいるみんなは人間に喰われてしまうのだから、こいつらを喰っても、せいぜい肥えたおれを人間様が喰いながら、いい蛸だとほめるくらいなもんだ。喰われる人間にほめられるくらいなら、こいつらを喰わないで、餓死したほうがまだましだ。

「やい、うつぼ野郎、みっともないぞ、じたばたするんじゃない」

おれはだんだんとやせてきた足で、すくっと立ち言った。開き直ると怖いものはなにもない。

「なにを」とうつぼはおれのほうに向かってきた。

「どうせおまえもうじき酔っ払いたちに喰われてしまうんだよ。弱いもんのところでいきがっても、しかたがないんだよ。おれを喰ったって、おまえもそのうち喰われてしまうんだからな」

おれがそう言うと、うつぼの野郎はこっちに向かって、開けていた大きな口をつぐんで、へなへなとながい胴体を水槽の下に沈めてしまった。よほどショックだったのか、それから一言も口をきかない。一見気の強そうにしている奴のほうが、いざとなれば意気地がない。弱い鮑や鯵が意外と堂々としているのとは対照的だ。

「往生際が悪いのが、一番みっともないんだぞ」

「わかっているよ、そのくらいのことは」

「ならいいけどな」

極限の状態にならないと、見えてこないものがある。死んだ親父が、いつもおれに、なんでも一生懸命にやれよと言っていた言葉が、ようやくわかってきた。一生懸命に頑張ったものしか見えてこないものがあるのだ。それが殺される前になって、おぼろげであるが見えてきた。いさぎよさというものは、必死に生きてきたものが最後にもつ特権のようなものだ。だから強いうつぼやおれたちより、鮑や鯵のほうが最後の最後になると堂々としているのだ。

それは人間にも言えることかもしれない。昨日の夜、綺麗な身なりをした初老の男が、そばで飲んでいたやくざにからまれて、初めのうちは平身低頭だったが、あまりにもからんでくるので、初老の男はついに怒って、やくざなんてのはな、気が弱いからなるんだよ、気が強ければ、誰がやくざなんかになるもんかいと啖呵を切った。

堪忍袋の緒が切れた初老の男は、若いやくざをにらみつけていた。並大抵の気迫ではなかった。彼がきびしい人生を生きてきたのが、蛸のおれにもわかった。やくざは声を上げて恫喝していたが、相手が少しも動じないのがわかると、ぶつぶつと自分を納得させるように呟いて店を出て行った。するとあちこちから客の拍手が上がって、男はしきりにてれていた。

また三日前には土木会社の元請けの男と、下請けの会社の社員と、腕のいい職人が酒を飲んでいた。元請けの男は酔って横柄な口調で喋っていた。下請けの社員はその話に相づちを打っていた。職人は顔をしかめて、まずそうにおちょこを口に運んでいたが、そのうち、そんなに簡単なら、お前たちが勝手にやればいいだろ、とうんざりした顔で言った。どうやらうまくいっていない建設現場の話をしているようだった。そしてその責任をおたがいが負うのをいやがっているそぶりだった。一番力の弱い職人が、たえられなくなって怒ったという関係だ。

すると、いままで高飛車だった元請けの男が、急に職人を持ち上げ、今度は下請け会社の社員を詰りはじめた。職人がふてくされて一番困るのは元請けの男だった。ふたりの男は職人の機嫌をとり、あいまいな態度で少しずつ仲良くなっていた。

おれたちはその光景を見ながら、なんとなく複雑な気持ちだった。おれたちの関係と少しも違わないのだ。弱い奴と思っている者の、開き直った逆襲に勝てる奴はいない。おれとうつぼの関係もそうだし、鮑とうつぼの関係もそういうところがある。死ぬ間際になってようやくそのことに気づいた。

「少しはここにいる奴を見習わなくちゃ、一番強い奴が、一番どたばたしてみっともないぞ」

うつぼはすっかり意気消沈して、小刻みに震えていやがった。怖いのはみんな同じなんだからなと言うと、すまねえな、みっともないところを見せちゃってとなさけない声で呟いた。

次の日うつぼは、取り巻きとやってきたあんこ型の相撲取りに、きれいに平らげられてしまった。あいつは悟りを開いたのか、あるいは観念したのか、俎板の上に乗せられるとぴくりとも動かなかった。それはなかなか見上げたものだった。相撲取りが、本当に活きがいいのかい、と板前に訊いたほどだ。あいつは刺身と、味噌汁にぶっこまれておさらばしていった。それを相撲取りがうまそうに喰った。明日は我が身と思うとぞっとしたが、水槽の中にあいつがいなくなると、ホッとしたのも事実だ。おれが安堵した顔をしていると、海老や鯵が白い目で見ていた。

そして今日、おれの番がきた。五十がらみの恰幅のいい男が、どうしても喰うというのだ。上得意らしく、板長は、ヘイ、といい返事をしやがった。見習いの小僧にながい顎をしゃくると、小僧は大きな網を持ってきて掬おうとした。

「あばよ」

おれは水槽の中の魚たちに鷹揚に言って手を上げた。海老がお達者で、と言った。今から死ぬ奴に、お達者はないだろうと思ったが、どうせ死ぬ身だから、ま、いいかと考えて、ふざけて墨をまきちらしてやった。すると、小僧が、板さん、この蛸は抵抗してますよ、と言った。違う、違う、と言っても蛸語が人間にわかるはずがない。

「がつん、とやってみろよ」

板長がけしかけた。小僧は網でおれの大きな頭を二、三度叩いた。おれは足を広げて、水槽に張りついた。海老をちらりと見ると、なーんだ、わたしたちより往生際が悪いじゃないの、というような顔をしていた。

おれの顔は怒りと屈辱で真っ赤になった。客はこっちの広げた大足と、赤くなった体に驚嘆して声を上げていた。おれはすすんで網の中に入っていったが、すっかり臆病者扱いにされてしまった。そのうち俎板に上げられ、じっとしていても、足が勝手にぬるぬると動いているのだ。図体は大きいのに、まったくあきらめの悪い蛸だな、と板長は言った。馬鹿言うんじゃない、と言っても、おれの受けた雑言は撤回なんかできなかった。殺されるよりつらかった。

板前が出刃包丁を振り上げて、こっちの足と頭を切った。墨がビューと飛び出て、客の男の上等な服にかかった。板前がしきりに謝っていた。いいざまだ。この蛸野郎、と板前が出刃でこっちの頭をこづいた。おれは朦朧としていく頭の中で、人間より足が多くて頭も大きいのに、あいつらのほうがなぜりっぱなのだろうかと考えた。すると、恨みっこなしだぞ、と板前がおれの太い足を輪切りにしながら小声で言った。切られたおれの足は、だらしなくいつまでも蛸踊りをしていた。

三日月

二年前、喜美江が脳溢血で倒れた。元々高血圧症だったが、祖母の死や息子と亭主の諍いで気を使い、その上、極度の不眠で脳の血管が切れた。

その日、秀司は木更津の金田海岸の工事現場にいた。三浦半島と房総半島を結ぶ東京湾横断道路の橋脚をつくる仕事をしていた。颪は海から嘗めるように吹き、一日中体は冷え込んでいた。湿地帯には杭打ち機や起重機が乱立し、舞い上がる砂埃で終始目が痛んだ。彼は風塵の中で毎日鋼矢板を打ち続けていた。橋脚は東京湾から金田海岸を通って山手に向かい、やがてでき上がる京葉道路と交差する予定だった。

飯場に戻り、風呂に入って、疲れた体を癒していると電話だと同僚が言った。受話器に出ると喜美江が倒れたという良子の声がした。罰が当たったんよと、小倉に嫁いでいる彼女が受話器の向こう側で声を上げ、家を飛び出したまま戻らない秀司を詰《なじ》った。どうするのと良子が声を荒げるのを制止し、自分が面倒を看ると言った。

十年振りに帰ってくるとボタ山があったところは区画整理され、工業団地ができていた。近くには産業道路が走り、県は大手の工場を誘致し新たに区画を増やす腹積りでいた。

村の中央には三階建てのバスターミナルができ、簡単な洋式食堂もできていた。そこは工場の進出と共に住み始めた外国人労働者の溜り場にもなっている。何軒もの東南アジアの女性を雇ったスナックができ、エイズに罹ったと思い込みノイローゼになって自殺した男の話や、白昼堂々と外国人に強姦されたという話も流れていた。

そしてブロイラー工場を紹介してくれたのは安藤だった。安藤は十四年前中学を卒業すると、秀司と一緒に就職列車に乗った。あの日のことを今でもよく憶えている。彼は鼠色のハーフコートを着て、伸ばし始めた髪の毛にポマードを塗りたくり、青白い顔に薄い口髭を生やしていた。目だけが落ち着きなくきょろきょろしていて、別れを告げる女子生徒たちを見ながら、歪んだ笑いを口元に浮かべていた。

「壮行会が始まるぞ」

秀司は集団から離れ、ひとりで煙草をふかしている安藤を呼んだ。

「いまさら、なんな」

彼は秀司の言葉を遮るように呟き、煙草の煙をおもいきり吐き出した。おい、と教務主任が中指と人差指に挟んだあの男の煙草を見て諫めた。

「なんだよ」と安藤は棄てた煙草を靴で踏みつけ、もう関係ないだろと凄んで見せた。教務主任の目の中に、一瞬怯えたような戸惑いの色が走り、なにか言いたそうに口籠もったが、黙ってそばを離れた。チッと安藤は舌打ちした。

駅前の広場では教師たちの訓示が行われ、校長は都会に出てもこの土地の名前を高めるように頑張ってくれと挨拶をやっていた。

「大人はいつも調子のいいことを言う」

安藤は校長に尖った視線を向け、そうだろと同意を求めた。秀司は小さくうなずいた。中学校一年生のとき、秀司と安藤は桃を盗みに行った。山に入り、桃をもぎ取っていると農家の男に鎌を持って追いかけられた。ふたりは取った桃を抱え、もうこれ以上走れないと思うほど逃げた。山の中の溜池で泳ぎ、その水で桃を洗って食った。うまく逃げ切ったという安堵感と冒険心に酔い、心地よい解放感があった。

次の日、学校に行くと、若い担任の女教師は秀司たちを職員室に呼びつけた。彼らが黙り込んでいると、彼女は秀司たちの頬をおもいきり殴った。安藤は平然としていたが、秀司は鼓膜が破れ、その日から左耳が聞こえなくなった。文句を言えば他の悪事もばれそうになり黙っていた。それは今でも彼らの秘密になっていて、ふたりの関係は以前より親密になった。半年後、女教師の腹が迫り出してきて、同僚の妻子持ちの教師の子供を孕んだという噂だった。

「桃を盗むのと男を盗むのはどっちが悪いんだ」安藤は凄んで見せた。彼女はまもなく学校をやめた。女教師が彼の言葉で学校を辞職したとは思えなかったが、あれ以来秀司は誰にも物怖じしない彼に、微かに畏怖とも憧憬ともつかぬ感情を持った。

列車はあちこちの駅で同じ就職者を乗せ、大阪名古屋東京とやってきた。その間一緒に乗っていた仲間たちは次々と下りて行った。秀司も安藤も口を開くことはなく、どこかもの哀しげな光景を見つめていた。途中目の前に白く雪を被った富士山が現れたときだけ、安藤は少年らしい感嘆の声を上げた。それ以外は移り変わる景色をじっと見ていた。仲間たちが大きな駅に着き少しずつ減っていくと、妙に陽気だった者たちも口数が減り、心細さを忘れるように将来の夢を語り合っていた。

そんなときも安藤だけは、なにかを決心しているかのようにひとり沈黙していた。今でも秀司にはあのときの彼の姿が、檻から出て腹を空かした猛獣が、これから獲物を狙うというような緊張した雰囲気に見えてしょうがなかった。

ふたりは板橋の小さな町工場で働くようになった。朝から晩まで旋盤の音がする工場だった。その工場には六人の従業員がいたが、経営者も汗と油にまみれて働いていた。安藤はその工場に二月いたが、給料をもらったある晩に夜逃げしてしまった。それは初めからの計画のようだった。気の弱い秀司は二年間その工場で働いた。二年間いていいことがあったとすれば五体満足でやめられたことくらいだ。

その間に秀司は年輩の従業員と、彼より一年早く東北からやってきた鶴見という少年が指を落とすのを見た。鶴見は旋盤機の前で、ああっと声を上げ、あおざめた顔で立っていた。中指と人差指の先からあかい血が流れ落ち出すと、まだ幼い彼は突然大声を上げて泣きだした。作業靴を履いた足元に、油で黒ずんだ指が落ちていた。年配の工員が落ちた指を持って、近くの病院に彼を運んだ。鶴見は瞬きもせず落した指を見つめていた。

何本も両手の指を落としている経営者の飯島はとんまな奴だと舌打ちし、どうせ労災稼ぎではないのかと喚いた。その晩、縫合手術をした鶴見を横に、彼は好物の豚足を齧りながら焼酎を呷っていた。切断された指を思い出し秀司は嘔吐した。なんてざまだよと飯島は口汚く罵った。

そのあと秀司は就職仲間に誘われるように、四ツ木の基礎工事会社に就職した。建設現場の宿舎から宿舎を泊まり歩く生活だったが、戸外で働く心地よさと束縛されない気安さに十二年が過ぎた。上越新幹線の伊奈地区や浅草の高層ホテル、新宿の都庁舎のビルなどの地下工事をやった。秋田の雄物川の改修工事や仙台の地下鉄工事にも行った。仲間と一緒に物を造り上げていく作業が肌に合った。

途中一度だけ、安藤が宿舎を尋ねてきた。彼は黒い上下の背広に真っ赤なシャツを着て、羽振りの良さを羨ましがる秀司と友人を近くのすし屋に連れて行き、懐かしそうに故郷の話をした。

五年会わない間に左手の小指は第一関節から欠けていた。旨いものを食えて、いいものを着られるようになった代償のように思えた。開襟シャツから見える肌は前より白くなり、刺青が見え隠れしていた。

土地に残り焼肉屋をやっている松田の家の前を通り過ぎようとしているとき、安藤に出会った。

「生きてたんか」

安藤は大げさに驚き肩を叩いた。小指の第二関節もなくなっていた。

「元気だったかい」

「それなりにな」

「なによりだ」

安藤は黒いサングラスをはずし、胸のポケットに仕舞いながら白い歯を見せた。ゲームセンターと割引屋をやっていると笑った。土地を売って金が入ってきた男たちを相手に、ポーカーゲーム機で儲けているようだった。

「なんをやっちょる」

「失業中たい」

「冗談か」

「本気たい」

秀司はおふくろが倒れたといった。

「災難だな」

安藤は言葉と裏腹に無表情に呟いた。

「ばあさんは？」

安藤は横を向いたまま、死んだとそっけなく答えた。秀司がまだ小学校五年生のときだった。安藤の家を尋ねて行くと、六十を過ぎた彼の祖母のキノがあかい口紅を塗り、近所の年寄りと裸で抱き合っているのを見た。彼女は老人にしがみつき、野鳥が啼くような声を上げ続けていた。皺が集まった口元からあまい声が洩れていた。キノが顔を横に向けた瞬間、秀司の視線と出会った。彼女は行為を中断せず、彼に見せつけるようにわざと老人にしがみつき、肉が落ちた太股を一段と広げた。

数日後、キノは秀司を部屋に上げ、緊張している彼の股間を撫で上げ、怒張している性器を弄んだ。サービスだけんなと言い、屹立している性器を口に含んだ。秀司が驚きと戸惑いの中で放心していると、キノは黙って千円札を握らせ、こんなことでもやらんとあの子を食わせていけんもんな、と卓袱台の上に置いていた入歯を嵌めながら呟いた。あれが秀司が大人と初めて交わした秘密だった。秀司は安藤の顔をまともに見られなかった。

「もっとなが生きをしとったら、いい目を見られとったのにな」

安藤は虚ろな視線を投げかけた。

「なんかないいな」

「仕事か?」

「ああ」

「ないことはない」

安藤はなんでもいいんかと尋ねた。頷くと、秀司の肩を小指が欠けた手で叩いた。

ブロイラー工場の野田は捌いた鶏肉を片付け、床に散らばっている血をハイウォッシャーで洗い流していた。飛沫が辺りに飛び散り、工場は湯気が立ち籠めていた。コンクリートの床にある側溝には、温水で薄められた血と鶏の羽が流れていた。

安藤は息を止めて中に入り、野田を呼ぶとまた息を止めた。野田は安藤の姿を見ると軽く会釈をしたが、近づいてはこなかった。ちょこっと面倒をみちょるんたいと安藤は親指と人差指で輪をつくった。ようやくやってきた相手に、安藤は顎をしゃくり、こいつを工場で働かせてやってくれんですかと静かな口調で言った。

「ひとりで決めれんですたい」

「無理を言うちょるつもりはなかばい」

野田がフィリピンスナックの女に入れ揚げ、安藤から高利の金を借りているのは、工場で働いている者はみんな知っていた。店の女を妊娠させ、無国籍の子供をつくるつもりかと凄まれ、堕胎の金と多額の慰謝料を毟り取られていた。野田は沈黙した。安藤は秀司の背中を叩き合格だと片目を瞑った。気が向いたら電話をしてくれと別れ際に言ったが、あの後は会ってはいない。

野田に案内され初めて作業場に入った日、生臭い臭気と湯気が立ち籠める湿気に圧倒された。逆さに吊された鶏が首を切られ、細い血を流しあかい氷柱に見えた。言葉を失っている秀司にどうしたと野田が訊いた。

「なんでんありまっせん」

「無理せんでもよかぞ。人も足らんわけじゃなかし」

「すぐ慣れますばい」

「どうだか。何人もそう言ってこん奴がおる」
家に戻っても瞼の裏側に次々と殺されていく鶏の姿が焼きつき消えなかった。今はあのときの動揺が嘘のようだ。それは秀司が不自由な脚に慣れていくのと同じようなところがあった。

風は遠くの丘陵地帯から冬の田圃を舐めるように吹いている。冷たい風だ。三方を小高い山に囲まれた田圃に積もった雪は風に翻弄されている。雪は小さな竜巻をつくっていた。明け方の山の稜線ははっきりしない。田圃の中央を走り抜けている高圧線は重く垂れ下り、鈍い音を発し続けている。鉄塔の頂上には安全灯が点り、薄暗い冬の夜空に抗うように点滅している。

風は秀司の歩みを阻みながら前方から吹いてくる。空は低く横たわり、昨日も今日も同じ色をしている。彼は坂道を下り、朝鮮人集落がある路地を右に折れた。

するといつものように番犬が吠え始めた。足元の小石を拾いおもいきり投げつけた。小石は犬小屋の屋根で弾け鈍い音を上げた。犬は四肢を踏んばって声を上げている。窓の明かりがつき、しわがれた声が聞こえた。昔坑夫をやっていたという在日一世の老女だ。わずかに窓を開け、たどたどしい日本語で吠え上げる犬を宥める声がしている。以前隠し持っていた棒切れで、扉越しに犬の頭を殴りつけてやったことがある。悔しいのかそれから一段と吠え上げるようになった。いつかはめった打ちにしてやろうと思っている。

この一角だけはこの数年で別の土地のように変わった。秀司が子供の頃は養豚場があり、豚の匂いが村中に流れていた。路地には鶏が放し飼いにされ、野犬がうろついていた。奥の竹藪で動物の解体作業を目撃したこともある。痩せた老人が動物の血をつけた手を広げ、追いかけてきたときは怖くなって慌てて逃げたものだ。

　二年前にこの辺り一帯が火事になり、そのあとに小綺麗な家が建ち並び、その隙間を縫うようにスナックや焼肉屋もできた。フィリピンスナックでは、真夜中までカラオケの音が響きわたり、店内ではフィリピン娘と、再開発で懐の温い人間たちが夜毎乱痴気騒ぎをやっていた。

　路地を抜けると、再び冬の風が舞うように吹き抜け、森の樹を震わせている。秀司はかじかんだ指先に白い息を吐きつけ身を屈めて歩く。深呼吸をすると冷たい風が肺の奥まで侵入し、ぶるっと震えがくる。チッと舌打ちをしてみる。遠くで梵鐘が鳴り、空気が静かに波打つように聞こえた。

　秀司は今し方別れてきた喜美江のことを考えた。喜美江が三途の川を渡るのは、そう遠い日でないことはわかっている。出がけにひからびた唇を震わせ、なにか言いたそうに口籠ったがうまく聞き取れなかった。白濁し、しぼんだ目はやがてやってくる死を見つめていた。

　十日前の夜、ガスが漏れる音に目を覚ました。初め秀司は、夢の中で、窓ガラスに吹きつける木枯らしの音かと思った。咳き込み襖を開けると、彼女は夜の重く沈殿した空気の中で、息を止め目を見開いていた。どうしたんだと声を荒げると、目を閉じ痩せた背中を向けた。

　なんも心配することはなか、と出がけに言うと、喜美江は染みが浮かんだ細い腕を伸ばし、死んだ父親に線香を上げてくれと頼んだ。気が弱ってくると、生きている息子より死んだ亭主のほうが頼りになるのかも知れなかった。

　父の和明は秀司が六歳のときに死んだ。彼はこの土地から五キロ離れたところで、小さな炭坑を買い取り経営をしていた。炭坑は掘り尽くされいい石炭は出てこなかったが、彼ら四人が生活するには十分過ぎるほどだった。そこが閉山になり、それと前後して和明が心臓発作で亡くなると、生活は喜美江の肩にかかってきた。

秀司には十歳も歳が離れた姉の良子がいた。彼女は一時坑夫だった男と熊本に逃げ、娘をひとり生んだところで生活は破綻した。酒癖の悪い相手の男が悪かったのか、あるいはまだ生活に余裕があった頃に、和明に甘やかされて育った良子のほうが悪いのか、秀司にはよくわからなかったが、その後、彼女は子連れで再婚した。その嫁ぎ先でも小さな諍いは起こっているようだった。そのことに喜美江は心を痛めていた。

秀司は喜美江に言われるままに仕送りを続けた。和明が生きていた昔は良かったと言う、彼女の心を少しでも解かすことができればいいと考えていた。すぐ声を荒げては手を上げていた和明とは対照的に、秀司は喧嘩ひとつできない男だった。

「あの世でもう一回やり直そうとでも思っとるんか」

秀司がからかうと、彼女はだらしなく口元をゆるめた。順番ばいと言うと小さく頷いた。喜美江が死んだところで雇っている家政婦がほっとするだけだろう。あの強欲な家政婦は人の足元を見るのだけはうまかった。秀司がブロイラー工場で稼ぐ賃金を知っているのか、稼いだ金はあらかた彼女の手元に渡ってしまう。

知らん人じゃないけん面倒看させてくだっさい、と言ってきたのは彼女のほうからだった。秀司が頼りにしだすと頃合を見計らって態度を変えた。和明がまだ景気が良かったときに、よく助けられたから恩返しがしたいと言っていたが、それはただの口実に過ぎなかった。六十は過ぎているのに、短く切った髪を真っ黒に染めていて、毎朝虫眼鏡で新聞の金の価格を見て一喜一憂している。

仕入れの読み違いで作業が早く終わり、秀司が早く帰ってみると、喜美江の好物だった大福餅を枕元で頬張っていた。喜美江は家政婦の動かす口元を黙って見ていた。死んだ安藤のばあさんを思い出した。喜美江が貰ったものはみな彼女の大きな胃袋に納まっている。そのくせ寝たきりの老婆を介護するのは骨が折れると言い、顔を合わせると賃金の割り増しを訴えた。女は喜美江の自殺未遂を知らない。このままでは自分も本当に安藤に金を借りる羽目になってしまう。

家政婦は若い頃、坑夫の寡婦に小銭を貸し付けながら、払えなくなると男を宛がっていた。覗き見もさせていたという。彼女のしたたかさを見ていると、あながち嘘ではなかったと思えてくる。「おふくろのことだけはちゃんと頼むばい」と秀司が睨みつけると、任せんしゃいと愛想良く揉み手をした。太い指には金の指輪が食い込んでいた。

誰かが呼んだと思い振り返ったが人の気配はなかった。路地を抜ける風は引きつるように泣いていた。薄く雪が積もっている路地には、片脚を引きずって歩く秀司の足跡が続いている。またかすかに左脚が痺れ始めた。

まだ飯場にいた頃のことだった。帰省する二日前だった。仲間に対する迷惑を考え、少しでも作業を進めておこうと思い、工場用桟橋に桁材を乗せひとりで溶接をしていた。近くに油圧クレーンがいるということにまったく気づかなかった。クレーン車はH鋼を吊り旋回していた。仲間が声を上げたのとH鋼が彼の背中にぶつかったのはほぼ同時だった。H鋼に弾かれ、掘削底に置いてある鋼矢板の上に墜落した。地上から仲間が大丈夫かと顔をのぞかせた。秀司は返事の代わりに笑ってみせた。ヘルメットは割れ、腰部と大腿部に激痛が走りそのまま気を失った。

数度の脳波検査で頭部には異常はなかったが、腰部と大腿部を複雑骨折していた。そして半年間入院した。医者は車椅子にならなかっただけでも運が良かったと言った。足は今でも痺れる。今朝も出かける前に温湿布をし、腿を揉みほぐした。左の腿は肉が抉れ皮膚を通して骨の硬さが感じられる。肉が薄い分だけ風が凍みる。立ち止まりかじかんだ手で強く揉んだ。

路地を抜けると右手には杜がある。神社は渡来人を祭ってあり、そのそばに戦争中に強制連行されてきた人間が住みついている。喜美江は若い頃からこの神社に向かい毎朝柏手を打ち、それから家に戻ってからも神棚と仏壇に手を合わせた。倒れてからは神社に行くのはやめたが、神棚だけには蒲団から這い出して拝み続けている。ようそげんに拝むもんがあるなとからかっても繰り返していた。秀司は鳥居の前で立ち止まり手を合わせた。だんだんと彼女に似てきている。

遠くの山の向こうから少しずつ白んできている。以前ボタを棄てた山は草木が茂り、自然の山と見分けがつかなくなってきた。田圃には白鷺が舞い下り畦道を歩いている。神社の脇の溜池には、蓮の間を縫うように水鳥が泳いでいた。

農道を通り三叉路を右に曲がった。木々が覆い茂った林道の先に冬の弱い光があった。鴨が甲高い啼き声を上げて飛び去っていく。重く垂れている孟宗竹が軋み、雪が鈍い音を立てて落ちた。

目の前を下山が白い息を吐きながら歩き、大きな尻が左右に動いている。雪を踏む長靴の鈍い音がしている。腕時計を見た。六時四十分だ。始業まであと二十分ある。

「どげんしたと、ぼんやりして」

振り向くとマフラーで頰被りした池上が、ぬかるんだ小道で自転車を押している。こう寒くなっちゃ、体がいうこときかんばいと鼻水を啜り上げ黄ばんだ歯を見せる。

「なんかおもしろいことはないんな」

「なかですよ」

そうだよなと池上はわざと自転車のベルを鳴らし続ける。池上の後ろから松尾がやってくる。肩まで伸ばした髪を黒いヘヤーバンドで束ねていた。目が合うと口元に弱い笑いを走らせた。

「元気ね?」

松尾が訊いた。風は中空で舞っている。竹がうねり椎の樹が騒ぎ、雪が松尾の足元に落ちた。ひゃっ、と彼女は小さな悲鳴を洩らし、椎の樹を見上げた。

「まあまあですたい」

「わたしは快適」

「よかですね」

「あんたのお蔭かも知れんよ」

松尾は歩きざまに秀司の股間に手を伸ばしにやついた。相性がいいのかも知れんばいと嬉しそうに目を向ける。

「冗談は言わんといてください」

「またきてくれんね」

松尾はばれてしまったら気が楽になったと、前を歩く池上に気づかれないように呟いた。

「よかとですか」

「水臭かね」

「本気にしますばい」

「うちはいつも本気たい」

彼女は冬の風で乾いている唇を舐めた。よう頑張りますばいと秀司は話を代える。少しでも娘のためになるでしょうがと松尾は憂鬱そうな顔をつくった。

「血が繫がっているんだから、子供たちとは別れられんもんね」

秀司が黙っていると、あんたも一緒でしょうがと苦笑した。彼は寝たきりの喜美江のことを思い浮かべた。

「そがでっしょうが」

映画を観て喫茶店に入ると松尾と出会った。彼女は目蓋を晴らし、テーブルに頰杖をつき、街を足早に歩く人々を眺めていた。秀司は戸惑い気味に声をかけた。

「なんでんなかよ」

「嘘はいけんがね」

「見逃してくれんと」

松尾は手のひらで涙を拭い、かたい笑いをつくって見せた。せつなそうな表情に動揺し、いい女だと思った。

「佐賀まで行ってきたところたい」

「なんの用事ね」

「たいした用事じゃなか。あんたは？」

「映画を観ただけですたい」

「よかな」

そう言った彼女の言葉には棘があった。恥ずかしかねと大粒の涙を手の甲で拭った。

「こういうときは見て見ぬふりをしてくれるもんだがね」

「まさか知っとるもんに会うとは思わんかったですたい」

「野暮やね」

涙で流れ落ちたアイシャドウが目尻を汚していた。美人が台無したい、と秀司はわざとそっけなく言った。

「時間はあるんね」

「腐るほどあるばい」

「ならうちに付き合わんね」

ビルの間を風が舞う通りに出ると、彼女は温もりたかねと言った。近くの食堂に入り、松尾は冷や酒を注文した。いいんな？　訊くと、今日は特別たいと言った。酔いたかったのか水を飲むように一息に飲み干していた。

「なんかあったんね」

「娘がおるんよ」

「どこにな」

「別れた亭主たちと佐賀におるんよ」

松尾は三年前離婚し、亭主は娘を連れて再婚していると言った。

「本当な」

「嘘ついてもしかたがないでっしょうが」

「知らんかった」

注いでやった酒も飲んだ。火事でもあったのか遠くでサイレンの音が流れていた。松尾は俯きじっとその音を聞いていた。

「生きておればいろんなことがあろうも。そうでっしょうが」

視線を上げた彼女は、秀司に同意を求めるように訊いた。秀司は盛り上がった松尾の胸元をぼんやりと見ていた。

「しょうがなかよ」

「そげんことばっかりたい」

店は勤め帰りの客で混雑し始めていた。木戸が開くたびに風が足元を流れている。酔った松尾は充血した目で秀司を見つめ、酒臭い煙草の煙を彼の顔に吹きつけた。

片肘をついたまま、彼女が唐突に訊いた。

「したい？」

「やけになったらいけんばい」

「不自由しとるとでしょうが」

「それはそうばってん」

秀司は盃を握り視線をはずした。

「気張らんでもよか」

「よかとですか？」

「うちは嘘はつかん」

彼らは酔ったまま近くの旅館に入った。肌着を脱がせると、松尾の背中一面に天女の絵が彫ってあった。

「驚かんでもよか」

「痛かったでっしょうが」

「惚れた男のためばい。そのときは男のためになんでもやろうと思うちょったとよ」

秀司は色白の天女を撫でた。彼女の背中に張りついている天女が、涼しい目で見つめ続けていた。秀司が刺青を眺めていると、松尾はハンドバッグから注射器を取り出し打ってくれと頼んだ。あんたもやればよかよと左手の親指を強く握らせ、腕に浮いた静脈に注射針を刺した。一瞬で髪が膨れ一本ずつ逆立った。

「どうね？」

うちと一緒に墜ちるんよと松尾は言い、秀司の裸の尻を叩いた。彼女は溶かした薬を秀司の熱く怒張した性器に塗りたくり、脚の付け根を広げ入れろと言った。これがあるから生きていけるんたいと彼女は涙を流した。天女が甲高い雄叫びを上げた。

工場の前には十トン車が停まり、運転手の落合が弁当を食っている。淋しい朝食だなと、池上が挨拶代わりに声をかけると、女房が臨月になり実家に戻ったと出歯を見せた。

荷台にはケースに入れられた白色レグホンが山積みになっている。彼は一時間近く離れた山の麓の食肉用の養鶏場から、毎日この工場に鶏を運んでいる。鶏は化学飼料を食わされ続け、百日近く経ったものが出荷される。化学飼料ばかり食わされている鶏は、本当の鶏なのかと思うときがある。朝通ってくる朝鮮人集落で放し飼いされている地鶏とは明らかに違う。どこかぶよっとしていて色艶も悪い。声を上げて鳴くこともない。そのくせ落ち着かず籠から首を出して、餌を突つこうとしている。

落合は飯を食い終わり、運転席から下りて背伸びをする。目が合うと軽く手を上げてにやつく。昔、ふたりで工事現場の鉄板を運び出し、それを横流ししたことを思い出した。そのとき知り合った女が今の女房だ。女は北九州でホテトル嬢をやっていた。アイスクリームを舐めるように、うまく舐めますばいと嬉しそうな顔をしていた。女から淋病を貰い、張り飛ばしたはずなのに隠れて付き合っていた。子供ができようやく孕んだと愛想笑いをした。そのことを秀司がからかうと、女房のことは誰にも喋るなよと凄んだ。秀司が工場で働きだした日、彼は秀司の顔を見て狼狽した。落合は人気がなくなるとそばに寄ってきて、辺りを確認した。

「昔のことは忘れたよ」

「おれもそうですばい」

「健忘症が激しくてな」

「光陰矢のごとしですたい」

少しは利口になったじゃないかと尖った目で秀司を睨み、無理に威厳を保つように呟いた。落合が弁当を棄てたごみ箱にはからすが集りビニール袋を突いている。そばでは野生化した三毛猫がじっと見ている。猫は秀司たちが気紛れに投げる鶏の内臓や鶏冠にありつこうと、いつも工場近くに屯していた。からすも猫もまるまる太っている。戯れに鶏冠を放り投げると、猫はそれを銜えて雑木林の中に逃げ込み、鼻を鳴らして食った。

今朝もからすは近くの樹に止まり彼らの動きを見ている。秀司たちが工場に姿を消すと、またごみ箱の残飯を突つき出す。川の向こう側の建売住宅に住む飼い猫も、このブロイラー工場に集まってくる。中には野良猫と一緒に行動するものもいて、残飯を食い漁ったりしている。

後家の下山がドラム缶の中に、枯れ木を入れて燃やし、暖を取りながらイラン人のカセムと話しをしている。「早かね」と秀司は冷やかした。年寄りは朝が早くてなと、下山は華やいだ声を上げた。体調はいいようだった。下山は一年前に癌で喉を切開し、首には白い包帯を巻いている。半年前まではポケットに入れているティッシュペーパーでしきりと痰を取っていたが、今はそれもない。夏より冬のほうが傷口にはいいのだと言う。

「あんまり無理すんな」

「女を馬鹿にしたらいけんよ」

クリスマスを前にブロイラーの需要が増えるため、今秋から工場は早出になった。

「口数だけじゃなく、手数も増やさなければいけんばい」

「わかっとる」

「いい返事は誰でもできると」

下山が憎まれ口をたたいてそばのカセムを見る。端正な顔をしたカセムは返事の代わりに白い歯を見せた。

「外人さんに骨抜きにされるんじゃなかぞ」と池上が言う。昔、池上は女たらしの坑夫だった。それも落盤事故で亭主を失くした女の補償金を当てにするような男だった。今でも目の動きと頭の回転だけは速い。

池上は二十数年前炭坑が閉山になると、人の女房と一緒に都会に出た。そして数年前ひとりで戻ってきた。歳を取ってくると自分の生まれたところがいいと言い、今は炭坑の跡地にできた県営住宅に住んでいる。戻ってきたときには安藤と同じように左手の小指が欠けていた。やくざの女に手を出して小指を叩き落とされ、逆上した女に刺されたこともあったが懲りないでいる。右手の親指は労済金稼ぎに自分で落としている。

池上の言葉になによと下山は足元の枯れ木を投げつける。お天道さまはお見通しなんだよと池上は睨む。下山は横を向いたまま黙っている。秀司は下山とカセムが国道沿いの店で食事をしているのを見たことがある。彼女は赤いセーターを着て相手の口に焼いた肉を運んで食べさせていた。カセムは髭の下の口を開け、下山が差し出す肉の塊を頬張り、嬉しそうにしていた。毛深い手は下山の荒れた手を握っていた。昨日、池上から下山とカセムが男と女の関係だと聞かされた。

「後家だから誰と関係があってもいいがな」

池上は胡散臭い視線を投げ、あいつのほうがついているものが違うばいと笑った。カセムは五十過ぎの下山を三十前だと思っている。池上はカセムに相当注ぎ込んどるぞと赤ら顔をゆるめた。

彼らに関係ができたのは、国東半島に社員旅行に行ったときからだ。その晩、酔った池上が下山の寝床にちょっかいを出しに行くと、薄暗い部屋の中でふたり裸になっているのを見た。カセムの分厚い胸と背中には体毛が密生していた。下山の両手がカセムの尻をしっかりと押さえていた。

「女も歳を取るといい音色を出しよる、あいつにはもったいないなかばい」

池上は秀司にいまいましそうに言った。

「誰も相手にしてくれんからと言うて僻むんじゃなかよ」

向き直った下山が声を上げる。誰がおまえなんかとと池上は喚き、この死にぞこないが、と小石をドラム缶に投げた。ドラム缶の中で孟宗竹が弾け、手を近づけ震えていたカセムが驚いていた。

冷たい風に乗り雨戸を開ける音がする。建売住宅の二階では年輩の女がネグリジェ姿でこっちを見、狭い庭では繋がれた赤犬が前脚を伸ばし屈伸をしている。池上は工場付近に飛び散っていた鶏の羽を火の中に入れながら、煙に顔を顰めている。雑木林の中の靄が上昇し、朝の光が濡れた地面を照らし始めている。

野田が猫背気味の体をまるめ、挨拶もせず通り過ぎた。頭は禿げ上がり鼻の頭に汗をかいている。そのあとを野崎がピンクの口紅を塗って、赤いマフラーで頬被りして歩いてくる。化粧が普段より濃いめだ。さぶ、さぶと口紅と同色のマニキュアを塗った指先を、熱しているドラム缶に近づける。どうぞとカセムが席を空けると、ふんと下山が鼻を鳴らした。

「いい天気になりそうたい」

野崎が明るい声で言う。秀司が空を見上げると分厚い雲間から澄んだ空が見えていた。

「ただの冬の空たい」

池上が野崎の脇に割り込み、彼女の尻を下から撫でた。対岸の工事現場では職人たちが車から降りてきて、ヘルメットを被り地下足袋の小鉤《こはぜ》を留めて作業にかかろうとしている。

川向こうでは建売住宅が並び、下水工事が後手にまわったのか、護岸工事を始めるため一台の起重機と四人の職人がきていた。ニッカーボッカーを穿いた職人が、目の前にブロイラー工場があるのに驚き、現場に着くなり顰め面をした。とんでもないところにきたとあからさまに言い、こんなところで飯なんか食えないと吐きすてるように言った。

朝の小川はまだ澄み、鮠《はや》や岩魚の影が見える。秀司が子供のときはまだ炭坑の影響で川は錆色で、散らばったボタと炭塵でいつもくすんでいるように見えた。それが今は一匹もいなかった魚が泳いでいる。生活用水が再びこの小川に流れ出すと、魚たちはまた死滅してしまうのかも知れない。辺り一帯は昔は採炭場があったところだ。

その跡地に炭坑労働者の失業対策事業として、ブロイラー工場ができたのは二十年前のことだ。工場はすでに老朽化し生産性は上がっていない。近くの雑木林は伐採され、住宅が押し寄せ工場の存在が問題になり始めている。村には多くの坑夫がいたという形跡はどこにもない。辛うじてその名残をとどめているのは、炭鉱住宅地にあった火の見櫓だけだ。新しく流入してきた住民には、火の見櫓は珍しい物として写っている。

小川の土手を十五分近く上流に登って行くと、精神薄弱児の養護施設があり、天気がいい日には子供たちが散策していた。週に一、二度彼らの身内が施設に向かうが、工場にさしかかると決まって息を止め足早に通り過ぎた。

作業の準備が終わったのか向こう岸をヘルメットを被った職人たちが歩いている。包装紙を破り白いマスクを取り出し、尖った目で秀司たちのほうを見ている。若い職人が眺めていたグラビア写真を秀司たちに向けてにやついていた。まだあどけない顔をした女が股を広げて笑いかけている。若い男は五分刈りの十六、七歳くらいの少年だ。池上が親指を人差指と中指に押し込んで笑うと、もう一度週刊誌を広げて見せた。親方がやってきて後ろからスパナで少年が被っているヘルメットを叩いた。彼は慌てて起重機のほうへ逃げていった。

「あほ」と下山が擦れた声を上げた。

「ませた餓鬼たい」

松尾がカセムと同じように含み笑いをする。秀司はその様子を見つめながら先日の松尾のことを考えた。あの晩薬を誰に貰っているのだと訊いた。彼女は秀司が一番知っている人間だと言い、安藤の名前を言った。

「安藤にな?」

「なんでもやるわね、あいつは」

あんたはなんもかんも知っとったと思っちょったのにと松尾は下唇を嚙んだ。利息代わりに股を広げろと言われたら広げるし、縛りたいと言うたら縛られるわねと笑った。

「いいんなそれで？」

「しかたがないと言うとるでしょうが」

松尾は乱れた髪の毛を気忙しく掻いた。かすかに酒の匂いが滲み出ていた。煙草の臭いに混ってポマードの匂いもした。

「あんたがなんとかしてくれんね」

松尾が秀司の横顔を見て無理やろうねと言った。煙草に火をつけ、その煙に燻され眉間に縦皺を走らせた。それからまた娘の話をしだし、義母になる女とがうまくいっているようだと言った。でも本当やろうかと呟き、娘が心配させんようにそう言っているだけだと、弱い口調で言った。

「やさしい娘に育ってるんよ」

「元に戻るわけにはいかんと」

「覆水盆に返らずたい」

彼女はそう言って言葉を止めた。安藤との関係が災いしていることは間違いなかった。松尾はドラム缶の中で燃え続けている炎をじっと見ている。秀司は化粧をしている彼女の横顔を見た。

「なんかついとるね、うちの顔に」

「なんでんなか」

「おかしな人たい」

松尾の喉元を見ると赤黒い血の痕が滲んでいた。あんたも早くいい人を見つけんといけんなと言って、干涸びた手の甲をさすった。

「遅かね」と下山が太い腕に食い込んだ腕時計を見た。今日は週に一度だけ博多から工場長の坂井がやってくる日だ。中堅商社の子会社がやっている工場の生産管理は、みな支店のコンピューターに連結されていて、坂井は月曜日の朝にきて作業員に指示を出し、主任の野田から現場報告を受けるだけになっている。

からすが一斉に舞い上がり工場の屋根の上に移動すると、林道を一台の車が向かってきていた。坂井が黒塗りの乗用車から降りると待機している秀司たちを見渡した。彼らは坂井を見つめるだけで挨拶をしない。野崎が誰にも気づかれないように会釈をすると、彼は満足そうに事務室に向かった。

「どうかね」

水を撒いていた野田に坂井が鷹揚に訊いた。

「問題はありまっせん」

野田は慇懃に応える。野崎が沸騰している薬缶を持ち、坂井専用の湯呑みにお茶を入れた。湯呑みは国東半島に行ったときわざわざ買ってきたものだ。あのとき野崎は同じものをふたつ買った。ひとつは亭主が使っているはずだ。秀司は藤田を見た。池上と将棋を指し始めている藤田は、事務室に向かう坂井を見ながら駒を持っている手を微かに震わせていた。

「おまえの番だぞ」

池上が藤田の気をそらす。しかしあの女も罪つくりなことをすると、池上が戻ってくる野崎を見ながら呟く。野崎は薬缶を持ちみんなが屯しているほうに戻ってきた。以前坂井と野崎の仲を教えられたとき、藤田は興奮し持っていた刃物で鶏を切りまわした挙げ句、癲癇《てんかん》を起こし倒れたことがある。藤田は口から蟹のように泡を吹き、彼に切りつけられ血まみれになった鶏がけたたましく鳴き叫ぶ中で、大の字になっていた。一度休憩時間に他愛ない話をしているとき、野崎が冗談に藤田にいい関係になってよかよとからかい半分に言ったのを真に受け、勝手に横恋慕していた。

「気をつけてくれんと」

下山が目配せする。

「この前みたいになったら誰が責任をとるんよ」

「関係なかでっしょ」

野崎は下山に背を向けた。

「根性の悪かおなごたい」

下山が吐き捨てるように言う。

「あんたにそげんことを言われる筋合いはなか」

「どっちもどっちたい」

池上が言う。どげんしてなと下山が振り向くと、おてんとう様はみんなお見通したい、と池上がもう一度言った。

「はっきり言うたらどげんね」

「人の邪魔はせんよ」

下山は池上を睨みつけている。なんでんなか、なんでんなかと彼女はカセムのほうに向く。好きにやればよかよと池上は秀司を見る。それから見せちょったくせにと言い、見られんと高ぶらんのかねーと笑った。下山の視線に自分の視線を絡ませたカセムは、髭を生やした口元をまたゆるめていた。

野田が集合しろと怒鳴った。のろのろと事務所の前に集まった作業員たちを野田が点呼した。それが終わると坂井が無事故で毎日が過ぎていて喜ばしいと告げた。彼は以前、大手の商社に勤めていて、農産物の買い付けで世界中を回っていたことや、大きなプロジェクトで日本中の土地を買い漁っていたのが自慢だ。今朝は先日観てきた東南アジアのブロイラー工場の話をしている。日本の工場も人件費の安い東南アジアや中国で加工され、やがて輸入されるだけになる。

秀司は煙草をふかす。いつも自慢話ばかりだ。彼はわざと生欠伸をして、いよいよ作業を始めようとする川を見つめた。職人たちは長靴を履いて川に下り、鋼矢板の精度を出すためのH鋼の定規材を敷いている。年配の職人が親指を下げると、運転手が職人の足元にH鋼を下ろした。朝になり生活用水が流れ込み始めた川の中に、身を濡らし泥まみれになって働く彼らと、くる日もくる日も鶏を解体する自分たちの仕事と、どちらが上等なのだろうと思う。秀司たちの匂いと彼らの騒音が、お互いの感情を逆撫でし、川を挟んでいるだけで知らず知らずのうちに区別し合っている。自分も二年前までは、対岸の彼らと同じような仕事をしていたのだ。

あの頃木更津の海から対岸を見ると、三浦半島は目の前にあった。干潮になり潮が引くと、海を歩いて渡れそうな距離だった。空気が澄んでいる日は京浜工業地帯の煙突が数えられ、対岸の半島の建物が見えた。あの身近さを思うと誰でも橋をかけてみたくなる。木更津の基地から横須賀の基地には、ひっきりなしに軍用機が飛んでいた。太陽は海から海に落ちていた。あの神々しさが今でも忘れられない。湿地帯に橋脚を造るために、鋼矢板を打ち、掘削をし、切り梁を入れた。

喜美江が倒れなければ、あの工事が完成するまでいたはずだ。体を動かす仕事は性に合っていた。健康なら腕一本で稼ぎ出してみせるという自負も出始めていた。将来は自分の手で職人を集め、請け仕事もやってみようかと思っていた矢先の喜美江の病気だった。姉の良子は寝たきりの義父と喜美江のふたりは、とても面倒を見れないと言った。あんたがいつまでもふらふらしているからこういうことになるんだと、嫁のいない秀司が悪いように罵った。

気弱な自分が女性と親しくなれるはずはないと思い込んでいたが、東京で一度だけ所帯を持つ真似事をしたことがある。真理子は飯場近くの飲み屋にいた女だ。仕事を終え仲間たちに誘われて飲みに行っているうちに関係ができた。

江戸川沿いの河口の近くにアパートを借り、なけなしの金をはたいて所帯道具も買った。真理子は山陰の山奥から出てきて名古屋、東京、茨城と移り、盛岡まで行ってしまったと訛りの残る言葉で呟き、東京で知り合った男には妊娠までさせられたと言った。おれが幸福にしてやるばいと、秀司は照れくさかったが言った。

「本気にしていいの」

「よかよ」

「わたしはすぐ人を信用するから」

「おれは騙さんよ」

三カ月だけ一緒に住んだ。一週間の出張仕事から帰ってくると真理子はいなくなっていた。飯台の上に前の男とまた暮らすと走り書きがしてあり、預金通帳もなくなっていた。家財道具を処分し、また飯場に入った。もの悲しそうな顔をしたあいつを思い出すと、今でも同情したくなってくる。気を抜き、ふっと哀しげな翳をつくるあいつは、どこか松尾と似たところがあった。

「この工場もなくなるんな」

下山が坂井に訊いた。

「近くまで住宅もできたし、いつまでも新住民が許すとはかぎらんな」

「後からきた連中ばかりなのに」

下山が新しい住宅の屋根を見ている。遠くで木を叩く音がし、造成中の広場では若い主婦がゴルフクラブを振り回している。その向こうには廃坑の山が見える。山は梨畑になり、葉のない枝木に網がかけられていた。

「外国に移転するよりよかばい」

池上が笑い、どうせそのうち潰すんだからと坂井のほうへ顎をしゃくる。

「なんとかお願いしますばい」

下山が言うと、坂井は口元をゆるめ、わたしに任せておきなさいと秀司らを見た。この人にあまり期待したらいけんぞと池上が野崎に向かって言った。言っていいことと悪いことがあるぞと坂井が睨みつけた。

鶏が積まれたトラックが池上の誘導で後退し、彼が吹く呼笛が雑木林にこだましている。落合は運転席から首を出し誘導に従っている。

「もう少し右に切らんな」

池上が声を上げると、落合は真剣な顔でハンドルを切っていた。あいつもおとなしくなったと秀司は思う。気にくわなければいつも人を殴っていた。女も脅して押さえつけていた。それがなにを罵られようと黙っている。

鶏をトラックから下ろすと、それぞれが持ち場に就いた。下山は磨いだ包丁を持ち解体場のほうに回る。カセムは髭面にマスクをし、臓物を仕分けする場所に行く。故国では教師だったが、ここでは下山の愛人で雑役夫だ。彼は通りすがりの野崎に軽くウインクをして見せる。野崎は関心なさそうに横を向く。お酒飲み行きませんかと声をかけると、相手が違うでしょ、と野崎は強い口調で言う。その光景を見ていた下山が近づき、カセムの腕を引っ張った。

彼らのやりとりは以前ほど秀司の苛立ちの種ではなくなった。彼らと同じような関係が自分と松尾の間に存在し始めたことを、改めて秀司は思う。なるようにしかならんもんねぇと松尾が苦笑していた。

秀司はゴムの前掛けをし、解体した鶏を洗う水槽に向かった。池上と藤田は段ボールに股肉や胸肉を詰め込むために計量器の前に立つ。池上が背筋を伸ばし首を二、三回回すとボキ、ボキ、と関節の鈍い音が聞こえた。

「始めるぞ」

荷台置き場にいる野田が声を上げる。池上が合図の代わりに包丁を振る。野田は配置を確認し、回すぞ、ともう一度声をかけた。機械のスイッチが入ると、目の高さにある鉄製のレールがゆっくりと作動し始めた。

野田は鶏が入ったケースを足元に下ろし、その中の一羽を手際よく摑み、逆さまにしてレールの輪に細い足を引っ掛ける。羽をばたつかせる鶏もいるがほとんどの鶏は動かない。暴れているものも二、三秒もすれば身動きもしない。

野田は次々と鶏の胴体を抱え逆さに吊した。小さな羽が飛び散り空中を泳いでいる。池上は吸い殻を白い長靴で踏みつけ、回転しだした鶏を見ている。どうだい、調子はと秀司をからかう。

「いいことなんか滅多になかですたい」

「お互い様だろ」

一番初めの鶏がやってくる。池上はビニール手袋をしてカセムの前に立った。逆さまに吊されて流れてくる先頭の鶏は首を切り落とされ、ケースの中に納まっている。血は糸のように流れ落ちてコンクリートの床に跳ね返っている。放血されながら回っている鶏は、両側から熱湯が吹き出している温水場に向かう。湯で柔らかくされた鶏は、高速のゴムローラーで羽を毟り取られる。

「さあてと」と下山が台の上で刃物を磨ぎながら呟く。羽を毟り取られた先頭の鶏は、刃物で胸を切られている。下山は裸にされた鶏を手繰り寄せ股肉と胸肉を分断した。別の台では松尾とカセムが内臓の中から肝臓と砂肝を仕分けしている。松尾は肝臓と心臓を切り、腹子や玉ひもを取りのぞいていた。野崎と秀司は仕分けした鶏肉を真空パックする機械にかけ、そこに入れた鶏肉を段ボールに詰めた。

篠田は箱詰めの手が空くと、ハイウォッシャーで足元の血を側溝に流している。血を洗い流すハイウォッシャーのぬるい湯と冷気のために、足元から靄がかかったように湯気が立ち籠めている。それが体の隅々までまといつき、蒸した鶏の臭いが毛穴からしみ込んでいくようだ。

去年喉頭癌の手術をした下山は、湿った工場の空気が悪いのか、マスクの下で度々咳き込んだ。包丁を持つ手がだんだんと乱雑になり、自分の喉の痛みを鶏に転化するようにぶつぶつと独り言を言いながら、出刃を振り落とし股肉を切る。今日はそういうこともなく彼女の手は順調に動いている。今朝は藤田のほうがおかしい。尖った目で野崎のほうを見ている。野崎は藤田の視線に気づいていても、横を向いたまま鶏を捌いていた。

「まったく罪な話さ」

池上が、なあと秀司に同意を求めた。藤田の持っている包丁が鈍い光を反射させている。藤田は小刻みに顔を震わせながら、言葉にならない声で口ずさんでいる。それは彼が自分の感情を必死に押え込もうとしているときにやる癖だ。秀司は初め、藤田がなにを歌っているのかよく聞き取れなかったが、音程がはずれた歌を何度か聞いているうちに、軍歌を歌っているのだと気づいた。勝ってくるぞと勇ましく、誓あって国を出たからは、と歌っていた。

藤田を可愛がっていた祖父が満州に行き、そこで手柄をたて町でちょっとした英雄になったことがある。その頃を懐かしんで歌っていたのを、藤田が憶えたのだ。今思うとただの人殺しをやっただけだけどなと池上は片目を瞑った。藤田は池上と将棋を打ち、調子がいいときも口ずさみ、その歌を歌っていると元気が出るのだと力瘤をつくって見せている。

秀司は彼らの区分けされた作業を見ながら、自分がいつのまにかこの仕事に慣れてしまっていることに不思議な気持ちになる。不安そうにしていた自分に、なんでも慣れさ、と簡単に言い放った安藤の声が浮かんだ。あいつは高利で金を貸すのも女に薬を売りつけるのも、慣れてしまったのだろうかと思う。働き出したその日に、湯気で隠れた側溝に落ち向こう脛を打った。作業ズボンの裾をまくりあげると青痣ができていた。

「とんまだな、おまえは」

池上がにやつきながら秀司のビニールの前掛けに、ハイウォッシャーの湯を勢いよくかけた。付着していた血や内臓が前掛けから流れ落ちた。

「その程度じゃ労災はおりんな」

秀司が睨みつけると、池上はおれには関係がないとあからさまに蔑んだ。秀司は手元にあった包丁を摑み身構えた。馬鹿なことはやめんしゃいと言う野崎の声に怯んだ隙に、松尾が秀司の包丁を取り上げた。今作業しながら池上と無駄口をたたけるようになったのが嘘みたいだ。

対岸ではいよいよ工事が始まったのか、激しい騒音がし始めた。工場の中まで振動が響き出し、ステンレス製の台に載っている鶏の内臓が滑り落ちた。その振動が続いている間、内臓も小刻みに動いている。音は二十分近く続くと五分間だけ止んだ。その繰り返しで鋼矢板を二十分打設し、残りの五分で段取り仕事をやっているという寸法だった。

「あらあら」と下山が愉しそうに声を上げ腰を屈めて拾う。突き出た尻をカセムが見つめ、目が合うと軽く片目を瞑って見せた。台の上の内臓が頻繁に落ちた。

「どういう工事なんだ」

池上が小言を言い、ちょっと変わってくれと言った。秀司が池上の持ち場に移ると、彼は様子を見てくると言って工場を抜けた。ガソリンが切れたんかなと下山が苦笑する。一日に何度か池上は姿を消す。手先が震えてきだすとロッカー室に走り、ポケット壜のウィスキーを喇叭飲みして一息つく。そして仲間たちに口臭を気づかれないようにマスクをして戻ってくる。一度池上が喉を鳴らして飲んでいるのを目撃したことがある。

「ただの風邪薬たい。飲んでみんな」

彼はばつの悪さをごまかそうとして、ポケット壜の蓋を外し、お前も飲んでみろというふうに秀司の前に突き出した。

「いらんですよ」

「いい薬たい」

「どこも悪くなかとです」

「もっと良くなる」

池上は照れ、ロッカーの奥にしまい込んだ。酒でも飲まんとあほくさくてなと弁解するように言った。池上がアルコール中毒だということは誰もが知っている。毎日一升は飲む。以前彼は酒を絶対に止めてみせると言って、三日だけ断酒したことがある。三日目に幻覚症状が出てきた。遠くでスーパーマーケットの売り出しの音楽を聞き、右翼が軍艦マーチを流していると言って、血がついた包丁を持ったまま、工場の中で行進しだしたことがある。逆さまになりレールを流れている鶏が、みんなおれを襲ってくると工場を抜け出し家に戻って蒲団の中で震えていた。迎えに行くと、天井の鼠が寒がっているから、毛布を持って行ってやれと、古くなったパジャマを握らせた。

あれ以来誰もが池上に断酒をさせることを止めた。禁断症状が出て包丁を振り回されるくらいなら、酒を飲ませておいたほうがいい。池上は目を真っ赤に充血させて戻ってきて、マスクの下で二、三度咳払いした。どうもなと言い、それからうるさくてしょうがなかと目を伏せた。

「どうだった」

「よく鼓膜が破れんもんたい」

おれたちよりも鼓膜が厚いんかも知れんなと首を傾げ、自分がウィスキーを飲んできたことをはぐらかした。持ち場を離れた分だけ、池上の前には羽を毟られた鶏が山積みになっている。

池上がマスクをはずし、荒い息をしだすと酒の匂いが漂った。その日、十時の休憩までに彼は二度ロッカー室に消えた。蓄まった鶏はその間仕方なくみんなで手分けして処理した。あの人は仕事をさぼるために姿を晦ましているんじゃないかと下山が言うと、彼らの間には弱い笑みが口元に浮かんだ。


ひっきりなしに吹き出してくる汗が額にたまり、目に入ろうとするのを腕で拭った。鈍い音を立てて機械が停止した。停電でもしたのかと高い天井を見上げると、蛍光灯の弱い灯は灯ったままだった。毛を毟り取られた鶏が左右に揺れながらぶら下っている。外で鶏の羽ばたく音がし、こっちにきてくれと言う野田の声がした。

表に出るとケースの中にいた七羽の鶏が逃げだし、工場の前の草叢をうろついていた。

「なんね」

「あのざまたい」

野田が広場で餌を啄ばんでいる鶏の群れを指差した。工事現場からは鋼矢板を護岸に打ち込むハンマーの騒音が響き、振動で地面が小刻みに揺れている。若い職人が鼻をつまんでこっちを見た。

「頼むよ」

野田は鶏を追いかけ取り押さえようとしている。相手は彼がそばに寄ってくると二、三歩前へ進んで、地面を突き、再び彼が近づいてくると逃げた。

「なんて格好だよ」

池上が苦笑した。

「笑いごとじゃないだろ」

七羽の鶏をみんなで追った。一羽だけ脚の悪い鶏が混ざり、細い左足がくの字に曲がっている。その薄汚れたレグホンは追いまわす度に重心を失ってのめり、いよいよ秀司たちが近づいて行くと羽を広げて逃げた。職人たちが腰を屈めて鶏を追う格好をあざけ笑った。足が悪い鶏は敏捷で、彼らが取り囲んで攻めて行くと、勢いよく飛び上がった。羽をばたつかせ五メートル近くも舞い上がると、塗装が剝げた工場の屋根に降りた。

「嘘だろ」

鶏は屋根の上を危なっかしく歩き、彼らの正面にくると尻を向けてゆるい糞をした。それからのんびりコケコッコーと啼いた。

「あの野郎」

鶏はここまでこいというふうに、じっと立ち、彼らを睥睨していた。

「人間の脳味噌よりも多いかもしれんぞ」

「あいつも必死なんたい」

池上が酒気をまき散らして言った。

「冗談はやめろ」

事務所にいる坂井の姿を気にしてか、野田が語気を強めた。川向うの杭打ち職人たちは機械を止め、珍しいものを見るように鶏の行方を見ている。

「殺されるのがわかるんやろか」

「そんなはずがなかばい」

やがて野田が散弾銃を抱えて戻ってきた。

「犬が鶏を射つんかい」

酔い始めた池上が茶化した。

「誰が犬な」

「決まっとろうが」

野田は静かに銃口を向け、空の銃の引き金を引いた。わぁと池上は叫び、両手で頭を押さえて屈み込んだ。野田ひとりがさげすむように笑っていた。やがて野田は玉を詰め、鶏に銃口を合わせた。野田が狙いを定める散弾銃は、右から左に動き、鶏がトタン屋根に足を滑らせ羽をばたつかせると、彼は気を抜き銃口を落とした。生まれて初めて人間様を見下ろしているんだろうなと池上が呟いた。そうたいねと下山が相づちを打ち、なんまんだなんまんだと念仏を唱えた。野田が改めて散弾銃を構え直した。

「やめてくれんですか」

秀司は呟いていた。野田がどうしたというふうに戸惑い気味に顔を向けた。

「どうせ死ぬんぞ」

「撃ったらいけん」

「なんで?」

「屋根に穴が開こうも」

池上が惚けた顔で秀司を見た。鶏は呑気に二度目の糞をした。

「生け捕りにしたほうがよか」

「時間がもったいなかろうが」

「雨漏りするよりよかばい」

秀司は工場の裏側にまわり、細い竹を切り出してきた。野田が銃口を下げ、好きにしろと投げやりに言った。

「どうするんだ」

秀司が家に持って帰りたいと言うと、野田と池上は顔を見合わせた。それから竹で屋根の鶏を落し、笹薮に逃げ込んだところを取り押さえた。体を押さえつけられた鶏は秀司の手を突こうとしている。抱えられた鶏は秀司の腕の中で何度も羽撃こうと試みた。可哀想な気がしてならんと秀司が応えると、みんな同じだがねと池上がレールに逆さ吊りにさせられている鶏に顎をしゃくった。

「もの好きやね、あんたも」

籠の中に入れようとする秀司に松尾が言った。でもそんなのはなんもやさしいことにはならんのにと言い、他の鶏はどうするのだと秀司の鶏には関心なさそうに持ち場に戻って行った。

昼食を食い、冬の日溜まりの中でぼんやりとしていた。欅の樹の下では藤田と池上が朝の続きの将棋を指している。藤田は例の軍歌を口ずさんでいる。機械が止まった静かな工場に、肉を盗もうとからすが近づいている。猫も秀司たちの顔色を窺うように忍び込もうとしていた。

野良犬が鼻面を下げて寄ってきて、池上が小石を投げつけると、胴体にぽこっと鈍い音を立てて当たり、尻尾を巻いて逃げた。松尾がそばにやってきて、さっきはごめんなと言った。

「さっきはなんか変やったよ」

「無理はしとらんよ」

あの後秀司は鶏を捌きながら、自分がなぜあの鶏を撃ち殺すなと言ったのか考えていた。けったいな奴だと池上は訝り、卵も産まんぞと言った。毎日何百羽も死んでいくのを見ているのに、あの一羽だけ妙な気持ちになった。ただあの鶏が自分と同じように足が悪かったからだけだろうか。

「やさしすぎるのはいけんよ」

「わかっとうよ」

「弱いのと同じたい」

それから松尾は周りの人間に気づかれないように腕を見せ、少しずつ効かなくなっているんよと苦笑した。自分の両手で肩を抱いて寒そうに小刻みに震えた。薬が切れたのかも知れなかった。

「またきてくれんね」

「本気にしていいんな」

「嘘だけはつかんようにしようと決めちょる」

彼女は煙草をふかしながら深いため息をついた。

「あんときだけかと思うちょった」

「一回も二回も同じじゃろうも」

「やめんね」

「やめたら面倒見てくれるんね？」

黄ばんだ目が秀司の心の動きを探るように見る。本気にさせたらいけんよと目を伏せた。

「よかよ」

「嘘みたい」

松尾はもう一度呟いた。さっきの鶏と同じだがねと、枯れ木に群がっている目白の群れに視線を向けながら見かけによらんねと言った。松尾の土色の頬に赤みがさした。それから寒いと言って、ロッカー室に走った。冷えた体に針を射すのかも知れなかった。薬に溺れ、なりふり構わずセックスをせがむ松尾の姿が浮かんで消えた。

雑木林では子供たちの声がし、近くの精神薄弱児たちが手を繋いで歩いてくる。天気がいい日はいつも午後から散歩する。以前工場のそばまでやってきて羽を毟られた鶏を見て、そのうちの一人の女の子が可哀相だと言い、お墓をつくってあげなくちゃ駄目だと言ったことがある。あの時の真剣な眼差しの子供が気になってしかたがなかったが、いつの間にか見なくなった。引率者に訊くと死んだと言った。だから子供たちには黙っていてくれと引率者の女は頼んだ。

彼らは逆さに吊され毛を毟られている鶏に興味を示していた。少年の一人がケンタッキーフライドチキンの工場だと声を上げている。女が叱責すると彼は笑いながら雑木林の中に消えた。若い女は子供たちの先頭に立ち足早に逃げた。

「その気になるわよ」

戻ってきた松尾が小声で言った。何分もの間考え続けていたようだった。

「あんまりからかったらいけんですよ」

「世間に負けるかもしれんよ」

松尾の顔には疲労が滲み出ていた。

「よかとですよ」

「無理しとらんね」

「普通どおりですたい。無理してもかまわんと思うとります」

松尾の顔が華やぎ、冗談でも嬉しかねと言う。生娘みたいやねと小さな笑みを洩らした。

「子供も一緒でよかとですよ」

秀司が応えると、本当にやさしかねと真っすぐに見た。対岸の土手で寝そべっていた職人たちが起き上がり、午後の作業に取りかかろうとしている。彼らが棄てた弁当の残り飯を狙って猫がうろついている。

水中ポンプのモーターは回りっぱなしで、タンクからは水が溢れている。冷たそうな水だ。

時計を見て、彼らの動作に応ずるように立ち上がった。先刻の子供たちが童謡を歌い、その声が木々の間を流れている。あの娘がほしい、えみちゃんがほしい、と大声で歌っている。立ち上がりざまに松尾を見るとじっと目を伏せた。娘のことを思い出しているのかも知れなかった。歌が止むと誰かが泣き、引率の若い女のあやす声が届いてきていた。

作業は三時に終了した。池上は午後からも二度ウィスキーを飲みに姿を消した。秀司は水道の蛇口をひねり、束子《たわし》でコンクリートに付着した血を洗い流した。濃い血は水で薄められ側溝に流れた。機械を止めてしまうと、護岸工事の現場からの音が一段と響き、窓硝子が震えている。職人たちはまだマスクをかけたままだった。

事務所の脇に置いていた鶏は竹籠の中でうずくまっている。秀司が近づいて行くと不安定な恰好で立ち上がってよろけた。

「殺さんよ」

おまえ一匹を殺したって、誰も喜びはせんと囁いてみた。竹籠に蓋をし、持ちやすいように紐を通していると、なにをぶつぶつ言っているんだと池上が言った。

「本気で飼うんか」

池上が訊いた。

「ああ」

「物好きだな、おまえも」

工場を出ると弱い光がまだ頭上にあった。風はなかったが、雑木林の中に入ると冷気が流れていた。林の向こう側から戻ってきた子供たちが、もーいくつ寝るとお正月、と歌いながらもときた道を引き返してくる。

秀司と池上の姿を目に入れると、彼らはこんにちはと挨拶をして脇を通った。引率者の若い女がすみませーんと明るい声を上げる。子供たちは秀司の前を通り過ぎようとすると、歌を止め、鶏の入った籠を見た。鶏は不自由な脚の秀司が歩く度に右、左に揺れ動いた。

「どうするの？」

少年が興味深そうに秀司に訊いた。

「フライドチキンにするんだよ」

「知っているよ」

少年は立ち止まり、彼の後ろ姿を見送っていた。三叉路の角には古い道祖神があり、子供たちが活けたのか柴の木が挿してあった。なにを考えてるんだか、と池上が秀司の顔を見てもう一度言った。それからちょっと寄っていかんかと誘った。

池上の部屋に上がると、彼は籠った空気を入れ替えるために窓を開けた。目の前の梨畑を誰かが歩き、遠くの山では炭でも焼いているのか、細い煙が登っていた。梨畑の山はピラミッドの形をしている。以前天辺にはボタが捨てられていた。冬の風はその山の頂上から吹き降りていた。

「飲めよ」

池上は通りが見えるところに陣取りワンカップの栓を引き抜いた。秀司は部屋の隅に竹籠を置いた。鶏は籠から首を出し陽に焼けた畳を突ついていた。カーテンのない部屋には西日が射し、転がっているビールの空き缶や古新聞の束を照らしている。その上に一枚の葉書があった。

「坂井からたい」

池上がそっけなく言った。

「どういうことな」

「そのうちわかる」

「昔から知り合いだったんか」

「そういうことになる」

それからワンカップを飲み干し、前の道路を充血した目で見つめていた。やがてその道路を野崎が自転車を漕いで通り、そのあとを藤田が走る姿が見えた。野崎を追いかけているようにも見える。どこか思い詰めた顔をしていた。

「大丈夫な」

「放っておけ。なるようになる」

彼らが通りを走り去って三十分もすると、坂井が載った電話付きの乗用車が通った。よしよしと池上は真剣な顔になり、整理簞笥にしまっていた機械を取り出し操作を始めた。機械は幅十センチ、厚さ五センチほどの携帯ラジオに似たものだった。彼はスイッチを入れ、チューニングをした。なんな？　と秀司が訊くと、おまえにもいい思いをさせてやると言った。雑音がした後に、警察官が事故現場を報せる声や寿司屋に出前を頼む声がしていた。

「いいだろ」

操作し始めた機械は盗聴器だった。チャンネルを回すと、コードレス電話や自動車電話の声が聞こえてきた。やがて雑音の後に聞き覚えのある声が流れてきた。

「どうだ」

声の主は坂井だった。池上は小型テープレコーダーのスイッチを入れた。

「今、終わったところだ」

盗聴器から坂井の声がした。

「ご苦労様でした」と女の声が応じる。坂井は今日の出来高と鶏肉の卸値がまた下がり始めたと仕事の話をしてから、女に誘いをかけていた。

「大変ですね」

女が同情した。

「仕事だからな」

坂井は応じた。

「今着いたばかり。あの子が追いかけてくるので、遠回りをして帰ってきたわ」

「あまりからかうととんだ目に遭うぞ」

「気をつけるわ」

工場が終わって三十分後に電話を入れるようになっているんだよ、と池上はなにもかもお見通しなのだというふうに答えた。

「どおだ？」

坂井が訊いた。

「大丈夫よ」

「何時にするか」

「入れ違いに出たから、今日は戻ってこないはずよ」

女は亭主が夜勤に出かけ、夜中にしか帰ってこないと喋り、子供たちは亭主の実家に行っていると明るい声で言った。

「とんだ悪妻だな」

「誰がしたと」

「可愛がってやるがね」

坂井は鄙猥な言葉を浴びせていた。女の気持ちが高揚したのか沈黙している。やがて雑音の後に、みんなあんたが悪いんでしょうがとあまい声を洩らした。

「誰だかわかったろ」

池上が訊いてきた。

「野崎な」

秀司が尋ねると池上はうなずき返した。驚いたかと訊き返した。

「どこにするか」

坂井は待ち合わせの時間を決めていた。

「いつものところにする?」

野崎が言った。坂井は町から遠く離れた国道沿いのコーヒーショップの名前を言った。

「そこのほうがいいわ」

「だろう」

坂井の満足そうな声がしている。ふたりは土地の人間の目を気にしていた。

「好き者だからな、あんたは」

「好かんよ」

坂井と野崎は粘りつくような声で囁き合っている。相変わらずだな、あの男もと池上が口元をひきつらせた。

「すぐ行くわ」

上擦った野崎の声がする。

「可愛がってやるからな」

いじわる、ともう一度鼓膜に粘りつくような声がして電話は切れた。吐息が耳朶にまといつくようだった。

「いい気なもんさ」

池上は乾いた喉を潤すようにコップ酒を飲み干し、テープレコーダーのスイッチを切った。あいつにはたんまりと貸しがあるんだよと池上は秀司を睨んだ。

「あんまりいい手じゃないな」

「少しばかり面倒をみて貰うことになる。そうしたらあんたに利息もつけて戻せる」

池上は充血した目を瞑って見せた。週末に池上と秀司は酒を飲んだ。酔った池上は秀司の有り金を取り上げ、酔い潰れるまで飲んだ。酔って八十過ぎの老母が倒れたと言った。帰らなくていいのかと訊くと、帰れるわけがないだろうと充血した目を吊り上げた。彼は以前佐賀の炭坑会社に勤めていて、そこで汚職事件に巻き込まれて馘になり、それからこの土地に今度は炭鉱夫として勤めた。汚職事件は炭鉱の土地を売り捌くための裏金操作だった。その時に関係していたのが坂井で、自分が少々せびり取ってもどうってことはないのだと言った。その言葉は秀司に言うより自分自身に言い聞かせているように見えた。

それからも池上は喋り続けていた。彼は熊本で酒場をやる老母に育てられ、旧制の中学を出ると佐賀の大手の炭鉱会社に就職し、事務職だったので母親が喜んでくれたと苦笑いした。母親には合わせる顔がないと言い、この土地は五歳まで家族と一緒に住んでいたところだと話した。

秀司は酒に酔い、自分の腑甲斐なさを喋っている池上の姿を思い浮かべた。隠微な楽しみに痩せた頬をゆるめている彼の姿が不気味だった。池上はテープを茶箪笥の引き出しにしまい込んでいる。それから盗聴器のコードを丸めながら秘密兵器だろと笑った。

「どうする気さ」

「わかっとろうも」

「ゆするんか」

「あいつには少しくらいお礼させてもろうてもよかろうが。最後は野崎にも教えてやろうと思うちょる。お仕置きも必要だろうも」

池上は濡れた唇をゆるめ残りの酒を一息に飲んだ。老いた池上が嫌がる野崎を抱いている姿が脳裏を走った。

帰り道、松尾の家に立ち寄った。薄いドアをノックすると、誰ねと抑揚のない声がした。鍵はかかっておらず、松尾はひとりで部屋の中にうずくまっていた。灰皿に揉み消した吸い殻があった。松尾は無言でそれを下げ水道の水で洗い流した。

「お客さんな」

「あんたの友達だがね」

松尾は投げやりな口調で言った。

「何カ月も会うとらん」

「うちたちが羊の群れで、あいつが犬だがね」

「たいした違いはなかか」

「あんたがくるのはわかっとったけどな」

秀司は返事をせず板間に鶏籠を置いた。松尾は鶏の前に飯粒を置いた。鶏はそれをほんの少し突いて止めた。

「どげんしたとやろ」と松尾は飯を食べない鶏に合点のいかない顔をし、化学飼料しか食べんのやろかと言った。そうかもしれんと秀司が言うと、松尾はじっと鶏を見つめていた。

「不憫やな。化学飼料のほうがうまいと思うとるんやから」

部屋は八畳が二間あるだけだった。戸口に近い部屋には丸いテーブルが置かれ、大きな冷蔵庫がある。そこからはかすかに鈍い音がし、テーブルには小さな写真があり、子供と松尾が並び微笑んでいた。それが彼女の娘だということはすぐにわかった。写真から目をずらすと、頼りなげな松尾の視線に出会った。奥の部屋には薄紅色のカーテンが引かれ、整理箪笥の上には処刑されているキリストの絵が張り付けられていた。その前に蠟燭台があり、橙色の光が灯っていた。部屋には安藤がつけているポマードの残り香がまだ漂っている。蠟燭は安藤が出て行ってからつけられたようだった。

「何を拝んでいるんな」

「いろいろよ」

松尾は本当にいろいろよと表情を変えずに言った。

「効き目はあるな」

「役たたずたい」

松尾は立ち上がって茶を入れ、秀司が飲んでいる間中キリストを見つめていた。

「なんか気色悪かな」

「あんたにはわからんよ」

「キリストさんもお釈迦さんもみんな同じたい」

「なして？」

「みんなどうせ死んでしまおうも」

秀司がつっけんどんに言った。松尾が急に淋しいんよとしがみついてきた。安藤の匂いが彼女の体の中に残っていた。その匂いを打ち消すように抱き寄せた。松尾は安藤が抱いたはずの肉体を曝け出した。天女にはまだ興奮の艶が残っていて、かすかに秀司を笑っているように見えた。相手は痩せた肉体を押しつけてきた。後ろを向かせ、嘲笑っているような天女の顔におもいきり歯形をたてた。松尾の声が洩れた。天女が泣いたと思った。

「絞めて」

感情を高ぶらせた松尾が呟いた。秀司が躊躇していると絞めてと声を上げた。細い首には十字架の首飾りがあり、秀司は鎖ごと厚い手で首を押さえた。もっとと彼女は言った。冷えて鳥肌が立っている松尾の姿は、痩せ衰えた鶏のように見える。せがまれるまま首を絞めていくにつれ、自分の中に眠っている怒りが沸き上がってくるような錯覚に陥った。一瞬安藤と同じような気がした。少しずつ力を加えていくと、松尾が力を加えやすいように細い首を伸ばした。

「いいんか？」

相手は目を閉じた。

「知らんぞ」

「どうなってもいいんよ」

松尾は本気で全身の力を抜いた。頸静脈の血が波打ち、秀司の手のひらを押し返した。急に怖くなり、両手の力をゆるめると、松尾は本当にいいんよと擦れた声でまた言った。

「殺してくれんね」

彼女は催促した。細い首を両手で押さえ、もう一度力を入れた。痩せた顔が鬱血し赤黒く膨らんだ。太い血管が目尻から首に向けて浮き出てきた。松尾の目から透明な涙が流れ落ち、涙で覆われた目はなにも見ていない。墜ちろ、墜ちろ、と思った。両手の輪が一瞬縮んだ気がした。松尾の顔がゆがみ、絡めていた脚が弛緩し秀司の腰から離れた。竹籠の中の鶏がクーと啼き、秀司は慌てて手を離した。首を絞められ、目蓋を閉じている松尾が、首を落とされると同時に目を瞑る鶏の姿と重なった。

部屋の外を猫がうろつき、か細い声が風に流れていた。近くの森からは梟の鳴き声がしている。松尾は動かなかった。彼女の体の中央の陰毛だけが揺らいでいるように見えた。心臓に耳を当ててみる。鼓動は激しく打っていた。頬を叩くと赤みが少しずつ増してきた。

「死んだんか」

「意気地なし」

目を充血させた松尾が笑った。

「また夜やね」

一緒に部屋を出ると、雲間を月が走っていた。

「どのくらい歳を取れば、この淋しさはなくなるんやろね」

月は生い茂った椎の樹の真上にあり、雲は足早に流れていた。

「三日月やね」

松尾が薄暗い空を見上げた。

「ああ」と秀司は答えた。

「またきてくれんね」

「いいんか」

「あんたのお母さん、うちが見ちゃろうか」

松尾は視線を合わせず言った。

「もう安藤と会うのはやめてくれんね」

彼女は返事の代わりに、細い左腕を擦りながら白い歯を見せた。それから薄闇の中で、鈍い光を放っている月を見上げながら、これから少しずつ大きくなっていくんやねと呟いた。寒空に浮かぶ月は、明日も明後日も欠けていく下弦の月だ。そうだなと秀司が言うと、松尾の顔が華やいだように見えた。

次の朝工場に行くと、野田が事務机の前で思案げに頬杖をついていた。電話が鳴ると、受話器を取り昨日注文していた鶏の数を訂正していた。

「なんかあったんな」

「どうもこうもありゃせんよ」

彼は憔悴しきった顔を歪め、藤田と野崎がしばらく工場に出てこれないと言った。

「やっぱりな」

池上が顔をほころばせた。いつかはこうなるんじゃないかと思っちょったと小鼻をひくつかせた。

「知っとったんか」

野田が呻いた。なんで教えてくれんと池上を睨んだ。

「そんな不粋なことができるわけがなかろうも」

野田の話では昨日の作業終了後、坂井と野崎が落合い、逢引きをしているところに、興奮した藤田が出刃包丁を持って現われて、振り回したということだった。野崎は腹部を刺され坂井は腕を切られた。藤田はそのまま家に戻っているところを逮捕された。興奮し、夜の闇の中で、敵は幾万ありとても、と興奮し大声を上げていたらしい。警察は夜のうちに野田の家を尋ね、彼らの関係を訊いた。野田はまったく知らなかったと言い張り、ぎりぎりの人員でやっているので彼らがいなくなると困ると言ったようだったが、警察は相手にしなかった。

「命に別状はないということたい」

「坂井は？」

「まだ警察におる」

野田は落胆し、おまえたちは知っていたんかと訊いた。坂井も運のいい奴だと、池上が秀司のほうを見た。その日彼らは極端に口数が少なく、藤田と野崎のことに思いを巡らせていた。

腹部を刺された野崎は全治三カ月の重傷だった。藤田は癲癇を度々起こすこともあり、思うように取り調べが進んでいなかった。坂井は右手に三週間の怪我をしただけだった。ついている奴はどこまでもついちょるな、もっとやってやればよかったのにと池上は言った。坂井はあれ以来顔を見せず退職した。

下山とカセムは野崎たちのことがあったにも拘らず逢っていた。彼らの間ではそれで下山が癌を克服し立ち直ってくれればいいという気持ちがあった。たとえカセムに故国に家族がいても、そのとき良ければそれでいいと思うことにした。後家の下山が決心していればとやかく言うことではない。若い頃亭主が落盤事故で死に、寡婦でふたりの娘を育てた下山にも、少しくらいいい目が出てもいい気がした。

その事件があった二週間後、交差点の信号待ちをしていた秀司の前に護送車が停まった。その中に町の風景を見つめている安藤の姿を目撃した。サングラスを取った顔は生彩がなく、ひどく瘦せて見えた。彼は金網の向こう側から目を逸らさず秀司を見た。信号が変わると、安藤が乗っている護送車は冬の光に誘われるように滑り出した。

野田に安藤のことを訊くと、安藤がサラ金の取り立てで傷害致死事件を起こしたと言った。

「おまえもいい友達を持っているもんだな」

野田はこずるそうな細い目を向けた。野田も自分も犬から解放された羊かも知れなかった。それは松尾も同じような気がした。

正月明けに喜美江の薬を貰いに出かけた。寒い日だった。回り道をして松尾の家の近くまできた。どこか落ち着かない表情をしていたあいつのことが気掛かりだった。家のそばまでやってくると路地を子供たちが喚声を上げて駆け出してきた。その後を素裸の松尾が追いかけるように走ってきた。松尾は左腕にパンダのぬいぐるみを抱え、目の前に立っている秀司の姿も眼中になかった。瘦せた体には肋骨が浮き上がり鳥肌がたっていた。毛を毟り取られた鶏だ。うちはかぐや姫なんよ、早く迎えにきてくれんね、とわけもわからないことを口走りきょろきょろとしていた。騒ぎを聞きつけてきた住民たちも彼女の刺青姿に怯み、戸惑い気味に見つめていた。

秀司は遠巻きに見つめている子供たちを押し退け、防火槽の脇に立ち止まっている松尾にかけ寄った。彼女は呼ばれたことにも気づかず、路地から農道に走り抜けた。やがて遠くでサイレンの音がした。農道から救急車がやってきて、裸足で田圃の中を逃げる松尾をみんなで取り押さえた。秀司はジャンパーを脱ぎ瘦せた松尾の体を覆った。

「このすかたん野郎」

年配の警察官が松尾の腕をねじ上げた。なんば言うとるんなと秀司は警察官を睨んだ。おまえも仲間なと睨み返された。あほっと彼は言った。警察官が秀司の体を突くと尻餅をつき、その姿を見ていた松尾がだらしなく笑っていた。

一週間が経った。またパトカーが林道を抜けて工場にやってきた。工場の中を掃除していた野田が日溜まりの中で休息しているカセムを指差した。カセムは白衣を着たまま雑木林の工事現場へ逃げた。川を走り抜け向こう岸に渡ろうとしたとき、流れる水に脚を取られて転倒した。そこをふたりの警察官に取り押さえられた。やがて彼は手錠をかけられて戻ってきてパトカーに乗せられた。

「なんなのよ」

下山が神経質に叫んだ。カセムの視線は彼女のところで止まった。

「不法滞在者なんだよ」

「それがどげんしたと」

秀司は下山の腕を取った。彼女はおもいきり振り払った。だけんなんなと下山は声を上げパトカーのドアを開けようとした。窓から濡れたカセムの腕を引っ張った。

「いい加減にせんか」

若い警察官が下山を羽交い絞めにして引き離した。馬鹿野郎と下山は喚き抵抗した。

「アイラブユウ」

下山はカセムに絶叫した。なにがアイラブユウだ、やりたいだけだろと池上が笑った。下山は手術をした喉が、再び開いてしまうのではないかと心配になるほど泣いた。パトカーが走り出すとその後を追いかけ、カセムの名を呼び続けた。相手は後部座席から小さくなっていく下山の姿を、目蓋に焼き付けるように見続けていた。彼女は茫然と立ち尽くし、後ろ姿が震えていた。

「すぐ戻ってくるばい」

秀司が慰めた。返事はなかった。

「まだ会えろうも」

下山はふいに泣き止み、正面から秀司の顔を見つめた。

「あんたにはわからん」と吐き捨てるように言うと、そのまま鶏がぶら下っている工場の中に消えた。その後、彼女は目立って気弱になり、ときどき仕事中に物思いに耽ることがあった。仕事は雑になり、出刃を鶏肉に叩きつける回数が増えた。肉体は日に日に弱まり、作業中に倒れ、やがて再入院となった。多分これでおさらばだなと池上が呟いた。下山を乗せて去って行く救急車を見送りながら、秀司は意気地なしと言った松尾の言葉を思い出していた。彼女は隔離されて退院後刑務所に収監され、半年の刑期を送ることになっていた。

喜美江は縁側に出て陽の光を受け、ぼんやりとしている。庭先には例の鶏が不自由な脚で歩きまわり餌を突いている。体はめっきり重くなり、あのときのように羽撃けるのだろうかと思うときがある　秀司は太った鶏を見ながら、この死にぞこないと小石を投げてからかった。

村の山々に桜の花が咲き、それと同じ時期にボタ山の麓に植えた梨の木が白い花をつけた。遠くの山の稜線には春霞がかかっている。村には穏やかな風が吹き、微かに花の薫りが漂っている。秀司はあれ以来ときどき春の夜の朧気な月を見る。月は何度目かの満ち欠けを繰り返していた。毎夜少しずつ変わっていく形を見るたびに、自分たちのあやふやな生き方を映し出しているような気がしてくる。先日工場の帰り道藤田の姿を見た。駅前のパン屋に勤め、休憩時間だったのか店の脇で知り合いと将棋を指していた。彼は念仏のように、敵は幾万ありとても、と愉しそうに口ずさんでいた。

他人の夏

湯気で曇った鏡を手で拭くと頬骨の尖った男の顔が現れた。目は腫れぼったく陰気な表情をしている。こっちを睨んでいる顔は血色が悪く好きになれない。指先を窪んだ右頬に当ててみると、夜の間に伸びた髭の芽がざらつく。おれの言う通りにしていれば、おまえたちの未来は明るいものになるさ、と昨日言った富山のにやつく顔が浮かぶ。確かにあの男の喋りは天下一品だ。次から次に言葉が薄い唇の先から出てくる。相手に質問させる余地を与えない。黙って聞いているとつい本気にさせられてしまう。香具師でも食っていけそうだし、落語家にでもなっていたら相当の人気者になっていたかも知れない。

富山は昨日も契約を決めた。今月になって五件目だ。これで百万以上は手元に入るはずだ。まだ住宅ローンが残っているからなと、人を見下した厭な笑い方をしていた。暴走族上がりだと、やっかみで仲間が口を尖らせていたが、口先ひとつで食っていけるのだから羨ましいと思う。話が上手いのは母親譲りだと言っていたが結構な遺伝だ。人の噂ばかりしている、富山によく似た狡賢い母親の顔が目に浮かぶ。

昨日富山は仕事が終わると、景気づけだと言って営業所の近くの酒場に連れて行ってくれた。自慢話をするためだ。飲めないのだと言うと爪を伸ばした右手の小指を立て、こっちのほうかいと唇の端を吊り上げた。返答に困っていると、これも修業だからなと酒を猪口にこぼれるほど注いだ。仕方なく息を止め飲み干した。なかなかやるじゃないかと目を細め、何でも一生懸命にやると道は拓けるからなと、自分の空になった猪口を注げというふうに差し出した。まあ、いいさ。いいことばかりが続くのが人生でもないし、富山が明日交通事故で死ぬことだってある。ぼくにだってそのうちいい目が出てくるに違いない。

こっちが懐いている間はこの男だって無下にはしないはずだ。富山さんは天才ですよと愛想笑いをすると、万更でもない顔をして銚子をまた頼んだ。豚も煽てると木に登るんだからなと、営業の心得を教えてくれた坂戸の声が蘇える。あの言葉は本当のような気がしてくる。

オレンジジュースと言うと、おかまみたいな奴だなと笑い、おまえみたいな奴と一緒だと酒がまずくってしようがない、と顔を顰めたが気分は良さそうだった。おれは六つの時から親に隠れて嗜んでいるのだと言い、父親が造っていたどぶろくの瓶に頭から落ちて酔っ払い、柱にぶつけてできた傷だと額の生え際を見せた。旗本退屈男ですね、と言うと、そう見えるかいと人差し指で小鼻を擦り、前髪を指先で垂らした。抜け目のない奴さんというところだ。少し煽てるとどこまでも上がっていく。おかげで夕食代が省けて助かった。下らない説教を聞いてやるのだから、当たり前といえば当たり前だが仕事より疲れる。

酒が入ると、自分がどんなに成績が優秀かを喋り続け、元は暴走族をやっていたが、こうして真面目になったんだから、お前も大丈夫だと執拗に繰り返す。ふたりの娘がいて、今年七五三をやるのだと言い、郊外の新築の家も自分の力で建てたのだとうるさいほど呟く。凄いですね、と適当に相づちを打つと一層調子に乗る。話を聞いてやると気分がいいのかいつまでも話す。二十五歳になる女房がまた妊娠したかも知れないと言い、十七歳で知り合った時には、まだ処女だったと嬉しそうな顔をし、今はただの小母さんだけど男の責任があるからな、半端なことはできねえよ、と酔って青ざめた顔を向けた。おれが仕込んでいるから何も知らなかった女房も、いい女になってきたと明け透けに言い、帰りが待ち遠しいんだってさ、と上唇の端を濡れた長い舌で舐めた。それから小学生の娘には男を近付けるなと口うるさく言っているのだと背筋を伸ばし、ぼくの反応を窺うように見つめた。まだ処女ですからねと言うと、おれが一番初めの男になりたいくらいだよと言った。美形だから女房が児童劇団に入れていて、将来は芸能人にするつもりだと張り切っていると言い、おれもそのためだったら金に糸目をつけないつもりだ、その先は左団扇だなと、手で顔を扇ぐ真似をした。結構なことばかりだ。娘なんか嫁にやらないし、寄ってきた奴はみんな張り飛ばしてやると、最後は上機嫌で喚いた。ぼくは俯き腹の底で馬鹿野郎と叫んでやった。

頭の芯に鈍い痛みが残っている。酒など飲みたくない。馬鹿騒ぎをしている人間を見ていると虫酸が走る。歯ブラシを口に銜えると吐き気をもよおす。水道の蛇口を捻り生温い水で顔を洗うと、ようやく生気が戻ってくる。

テレビのスイッチを入れ時間を確かめる。六時五十五分だ。アナウンサーは今日も真夏日だと報せている。鏡の前に立ち、半袖のワイシャツを着てネクタイをする。首を締めつけられるような思いに苦い笑いが込み上げてくる。飼っていた山羊の首輪を引っ張り回して遊んでいたが、あの時の嫌がる山羊の気持ちが今になってわかってくる。「メエー」と鳴いてみる。素直な山羊だ。笑っている。笑えるおれのほうが鳴くしか能のない山羊より少しはましのような気がする。まさか自分がネクタイを締めて働きだす人間になるとは夢にも思わなかった。性格まで変わった気がする。

黒猫が足元に寄ってきて餌をせがむ。押し入れの中に仕舞ってある缶詰の蓋を開け、ボウルの中に入れる。猫は鼻を鳴らして食う。それを見て急に空腹を感じる。今日も大塚駅の売店で牛乳を飲み菓子パンを頬張るだけだ。店の若い女とはすっかり顔馴染みになった。一昨日おまけだと言ってメロンパンを一個余分にくれにやついていた。昨日は姿が見えなかった。どうしたのだろうと思う。

猫は慌ただしく食って舌で口許を舐めている。もうひとつ食うかと声をかけ、缶詰を取り出す。どうせ商店街のパチンコ屋の景品だ。負けても猫の餌だけは交換する。猫はそれも食い始める。夜中の間出歩きいつも明け方に戻ってくる。盛りがついていたのか少し前まで庭先でよく啼いていた。仔猫でも孕んでいるのかも知れないと思い、弛んだ腹を摩ってみるがよくわからない。猫も想像妊娠をするのだろうか。先日の雨の日、暇つぶしに綿棒で性器を弄ってやると、後ろ脚を広げうっとりと目を瞑っていた。もう牡猫の味を知っているようだった。一年前、公園の脇に棄ててあったのを拾った。声も出せない瀕死の仔猫だったが、今ではまるまると太っている。以前は湿った布団に潜り込んできて、よく一緒に眠っていたが、最近はあちこちをうろつき回っている。

「おい、ちぃとは真面目に生きろよ」

ぼくは満腹になって絨毯の上に寝そべっている猫に言う。相手は下肢を広げざらついた舌で自分の性器を舐めている。上唇をしきりに舐める富山の赤黒い舌を連想する。猫はぼくの仕草を見ていたが、四肢を伸ばし歯茎を剝き出しにする。昨晩富山と飲んだ時の余りものを持ち帰ったのを思い出し、それも皿の中に入れる。富山は猫を飼っているのかと驚き、餌代も稼がなくちゃならないな、と蔑むような笑いを浮かべ、もっと別に飼うものがあるだろ、本当に誰もいないのかともう一度爪を伸ばした小指を立てた。猫はゆっくりと起き上がり餌のほうに向かった。食い意地がはった猫だ。

整髪しドライヤーをかける。頭皮が熱い。鈍いモーター音に猫が立ち上がり前脚を伸ばす。閉めていたカーテンを引くと、朝の陽射しが部屋の中に飛び込み、外は陽が照り始めていた。天気予報は当たりそうだ。急に首筋に汗を感じ手のひらで拭う。窓の外に野鳥が集まってきて、猫はじっと鳥の影を追っている。

「大人しくしているんだぞ」

ぼくはこの猫を飼い始めてから気が紛れるようになった。窓辺に立ち、猫が出入りできるだけの隙間を開けてやる。アパートの住人は誰が飼っているのかと、戸口の前でわざと大声を上げているが、構うものか。知らないふりをしているだけだ。隣の家の女房が乗用車のボンネットでうずくまっている猫を箒で追っていたことがあるが、猫はブロック塀の上に逃げて啼いていた。その姿が人間を小馬鹿にしているようで小気味が良かった。あの女房は自分の庭の松の根元に、猫が小便をし続けているのをまだ知らない。

玄関の戸を開けると猫は飛び出して、鉄製の錆びた階段を下り姿を晦ました。鍵をかけ隣を見ると、横溝厚子が寝間着姿のまま立っていた。「今から？」と訊いたがぼくは返事をしない。女は昨夜遅く勤め先のスナックから帰ってきて男と騒いでいた。片言の英語の単語を並べて男に喋り続けていたが、そのうち呻き声に変わりしまいには絶叫していた。それが二日と開けずに続いている。静かな夜が続く時は女が生理中の日だ。何もかもお見通しだ。それでもアパート中に聞こえる声を出して平然としているのは、誰かに聞いて貰いたいのかも知れない。

女の部屋にはたまにイラン人の若い男がくる。その時は毎晩明け方まで抱き合っている。猫と違って年中発情しているから始末が悪い。不法滞在でぱくられるまで続くのだろうか。男は目が合うと、「こんにちは」とにやつく。口許の髭がいつも濡れて黒光りしているように見える。女のあそこには栄養があるのかも知れない。それから胸のポケットからテレホン・カードを取り出し、一万円でどうだと訊く。いい根性をしている。りっぱな商売人だ。返事の代わりに睨みつけてやるが、白い歯を見せて笑うだけだ。歯は白いが腹の中は黒そうだ。ただ彼らが一生懸命働いても故郷へ数分電話をすると、稼ぎがみんななくなってしまう。だから悪さをするのもわかる気がするし、日本の物価が高いというのも本当のようだ。あの男が横溝を離すはずがない。いつもホストクラブに通っていると自慢し、ぼくにも勤めたらどうだとすすめていた女も、髭面の男ができるとぷっつりと通わなくなった。ポマード臭い男より髭面で撫でて貰ったほうがいいようだ。貢ぐ金がホストからイラン人に変わっただけだ。

「ねぇ、どうしちゃったの」

横溝は眠そうな顔を向ける。

「最近はネクタイなんかしちゃってさ。仕事先が変わったんでしょ」

ぼくは小さく頷いた。

「似合うわよ、案外と」

彼女はこっちの服装に視線を這わせる。

「誰かいい女の子でもできたの」

「別に」

「嘘おっしゃい、とぼけちゃって。隠さなくたっていいでしょ」

ぼくは聞こえないふりをし部屋の鍵をかける。小柄でひ弱に見えるぼくはいつも人に苛められた。あなたは辛気臭いわね、と小学校の女教師にからかわれたことがある。意味がわからず笑っていたが、その教師の顔に悪意が滲んでいる気がした。家に帰り、辛気臭いという言葉を辞書で引いた。性格の暗い人間なのだとわかると、顔が火照《ほて》り心が塞いだ。

ぼくは女教師を恨み、一年間一言も口をきかなかった。気味が悪いと怯えられたがまったく気にならなかった。そのうちクラスの同級生たちにも嫌がられるようになった。教師が秘かに吹聴していたことをそれとなく知っていた。人はぼくを不気味な奴と遠巻きに見ていたが、あの二年間ほど充実していた日々はなかった。

ある夜、ぼくは近くの伯母の家に出かけた。彼女は目が不自由で、届いた手紙を読んでやり帰宅する途中だった。家の近くまでくると、神社の脇に乗用車が停止し微かに揺れているのを見た。人が乗っている気配がなく、初めは目の錯覚だと思ったが、見直すと確かに動いていた。九時を回っていた。子供の頃親に鬼が住んでいると脅かされたことが脳裏にこびりついていたのか、夜、杜の前を通る時だけ、怖くていつも身構えた。杜の前には溜め池があり、風が水面を撫でるように吹いてきて、ぼくの細い首筋を走り抜けた。鳥居の脇で横揺れし続ける乗用車に近付くと、そこに大人の男女が下半身を剝き出しにして重なっていた。広げられた脚の中心に男の中心が宛がわれ、振幅はそこから拡がっていた。女の両脚が薄闇の中で青白く浮かんでいた。

ぼくは目を凝らして見ていた。ふたりは気付かず夢中になっていた。呼吸が苦しく喉は渇ききった。突然自分の中心に微かな痛みを伴って、快感が爆発した。股間を押さえ屈み込んだが、自分の意志とは別にぼくの中心はひくついていた。しばらく屈み込み初めての快楽に放心していた。ズボンに手を入れると温かいぬめりがあった。目が慣れ、男と女の顔が確認できるとぼくはもう一度驚いた。担任の女教師と別のクラスの男教師だった。急いで家に帰り、親に内緒でお年玉を貯めて買った連続シャッターのカメラを取り出した。カメラは遊び相手のいないぼくの唯一の趣味であり愉しみだった。

足を忍ばせて彼らのそばに寄り、女教師の興奮している顔に焦点を合わせ、シャッターを押した。閃光が杜全体を照らした。女教師は起き上がって辺りを見回し、ぼくの姿を見つけたが乗用車から出てこられなかった。ぼくは彼らに向かって何度もシャッターを押して逃げた。現像に出した時、年配の店主から誰が撮ったのだと訊かれたが、父親に頼まれたのだと言った。店主は現像した写真を人に見られないように封をし、ちゃんとお父さんに渡すのだぞと言った。彼が別に焼き増しをしているような気がした。

　数日後、ぼくはその写真を教壇の机の中に忍び込ませた。それから女教師を見続けていた。彼女はいつものように生徒に朗読をさせ、それから黒板に漢字を書かせるために、新しいチョークを取り出そうと引き出しを引いた。彼女の手が止まった。写真を見た時の彼女の顔は蒼白になり唇は震えていた。目はうつろだった。その目がぼくの目と出会った時だけ怒りで燃えていた。しかし彼女は何も言わなかった。女教師が気の弱い兎のように思え愉快でしようがなかった。立場が逆転した。女教師は相変わらずぼくを無視し続けていたが、明らかに表情は違っていた。今度はこっちが無視する番だ。ぼくはその時初めて彼女と心が通っているような錯覚に陥った。そして秘密が武器になるということを知った。ぼくが歪な愉しみ方を覚えたのは、あのことがあったからではないか。

　一週間近く経ったある日、女教師と一緒にいた教師に呼び止められた。彼は誰もいない講堂の脇の狭い部屋にぼくを閉じ込め、どうしてあんなことをしたのだと諭すように言った。ぼくは下唇を噛み黙っていた。教師は穏やかな口調で誰にも言わないから、写真を渡してくれと言った。教師もどうしていいのかわからなかったのだろう。こっちが口を噤んでいると反対に恫喝し、目の前で拳骨をつくり、殴るぞと脅し、本当に耳の辺りを力一杯殴りつけた。耳の奥が痛んだが、ぼくはうずくまり両腕で顔を隠した。すると教師は謝り、みんな君のためなんだからと殴ったことを詫びた。

　ぼくは隙をつき戸を開けて逃げようとした。教師は腕を摑みまた殴った。ぼくは人殺しと何度も大声を上げた。教師が怯んだ隙に講堂に飛び込んだ。人殺し、と繰り返し声を上げ続けると、声は誰もいない広い講堂に響いた。教師が唇に人差し指を当て声を出すなと言った。殴られた痛みは残っていたが、何とも言えない心地よさに浸っていた。

次の日、彼らが映っている写真を何枚も教室や廊下にばらまき、知らないふりをしていた。生徒たちは写真に写った様々な肢態を互いに見せびらかしていた。女教師は翌日から姿を現わさなくなった。男の教師もぼくを見て怯えた目をしていた。そしてその教師も二学期になると別の学校に異動した。女教師はそのまま学校を辞めたという噂だった。こっちが無視され続けたことを思うと、なんでもないことだった。中学に入学しても、小学校の出来事を教師たちは知っていて、ぼくにはまったくといっていいほど干渉せず、たまに気紛れで怒ることはあっても、深く関わりを持とうとはしなかった。

だから人に露骨に無下にされても、こんなことはいつもぼくの身の回りでは、昔から起こっていたことなのだと思い抵抗もしない。薄気味悪い奴だと言われても受け流すことにしている。黙って笑っていれば苛められることはあっても摩擦は少ない。理不尽だと思うことはあっても言い訳をしたところでどうなるものでもないし、元々人と諍いをするのは好きではない。もっと気楽に生きていけることはある。負け犬のように感じる時もあるが、こっちがそう思わなければいいことだ。

「変な奴」

横溝が鼻柱に小さな皺を集めた。

「気取っちゃって」

「構わないでくれよ」

「何よ。田舎者のくせして」

横溝はネクタイを引っ張った。ぼくは彼女の手を思いきり払い睨みつけた。通りに出ると背後から、

「ねくら」と彼女が叫んだ。ぼくは振り向かず背筋を伸ばし、真っすぐに歩き出した。

狭いビルの階段を上って行くと、事務所にはすでに社員が集まり雑談をしている。「おはようございます」と声を出したが誰も返事をしない。ぼくは自分の机に座った。開け放った窓の向こうに新宿の高層ビルがいくつも見える。朝の陽射しが向かいのビルに反射し目がしょぼつく。女の事務員が冷たいお茶を配っているが、先週からぼくのところには持ってこなくなった。尻の大きな女だ。人事部長の成瀬と、歌舞伎町のホテルから出てくるのを先日目撃した。成瀬は威張っているがぼくに見られていたことを知らない。腹は膨れている。そういえば一昨日菓子パンを余計にくれた女の子は今朝も姿が見えなかった。あの日が最後だったのだろうか。髪が肩まで伸びたおかっぱ頭の女だった。いくつだろうか。幼い顔に見えたが会わなくなったら、もっと年上のように思えてきた。

グループ長の富山がそばにやってきて、「元気か」と訊く。昨日の酒が残り喉が渇くのか、手に清涼飲料水の缶を持っている。あれからひとりでファッション・ヘルスに行き、酔っていたので性器が麻痺していて女が怒りだしたと言い、それから帰って女房を相手にすると上手くいったので、その点はあいつのほうがプロだったと笑った。そんな特技があるなら、暇な時にでも働かせればいいし、この男が働けなくなった時には生活は安泰だ。

パンチパーマの吉見が近付いてきて直角に頭を下げ富山に挨拶をする。昨日契約を一本取った吉見は表情が明るい。壁には営業成績表が貼られ、吉見のところに赤いマジックで一台契約したことを示す棒線がしてある。今月もトップは富山だ。もう六台も売り上げている、感じのいい奴ではないが大したものだ。ぼくの名前のほうを見る。契約は先月からまだ一本もない。「普通の人間なら、もうとっくに辞めているはずだがな。あんたは根性があるよ」と昨日の始業前の朝礼の時、支店長の坂戸が言った。ぼくはずーっと俯いていた。入社してすぐに従業員の使い捨てをする会社だとわかった。だからいつも新聞に募集広告を出しているのだ。

二月前の面接の時を思い出す。広告を見ただけでは、高収入、豊かな生活と書かれているだけでどういう職業だかわからなかった。勤務時間は九時から五時まで、残業はなしだと書かれていたが、現地を五時に出ても営業所に戻ってくると七時や八時になるのはざらだ。電話をすると若い女性が出て、無愛想な声で年齢や住んでるところを早口に訊いた。どんな職業かと訊くと、家庭訪問をして自動販売機を設置するセールスだと言い、未経験でも指導するから問題ないと言った。

会社は新宿の西口近くの古いビルの五階にあった。訪ねた時にはふたりの事務員と三十前後の男子社員がいるだけだった。壁の至る所に貼り紙がしてあり、今月の目標とか根性だとか努力だとかいう文字に混じって、成績優秀者には家族へ海外旅行のプレゼントをするという文字が大書きされていた。

ぼくは事務所の中を見るなり尻込みし引き返そうとした。「面接ですか」と女性が訪ねた。思い切って頷くと、「どうぞ」と奥の部屋に入るように言い、粘りつくような視線を向けた。応接間に通されると人事部長だという若い男子社員が名刺を出し、「うちの会社は実力があればすぐに偉くなれるんですよ」と言った。「やる気があればあなたの未来は必ず明るいものになります。間違いありません」と言いながらソファに身を沈め脚を組んだ。外国製の煙草を差し出し、吸うかと訊いた。首を横に振ると、高価そうなライターで火をつけ、ぼくの顔を見据えて煙を吐き出した。相手は簡単な履歴を書かせ、「うちの会社では経歴なんかひとつも気にしません。やる気があれば誰でもいいのです」と改めて強調した。自分も六年前には学校を辞め喫茶店のウェイターをやっていたが、この会社で働くようになって運が向いてきたと言った。ぼくは黙って男の手の動きを見ていた。左手には金のブレスレットをし、薬指にも重そうな金の指輪が塡めてあった。

この会社は一台百数十万円する自動販売機を、中身の缶ジュースや缶コーヒーの商品ごと売るという販売会社だった。二台、三台と売り上げを伸ばせば、実入りが増える歩合制の給与体系だったが、基本給が十五万の他には手当ても補償もなかった。ぼくは次の日から出社するようになった。ワイシャツとネクタイを買った。毎朝ネクタイを締めるのに十分もかかった。十五万円はぼくが寿司屋の住み込みで働いていた時の給料と同じだった。それだけあれば充分だと思った。しかしあの男が入社させたのは、売り上げのことなどは端から気にしていず、いよいよ成績が悪ければ、知り合いの家の軒先に一台でも置かせればいいという腹づもりがあるようだった。一月経ち、こっちが一台の契約も取ることができないとわかると、「どこかに一軒くらいあるだろ」と言い出し、そこに販売機を設置して貰うように頼めと言った。そんな知り合いはいないと言うと、おまえは天涯孤独の身なのかと露骨に厭な顔をした。人の出入りは激しく、ぼくの後から入ってきた者もすでに何人も辞めていった。一日だけ出てきて次の日には顔を出さない者もいた。それでもみんな当たり前のように気にも留めないでいた。

「始めるぞ」

坂戸が神棚の前に立ち声を上げた。神棚の中には商売繁盛と家内安全の札があり、その下の壁には香取神宮の掛け軸が垂れ下っている。坂戸がぼくたちに背を向け、神棚のほうを向く。その後ろに社員も並ぶ。それからみんなで柏手を打ち、本日の契約を祈願する。

坂戸が深々と一礼し向き直る。ゆっくりと従業員の顔を見回し、それから目を営業成績表に向け黙っている。営業の仕組みはねずみ講と同じだ。一番下のぼくたちが機械を一台売ることによって、その上のブリーダーやグループ長に報奨金が入ってくる。支店長は配下が多いのでその分実入りも多い。ぼくたちが売り上げを伸ばすと、リーダーが一万、地区長が二万、支店長が三万、と地位が上がるにつれ儲かるようになっている。彼らが部下に任せず直接自分で機械を売ればピンはねも少なく儲けも多くなる。

欲のある人間は少しでも地位を上げようとする。トラブルが起きても平気だ。実際に先月も契約を履行したくないという相手を脅し、販売機を設置させた者がいた。坂戸はその男をすぐに別の営業所に配属変えし逃がした。相手には突然辞めたと言い張り、泣き寝入りをさせた。いざこざは日常茶飯事だ。坂戸の着ている物はイタリア製の一着三十万もする背広だし、時計はスイスで買ってきたものだ。愛人は事務員以外にも三人いると豪語しフランス人も囲っていると言った。日本人にはやっぱり日本食を食っている女がいい、チーズを食っている女は匂いが合わないとほざいている。坂戸の話を聞いていると、世の中は愉しいことばかりのようだ。富山や吉見の羨望の的だ。ぼくは契約ができなくても十五万円貰えればそれでいい。

「ひとーつ、笑顔を絶やさぬこと。ふたーつ、挨拶は丁寧にすること。みぃーつ、老人は金持ちと思え。よぉーつ、時は金なり、いーっつ、目標一日五百軒訪問」

坂戸がいつものように壁に貼ってある訓示を読み上げていく。彼が思いついた言葉だ。ぼくたちはその後を復唱する。軍隊と同じだ。姿勢を正して声を張り上げる時、中学時代の知り合いが自衛隊に入り、態度も挨拶も不自然にきびきびとし、妙に分別くさい男になっていたことを思い出す。ぼくを苛めていた彼は、自衛隊に入隊すると急に真面目になり、日本の国を憂い中国やソ連がそのうち攻めてくるようになるかも知れないと言った。日本民族を守るために日夜頑張っているのだと熱っぽく喋っていたが、あいつは気がふれたのではないかと本気で思った。朝礼をやるたびに彼の顔がよぎる。弱い者を苛めていたほうがまだいい人間だった。

「吉見君、よくやった」

坂戸は訓示が終わると営業成績のグラフを見て、昨日の出来高を確かめる。

「ありがとうございます」

吉見は顔を紅潮させ直立不動で礼を言う。

「どうだね、初めての契約は。昨日と今日では随分と気分が違うだろ」

「はい」

吉見は両手を腿にくっつけ、大きな返事をする。彼は一月前に入社した。仕事の合間に新聞の募集欄を広げてはいつ辞めようかと洩らしていたが、富山の手助けで昨日ようやく契約が取れた。

「君のたゆまぬ努力の賜だ。わたしも非常に嬉しい。もっと頑張ってお父さんやお母さんを喜ばせて上げなさい。これはわたしからの褒美だ」

坂戸は事務員のほうに目配せした。彼女が脇を通って前に出ると、強い香水の匂いが鼻孔をくすぐった。

「さあ、吉見君、こっちにきてくれ給え」

坂戸が手招きし前に出るように言う。

「失礼します」

吉見はもう一度姿勢を正し、短く言葉を切る。敬礼でもすれば立派な二等兵だ。

「これでお母さんに何か買って上げなさい」と坂戸は茶封筒を渡す。「ありがとうございます」と吉見は他の男たちがいつもするのと同じように、うやうやしく両手で受け取った。「頑張ります」と言うと拍手が沸いた。それからパンチパーマの頭を掻き出歯を見せた。吉見は一カ月前まで渋谷の果物屋の店員だった。毎日店の前で道行く人を見て暮らしていた。四十一歳になる母親が胃癌になり、他の臓器にも転移していて、後一年も保たないだろうと言われている。死ぬまでに思い切り贅沢をさせたいと言って今の職業に就いたが、契約が取れずに塞いでいた。

「良かったな」と誰かが言うと、吉見は目に涙を浮かべた。坂戸も手のひらで右目を押さえている。彼は引き下がった吉見を呼び戻し、両手で固く手を握り締めた。それから胸のポケットから白い封筒を取り出し、「これはわたしの個人的なお祝いだ。少しでも君のお母さんに元気になって貰いたい」と涙ぐみ、自分の母親も若くして死んだから、とても他人ごとには思えない、と両手で吉見の両肩を叩いた。「頑張ります」と吉見が言うと拍手がまた湧いた。

「おい、住田君、いよいよ君だけになってしまったぞ。ただ飯を食うのもいい加減にしないとな」

「はい」

ぼくは声を上げ、戦争に行った祖父の顔を思い浮かべる。二等兵だったという彼はミンダナオから辛うじて生還した。いつも日向で南洋の歌を歌っていた。余程いいところだったらしい。その歌を聞き母親は、おじいちゃんは南洋惚けでしょうがないと言っていた。死ぬ間際には本当に惚けてしまった。

「返事と姿勢はいいけどな」

声は温和だったが、棘のある口調で坂戸は言った。仲間の失笑が洩れている。伏せている目を上目遣いに女事務員のほうに向けた。今日は黒いストッキングだ。赤い口紅を塗った唇が歪んでいる。

「後から入ってきた吉見君がそのうち君の上司になってしまうぞ。少しはやる気を出してくれなくちゃな」

何か言ったところで口の達者な彼に敵うはずがない。大人しく坂戸のお喋りが終わるのを待つだけだ。

「富山君だって手助けしたいはずなのに、君が頑張ってくれないと助けようがないだろ。なあ」

坂戸は直立不動の富山のほうに顔を向ける。

「基本給だけだと、女の子にも相手にされないだろ」と坂戸が言うと、再び周りから蔑むような笑いが洩れた。

「頑張れよ」

「はい」

ぼくは背筋を伸ばし応える。

「いいな」

ぼくは小さく頷く。

「返事がない。挨拶は営業の基本だろ」

「はい」

目を真正面の成績表に向けて、ぼくは擦れた声を上げる。坂戸は十日間の成績優秀者を表彰し記念品を渡す。今回も最優秀は富山だ。彼が坂戸のような立場になるのも、そう先のことではなさそうだ。

「どうして同じ人間のはずなのに、差がついてしまうんだろうな。根性も欲も足りないんじゃないのか」と表彰式が終わった坂戸が言う。ぼくは聞こえないふりをし自分の机に戻る。もう慣れっこだ。弱い者を爪弾きしたほうが人は仲良くなる。子供の頃、ぼくが苛められるほど苛める側は親しくなっていった。弱い人間がもっと弱い人間を苛める。子供の世界だろうが大人の世界だろうが同じことだ。

自分で茶を入れた。カルキの臭いが鼻につく出涸らしの番茶だ。「いい時計だ」と言って富山が金色に輝く記念品を見せにきた。「女房がまた喜ぶわ」と笑う。「ほしいか」と目の前に差し出すが、ぼくは首を振り曖昧な笑いを浮かべる。

「時計なんて何個も貰ったって有り難くないよな。もっと別のものをくれればいいのに」

富山は机の上に放り投げる。ぼくは自分の腕に嵌めている時計を見る。合成の革バンドだ。駅前で千円で売っていたが、一月経ってもまだ正確に動いている。ラーメン二杯分で釣がくるが、ぼくにはこっちのほうが似合っている。吉見と目が合うと、嬉しそうに笑い力瘤をつくる真似をする。

子供の頃、昌幸という友達がいた。瘦せて背が低く、いつも鼻汁を垂らしていた。母親は五歳の時に死に、父親は大阪へ働きに出ていて祖母と一緒に暮らしていた。気が弱いぼくらは仲が良かったが、よく仲間に苛められた。脅かされたり物を取られたりしても、抵抗することができなかった。ある日、難癖をつけられ仲間たちにからかわれている時、彼は体の大きな番長の耳に嚙みつき、相手が喚いても仲間が体を蹴っても離そうとはしなかった。突然番長が耳を押さえて転げ回ると、昌幸の口には千切った耳が銜えられていた。口許は血だらけだった。こっちが呆然としていると、彼は耳を持って逃げ出した。その夜祖母が泣きながらぼくの家にきて、彼が自殺したと言った。相手の襲撃を怖れ庭の柿の木で首を括ったのだ。

木からぶら下っている彼の姿は大きなてるてる坊主のようだった。

あれから十数年経つが、今でもあの光景を思い出す。ひょっとしたらぼくがあいつになっていたかも知れないという思いを、拭い去ることができない。小心で気の弱い者が何故悪いのか。人を押し退けることもなく、誰にも迷惑をかけているわけではないのに辛気臭いと言う。人は人ぼくはぼくだと思うのだが干渉したがる。

「住田、交換してやろうか」

富山が穏やかな口調で言う。ぼくは笑いながら首を振る。

「今度は富山さんのようなものを貰えるように頑張りますよ」

吉見が近寄ってきて愛想笑いをする。「ほしいか」と富山が言うと、吉見は両手で時計を受ける真似をする。「どうするんな」と富山は一瞬思案する顔をぼくのほうに向け、「懐く犬は可愛いというからな。わんと啼けよ」と言って高く上げて吉見の手のひらに落とした。


ライトバンは運転手当てを当てにして、吉見がやっている。車は高速道路に入り、高井戸方面を走っていた。助手席にはグループ長の富山、後部座席は白坂と山根とぼくが座った。富山の吸う煙草の煙が目にしみて痛い。「いい天気になりそうだな」と富山が前方を見て言う。富士が目の前に姿を現わした。一昨日の雨で空気が澄み稜線がはっきりとしている。「良かったですよね」と吉見が相づちを打つ。腕時計を見て、「いい時計ですね」と何度も言う。

右端には先週入社したばかりの白坂が居眠りをしている。五十近い彼の鬢には白髪が束になっている。

二カ月前までは新聞社の発送部で働いていたという。輪転機で回す新聞紙の埃のせいで、元々体の弱い彼には仕事がつらく辞めたのだと話していた。「珪肺にでもなったらそれこそ手遅れですからな」と口許を弛める。「ぼくならそんな大きな会社は辞めないのに」と吉見が言うと、「命あっての物種だからね」と静かに笑った。

目を開けている時は穏やかな顔だが、眠っている顔を覗くとひどく疲れて見える。頬骨が高く眼窩が一層落ち込んでいるように見える。子供が成人し金がかからなくなったので、気楽に生きていくと言っていたが、本当だろうか。彼は決して無駄金を使わない。白坂は手元に魔法瓶を持っていて、高速道路のサービスエリアの緑茶を入れて飲んでいる。いつも喉が渇くと言っているが、本当は糖尿病なのではないか。首筋や脇腹をよく掻いているが蟻でも寄っているような気がする。煙草も指先が火傷するのではないかと思うほど根元まで喫う。ぼくが声をかけられてもただ笑っていると、大人しいんですねと頰に小さな皺を集めた。隣には山根が座り左脚を貧乏揺すりをさせている。脚に当たり気色が悪いが黙って辛抱する。山根の両耳にはヘッドホーンが充てられていて、軽快な音楽が響いている。金を貯め自分のレコードを出すのが夢だ。

車は高井戸を過ぎ調布に入った。昨日契約を取った吉見は気分がいいのか、速度を上げている。丹沢の向こうの今日の富士は綺麗だ。ぼくは冬の寒そうにしている富士よりも夏空に屹立している富士が好きだ。五年前東京に出てくる時初めてあの山を見た。新幹線から見る富士は美しかった。東京に出てこれからひとりで生きて行かなければならないと思うと、緊張で身震いした。気の弱い自分が都会で生きていけるのだろうかと不安もあった。

家族はそんなに遠くに行かなくてもいい、生き馬の目を抜くという東京で生活できるはずがないと心配した。ぼくは家族の言葉を振り切った。十八歳から四年間寿司屋の見習いをやったが、騒々しい都会でいつもひとりだった。話し相手を見つけることもできないまま、渋谷や新宿の繁華街をうろついた。誰とも話すことはなく、たまに声をかけられるとにやにやしていた。見ず知らずの人たちの中にいると孤独感は深まったが、それでも帰郷しようという気持ちは起きなかった。孤独だが華やかな街にいると生きている実感があることを知った。

ある日、街を歩いていると、ひとりの女に声をかけられた。どこからきたのか、何をしているのかと尋ねられ、それから少しだけ付き合ってくれないかと誘惑された。笑みを絶やさない温和な声で喋りかける女に警戒も弛んだ。彼女が連れて行った店は路地の一番奥にあり、ボックスがふたつとカウンターだけがある狭い店だった。カウンターには無口な男と厚化粧した女がいた。母親より年上のように見えた。彼女たちはぼくをソファに座らせ、自分たちは勝手に注文を出した。飲めない酒を無理に飲まされると気を失い、目が醒めると下半身を脱がされたまま眠っていた。女たちはぼくの萎縮した性器を見て笑い、法外な金を請求した。財布を広げると紙幣はみな抜かれていた。いいことをしたのだからもっと出せと迫られ、ぼくは怯えうずくまっていた。彼女たちが気を抜いた隙に通りに逃げた。あれ以来新宿には行かなくなったが、今でも繁華街を歩くのは好きだ。

「何かいいことがありそうだな」

富山が夏の強い陽射しに目を細めて言う。

「はい」

吉見が横を向き白い歯を見せる。富山が古参の上等兵で吉見が新参兵だ。祖父と一緒に戦争に行った近所の老人の顔が浮かぶ。老人は弛んだ褌の下から白い陰毛に埋まった性器を見せ、南の島に自分の子供がたくさんいるから移住すると言って家族を困らせていた。祖父もあの老人も戦争は大変だったと言っていたが、案外と愉しくやっていたのではないのか。暑さでやられていたからなと近所の大人たちは揶揄していたが、惚けても早く死んだ者より長生きをした者のほうが得なような気もしてくる。

突然ライトバンが横にぶれた。「おいおい」と富山が動揺すると、「元暴走族の富山さんが助手席にいると思うと、つい緊張してしまうんですよ」と吉見は調子良く笑う。それからふたりは暴走族をやっていた頃の話をした。ぼくは話を聞きながら目を閉じる。山根の貧乏ゆすりとヘッドホーンから流れてくる音楽が気になるが、もう少しの辛抱だ。

先週からぼくたちが営業するところは立川に決まった。市役所の駐車場にライトバンを止め、その日に回る番地を決めて戸別訪問をする。昨日ぼくは錦町を十軒だけ回った。後は高台にある神社の境内に入りぼんやりとしていた。境内には誰もおらず蟬が鳴き続けていた。ぼくは持っている鞄を開けて双眼鏡を取り出し、神社の向こうにある民家やマンションの窓に照準を合わせた。双眼鏡は六十倍ズームの手のひらに乗る小型のものだ。重さは三百二十グラムしかない。コンパクトサイズだが光のロスを最小限に抑えるウルトラマルチコートレンズで、大型双眼鏡並みの倍率、一キロ先の物が十八メートル先に見えるものだ。仕事に飽きると、それで遠くの景色や鳥の姿を追う。

昨日も多摩川で水遊びをしている子供たちや、のどかに日光浴をしているアベックの姿を見ていた。他人はぼくのことを勝手に詮索するが退屈することは何もない。双眼鏡を移動させていると、窓を開けている川のそばのマンションの部屋から男女の裸が見えた。照準を合わせ直すとベッドの上で男と女が性交していた。彼らの行為は延々と続き、若い女性の悶える声まで届いてきそうだった。行為が終わるとベッドに仰向けになっていたが、やがて女が持ってきた飲み物をふたりで飲み干し、窓辺に近付きレースのカーテンを引いた。

結局ぼくはそれから何も営業をせず、みんなが待っている場所に戻った。営業しても契約できないことは一番わかっている。二カ月の間に数えきれないほど人の家を訪問した。犬に吠えられて逃げ出したこともある。刺青をした男が現われ、おれもおまえと同じ商売をしているのだと言い、建設現場に売り歩いているという手袋を神棚から出して、二十万円で買えと反対に押し売りされた。そうすればおまえが売ろうとしている販売機を家の前に置いてやると交換条件をだした。ぼくは慌てて逃げた。背後から男が声を上げて笑うのが聞えた。他人の家を一軒ずつ回っていると、いろんなことに出喰わす。亭主が戻ってきたと思い、驚いて逃げ出す男もいたし、留守番の老人が急に引き付けを起こし、医者に連れて行ったこともある。

吉見がハンドルを左に切ると、眠っていた白坂と山根の体重がかかり押しつぶされそうになる。国立府中の出口だ。会社から四十分足らずで着いた。ライトバンは国道二十号に出て八王子方面に進む。富山は今日も立川の周辺を歩き回ると言った。

「なあ、住田、おまえがいつも後生大事に持って歩いている鞄の中には何が入っているんだい」

富山は後ろを向き、ぼくの膝の上にある黒い鞄に目を向けた。

「他に何か仕事でもやっているのかい」

「違います」

「契約もしないで食べていっているんだから、不思議な気持ちだよ」

「本当だよな」と吉見が同調する。ぼくは鞄を両手で胸に抱き抱えるようにし、彼らを見つめる。

「余程いい物が入っているんだよな。そういうふうにするところをみると」

これだけは誰にも開けさせない。鍵を取られないように後ポケットに入れ直す。白坂が起きて目を擦る。歳を取っている彼は炎天下を歩くだけでも疲れるとこぼしているが、首筋は赤銅色に焼けている。手も節くれだっている。

日野橋の近くまでくるとライトバンは右折する。舗装工事でもやっているのか渋滞し始めた。道路の左側にある老人ホームから彼らが出てきて散歩をしている。「ああいう年寄りは金をたくさん持っているんだろうな」と富山がおぼつかない足取りで歩く老人たちを見つめている。

「リーダーはがっぽり儲けてプール付きの家に住んで、老後は悠々自適に暮らすんでしょ」

吉見がまた調子を合わせる。

「そうは問屋が卸さないだろ」

「羨ましい限りですよ」

時計を貰ったせいか吉見は陽気だ。

「おれもいずれは同じようになっちまうんだよな。人生は愉しまなければつまんないよな。そうだろ、白坂さん」

富山は一番年長の白坂に顔を向ける。

「みんな歳は取りますがな」

「時々何のためにあくせく働いているのかわからなくなるよな。女房や子供のために頑張って、一体何になるかと思う時がつくづくあるよ」

白坂が頷いている。隣の山根はヘッドホーンをかけたまま寝息を立てている。

「平等なのはみんな死ぬということだけですわね」

「伊達に歳は取っちゃいないな」

「だから面白いんですがね」

白坂はライトバンの脇を歩いて行く老人たちの姿を目で追う。彼は二年前妻を亡くした。息子の嫁や孫たちと同居しているが、居場所がないから働きに出ていたほうが楽だと言う。どこまでが本当のことかわからない。嘘だとしても誰も関心がない。

ライトバンが市役所の前までやってきた。九時を回ったばかりだ。吉見が奥の駐車場に入れると、ぼくたちは下車し円陣を張った。

「いいか、少しでも話に乗ってきた奴がいたら、携帯に電話をするんだぞ」

富山が胸のポケットに入れている電話を指差した。「はい」とぼくたちは短い返事をする。今日は錦町を中心に歩くと富山は言った。

「白坂さんわかっているよな」

「ああ」

「ああじゃないだろ。年齢は関係ないんだぞ。ここはおれが仕切っているんだからな。それが厭なら成績を上げておれの上を行くか、辞めちゃうしかないんだからな」

「はい」

白坂は野太い声で応えた。陽射しはすでに強い。ぼくは鞄を持ち通りに出る。富山が街のほうに向かうのを見届けてから日野橋のほうに歩いた。彼らからは少しでも遠くにいたい。白坂と山根は通りでどっちに行くか躊躇し、富山とぼくの行く方向を見て反対側に渡った。吉見は自動販売機の前に立ち、冷たい缶ジュースで喉を潤し富山の後を追う。富山のそばを歩き少しでも脈がありそうな相手がいれば、彼を呼び寄せようとする腹積りだ。

坂道を下り右折する。目の前を清掃車が通り路地のごみを積み込んでいる。生臭い匂いが微かに鼻孔をつく。塀の上には白い猫が歩きぼくの姿を見ている。家にいる猫より痩せている。ぼくがいない昼間は眠り、夜になると牡猫を追いかけるあの猫は、あばずれだ。隣の横溝に似ているところがある。三毛猫とも仲良くするしシャム猫とも仲がいい。どんな仔猫が生まれるか今から愉しみだ。

通りに入れば静かな住宅地だ。どこも販売機を設置してくれるような家には見えない。何も考えず蝨潰しに訪問しろと富山は言うが、彼らは本当にそうしているのだろうか。今月も一本も契約できないようだと、考えて貰うことになるかも知れないな、と言った城戸の声が耳の奥で響く。一本取れば気楽になり、営業も一皮剝けると言った。おまえたちはまだ包茎の営業マンだからなと笑った。清掃車がまた停まっている。汗が背筋を流れる。ぼくは柿の木のある家の前で立ち止まり、低い垣根から家の奥を覗く。深呼吸し玄関のチャイムを鳴らす。チャイムがある家は一々大声を出さなくていいので有り難い。

誰も出てくる気配がない。ぼくはもう一度押す。しばらくして、「どちらさまですか」と女性の声がした。ぼくはすぐに返答できない。「あのう」と声を繋いだが、相手は黙りこっちを窺っている。

「コスモ産業と申しますが」

「どちらさん？」

「自動販売機の件で」

「うちには獰猛な犬がいると入り口に書いてあるでしょ」

女は怒ったような声で言う。思わず通りに出て垣根から庭先を見た。ブルドッグが長い紐で繋がれ、縁の下で目を瞑り喘いでいる。赤い性器が捲れた包皮からのぞいている。いい夢を見ているのだろうか。

「必ず儲かりますけど」

ぼくは富山に教えられた手順通りに言う。まず相手を引き付けることだ。それから欲を出させる。インターホンの向こうの相手は黙っている。富山たちと同じことを喋っているはずなのに、ぼくの相手はいつも突慳貪だ。

「お客さまは何もしなくていいんです。自動販売機が勝手に儲けてくれるんですから」

「その手には乗らないわ」

「嘘じゃありません」

「あなたたちはどういう了見でいつもくるの」

見えない相手は強い口調で、いい加減にしてくれと言う。

「話だけでも聞く価値があると思うんですけど」

「結構です」

受話器を叩きつける音がする。こんな相手は何度やっても同じことだ。

「この通りだと一日百本の缶ジュースが売れますよ」

それでもぼくは言ってみてインターホンに耳を充てる。相手はいつまで経っても出てこない。開けてある窓からテレビの音がし、漫才でもやっているのか乾いた笑い声がする。ぼくはインターホンを激しく何度も押す。硝子戸が勢いよく開き、「警察に通報するわよ」と叫ぶ声が響く。鞄を抱えて慌てて逃げた。

頭上に鈍い音を感じ空を見上げると、軍用機が低い空を飛んでいた。その飛行機が見えなくなるまで顔を上げて見つめる。軍用機は少しずつ旋回しながら、駅ビルの向こうに姿を消した。ビルの屋上にはアドバルーンが上がり、夏の大売り出しをやっていることを知らせている。ぼくは急に喉の渇きを覚え、角の自動販売機に金を入れ、コーラを勢いよく飲んだ。喉の刺激が気持ちいい。よその販売機だとわかり思い切り機械を蹴飛ばすと、蹴った部分が少しだけ凹んだ。遠くで子供連れの若い母親が見つめていたが、ぼくは何食わぬ顔で路地を曲がり姿を隠した。残りのコーラを飲み干すと一段と旨く感じられた。路地の向こうから白坂が出てきて、右手を上げにやついた。

「暑いですな」

白坂のワイシャツは汗で背中に張りついている。

「どっちに行きますかな」

「どっちでも」

ぼくが左の方角に目をやると、「それじゃ、わたしはこっちに行きますか」と四辻をまた曲がった。足音も立てずに歩く姿は、テレビ映画で見かける忍者のようだ。いつも彼が近付いてくる時は気味が悪い。

後ろ姿を見つめていると白坂は振り返り、大きく手を振った。

ぼくは両側の家を交互に覗き込みながら、販売機が設置できそうな場所がある家を捜した。古びた家の前まできて立ち止まり中を覗いた。粗末な家を見つけると何故かいつも安堵する。木戸の向こうで白髪の老女が縁側でお茶を飲み通りを見ていた。目が合っても反応しない。軽くお辞儀をしても黙っている。

「こんにちは」

老女の目線がほんの少しだけずれた。ぼくは開けっ放しの木戸から中に入り、もう一度お辞儀をする。老女が瞬きもせず見つめた。「あのう」とぼくは言ったきり、どういうふうに声をかけていいのかわからず老女の前に立った。

相手は目を細め光が射す方角を見た。片方の黒目が白く濁っていた。

「いい天気ですね」

「自動販売機知ってますか?」

ぼくは老人や子供たちを相手にする時、自分が饒舌になれるということを知っている。猫や犬になれば尚更だ。何時間でも喋り続けることができる。老女はぼくが侵入してきたことも構わず通りを見ている。目がよく見えないようだった。二月前、ぼくは富山に手解きを受けるために何日か一緒に歩いた。彼の専門は病気の人間や老人だ。寝たきりの彼らにも自動販売機を設置してくれと頼む。老人を目の前にするとにこやかな顔つきをしながら近づく。ぼくたちと話す時とは違って、急に猫撫で声になり相手の手を握ったり体を触る。それから何か用事はないかとボランティアを装い家に上がる。洗濯をしている老女がいた時はそれを干してやるし、食事がほしいと言えば料理もつくってやる。肩も揉む。神経痛で痛むという張りのない脚を、彼らがいいと言うまで擦り続けていた。風呂までも沸かし入れてやる。次の日もその老女のところに行き一日中相手をしていた。相手はしていたが何も聞いてはおらず、目だけはどこに自動販売機を設置させようかと忙しく動いていた。三日目もその老女を訪ねた。そして彼女が心を許した頃を見計らい、家の前に自動販売機を設置する場所だけ提供すれば、金は一銭もいらないのだと、とっておきの秘密を教えるというふうに耳打ちした。

設置する場所も自分が決めるし、造作をする金もこちら持ちだと、相手が安心するような穏やかな顔をする。老人が躊躇していると、この場所なら一日二百本は売れますと畳み込む。電卓を取り出し儲けの数字を目の前に突き出し、一日、約四万円以上の儲けになりますよ、お孫さんにも何か買って上げられるから、おばあちゃん、おばあちゃんと懐いてきますよ、と老女の反応を確かめるように盗み見する。本当にそんなに儲かるんですか、と相手が言うと、あの男は笑いを押し殺し、誰がこの土地を買ったんですかと話を逸らした。死んだおじいちゃんだと相手が応えると、いいおじいちゃんでしたね、と言い、おばあちゃんはついていますよ、と鞄からパンフレットを取り出した。

彼は家の玄関を指差し、ブロック塀を少しだけ取り壊し、そこに自動販売機を設置すればいいと自信たっぷりに言った。老女が思案している間に判子がどこにあるか聞き出し、仏壇の中から実印を持ってきて自分で契約書に捺印し、心配することは何もありませんよ、明日になればうちの会社の設備員がやってきて何から何までやってくれますから、と戸惑っている老女の肩を再び揉んで安心させた。富山は売り上げから販売機の代金を払っていくことも、二十四時間付けっ放しの電気代のことも言わない。夏場はいいが冬になれば売り上げも落ちる。跳ね上がった電気代の請求書を見て驚く老女の顔が目に浮かんだ。人間も動物と同じなんだよ、生きるには相手を殺してもしかたがない時だってあるんさ、と契約書を眺め、これで六台目だと嘯いていた笑い顔が脳裏を掠めた。

「自動販売機をそこに置かせて貰えませんか」

ぼくは垣根に視線を走らせる。

「なんの自動販売機ね」

「ジュースの」

「そんなものはどこにでもあるでしょうが」

老女が呆れ顔をし、光沢のない白すぎる歯を見せた。上唇が歯にくっついたままだ。

「おばあちゃん、肩凝ってない?」

ぼくは富山の言葉を思い出し唐突に訊く。相手は咄嗟に判断できず、怪訝な顔で見つめている。

「揉んで上げようか」

「あんたがね」

老女はしばらくぼくの姿を上から下まで見つめていた。ぼくは目を合わせられず俯く。蟻が列をつくって地面を這い、靴の前までやってくると戸惑うように迂回した。

「夏は年寄りには堪えるわね」

「誰もいない?」

「肩を揉むふりをして後から皺を絞めちゃいかんよ」

老女は催促をするように首を捻る。ぼくは鞄を縁側に置き、彼女の後方に回る。右頰に老人性の茶色の染みが浮き上がっている。後頭部で束ねた髪は白く、項に色艶のいい大きな黒子が突き出ていた。

両手でゆっくりと揉み解すと、「いい気持ちだわ」と満足そうに吐息を洩らした。ぼくは弱い力を加えながら、陽の当らない部屋の中を覗いた。人気はない。観音開きの仏壇から線香の匂いが漂い、仏壇には老人と若い女性の遺影があった。庭先に目を移すと松と柿の木があり、手入れをしていない枝は茂っていた。柿の木にはもう青い実がなっていた。葱と南瓜が栽培されている庭には番《つが》いの紋白蝶が飛んでいる。

「上手やな、あんたは」

老女が気持ち良さそうに声を上げた。薄いシャツから肌が透けて見える。彼女の体は意外なほどかたく締まっていた。

「あんた、おばあちゃんかおじいちゃんがいたでしょう」

彼女は目を閉じたまま尋ねる。

「もう死にました」

「そうね」

「とっくの昔」

老女は右手を肩に充て、そこも揉むように注文を出す。ぼくは催促されたところをまた揉む。惚けた祖父は、よく鉄砲を担ぎ過ぎて重いから肩を揉めと言った、その時の祖父と同じように老女の肩も張っていた。

「誰もやってくれんの？」

「やさしいんやね、あんたは」

老女は静かな口調で言った。

「おじいちゃんやおばあちゃんに随分とやっていたんでしょうが」

「ふたりとも死んだ」

ぼくは同じ返答をまたした。

「あの世はどうなっているんだろうね。最近は人間が死んだらどうなるんだろうなということばかり考えるわ」

「誰もおらんの?」

「気がついたらあっという間に歳を取ってしまった。あんただって直にそう思うようになるわ」

番いの紋白蝶がじゃれあうように飛びながら目の前までやってくる。路地をちり紙交換車が通りすぎて行った。マイクを通した抑揚のない声が路地を流れている。老女が突然咳払いをするとすえた匂いがした。微かに祖父と同じ匂いがした。

「かたい筋肉だね」

ぼくは首の根元を押さえながら言う。

「そうかね」

彼女は体をよじり顔を見る。

「昔の人間はよく働いていたからな」

「何をしてたの」

「いろいろだわね」

老女は福島の山奥生まれで、十七歳の時に東京に出てきて、ここに住みだしたのは東京オリンピックの前の年だと言った。そこまで言って遠い昔の出来事を思い出したのか口を噤んだ。

「どうもありがとう」

やがて彼女は楽になった首を回しながら礼を言った。

「あんたの話は何だったかね。最近はもの忘れが早くて困るわ」

「自動販売機のことです。あそこに置いたら儲かるんじゃないかと思って」

「儲けなくてもいいよ」

老女は素っ気なく言った。富山のやり方を思い出し、ぼくは言葉を繫いだ。

「じっとして儲かればこれ以上いいことはないですよ。そこは角地だし人通りも多そうないい場所です」

「そうかも知れんし、そうじゃないかも知れん」

彼女は痩せた頰に弱い笑いを浮かべた。近くに学校でもあるのか、鼓笛の音が聞こえてくる。

「夏だし飛ぶように売れるかも知れない」

「儲けてどうするの」

「おばあちゃんの孫に何か買ってやれるかも知れない」

「子供もいないのに、孫なんかいるはずがないわ」

老女は艶のない歯を見せた。ぼくは目を逸らした。紋白蝶が垣根を越え通りに逃げた。

「あんたが真剣に肩を揉んでいてくれたからな。買ってやってもいいよ」

「嘘でしょう」

「嘘はいっぱいつかれて生きてきた」

「本当ですか」

ぼくは動悸が激しくなっていた。

「だから嘘はつかないの」

広い額や目尻にも無数の小さな皺が走っていた。

「いいです」

目の前にいる老女の孤独が誰よりも深いもののように突然思えたのだ。

「どうしたの?」

彼女は背後にいるぼくに顔だけ向けて訊いた。

「高いですから」

相手がぼくの目を真っすぐに見つめた。干涸びた薄い顔のこめかみに切傷があった。その傷跡を見ていると、「昔の男に切りつけられたのよ」と笑った。

「いくらでもいいわよ」

「無理しなくてもいいです。本当です」

「年寄りをからかったの?」

ぼくは小さく首を振った。

「変な人」

「でももういいんです」

「垣根を壊して置けばいいんでしょ。今までも何人もの人がセールスにきたから知っているわ」

老女が解れた肩に右手を充て、たいしたことではないというふうに応えた。

「売れなくて損をするかも知れない」

「それでもいいのよ」

「やっぱり、いいです」

「同情なんかじゃないのよ。わたしがただそうしたいだけなんですから。どんな人が買うのか毎日ここから見てみたい気もするし。売りつけるあなたが何も心配することではないし、買うのはわたしなんですから」

「でも止めます」

ぼくは鞄を持って家を出た。垣根越しに老女を見ると、惚けたような顔つきでこっちを見つめていた。白内障でぼくの姿はもうはっきりとは見えていないのではないか。彼女は腰を上げて奥の部屋に姿を消した。それから仏壇の前で両手を合わせ読経を始めた。読経の声は蟬の鳴き声のような気がし、鼓膜にこびりつき離れなかった。


最近ぼくは自分が街を徘徊する野良犬のような気がする。熱い炎天下を歩き路地を行き来すると、いつも背後から何かに追われている気分になる。会社に行き、仲間と一緒にライトバンに乗り営業場所までやってきて、後は見ず知らずの家を訪問する。そしてまた会社に帰り、契約件数を聞かれ小言を言われる。その繰り返しだ。歩きすぎて脚が重い。炎天下を歩いた夜はぐっすりと眠れるが、いいことがあるとすればそれだけだ。

汗が首筋からネクタイで絞めつけられた襟首まで流れて止まる。今月中に一件は契約をまとめないと庇いようがないぞと言う富山の声が甦る。十時だ。休憩時間なのか、雑貨屋の前の自動販売機でヘルメットを被った職人が、何本もの缶ジュースを買い込んでいる。工事現場の入口にはガードマンが立ち通りを眺めている。マンションが建つと告知された現場には杭打ち機が聳えている。キャタピラの脇に職人たちが車座になり休憩していた。「急げよ」と親方らしい男が、缶ジュースを持っている若い職人を怒鳴りつけている。男は小走りし、釣り銭とジュースを年輩の男に渡した。仲間はビニール袋の缶ジュースを、それぞれに取り出し飲み干している。彼らは足場鉄板の上に腰を下ろし、煙草を吸ったりジュースを飲んだりして体を休めている。

「何か用事かい」

入り口に立っているガードマンが尖った目を向けた。

「別に」

「それなら早く行きな」

「わかってます」

「見世物じゃないんだからな」

年配のガードマンは怒ったように言う。陽に灼けた職人がぼくたちのほうを見つめている。ヘルメットを取り禿げた頭の天辺を掻く男は、くたびれた猿のように見える。

「ここに自動販売機を置かせて貰えないですか」

「何を？」

「あの人たちが飲んでいるジュースの販売機です」

ぼくは建設現場には必ず勧誘をするようにという手引書を思い出し訊いてみた。

「そばにあるとわざわざ買いに行かなくてもいいと思うんですが」

「無理だろ」

「どうしてですか」

「昨日からあんたで三人目だ。みんな断っているし、もう現場事務所の前に設置されているよ」

ガードマンは欠けた前歯を見せながら、白い髭がまばらに伸びている顎をプレハブ事務所のほうにしゃくる。富山や吉見たちが先にやってきたのだ。

「どうせ無理だと思うが、あんたがどうしてもというなら現場監督に訊きに行ったらどうだ」

「いいです」とぼくは手で遮り万能塀に沿って引き返す。金属製の塀には野原の風景が描いてあり、花や鳥の絵が施されている。電信柱には、日照権を奪うマンション建設に反対だという看板が貼られている。建設会社と販売会社を告訴するという字も見える。ぼくはそれを横目で見ながらまた路地を曲がった。白坂が歩いてくるのが見えたので、左手の路地に姿を消した。


昨日訪ねた神社までやってきた。人は誰もおらず葉陰から陽射しが洩れている。大きな椎の樹の根元に腰を下ろし、遠くの多摩川に目をやった。水面が夏の陽射しを受けて光っている。日野橋では道路工事で片側通行になっているのか渋滞している。橋の袂にもマンションが建設されていて、鉄骨を溶接する火花が落下していた。

汗を拭い昨日男と女が重なり合っていたマンションの窓を見る。窓はピンクのカーテンが引かれたままだ。鞄から双眼鏡を取り出し焦点を合わせると、カーテンの花柄模様が飛び込んできた。その向こうで抱き合っている男女の姿が目に浮かぶ。まだ見たこともない女の甘い吐息が、ぼくの隣に住んでいる横溝厚子の声と重なってくる。窓は開きそうにもなかった。

新聞紙を地面に敷き仰向けになった。背中にひんやりとした感触が広がり、木洩れ陽が目の中に飛び込んでくる。遠くからサイレンの音が聞こえる。ぼくは高感度の集音器を鞄から取り出し、イヤホーンを耳に嵌め込む。周波数を合わせると頭上で囀っている野鳥の声が、一段と大きく聞こえてきた。周波数を上げると女の声がする。イヤホーンを耳の奥深くに差し込む。「元気?」と雑音に混じった声がする。「何しているの?」と女が問いかけるが相手は黙っている。

ぼくはピンクのカーテンが引かれている窓をもう一度見た。人影はまだない。女の声はどこからしているのだろうと辺りを見回す。女がいるとすれば杜を切り崩した後にできた二軒の家だけだ。一軒の家のベランダには年輩の主婦がいて、物干し竿に洗濯物を干していた。ぼくは姿が見えない女を想像し話し声を聞いた。

女たちは先日行った店の話をし仲間の悪口を喋っている。人は人の悪口が好きだ。女は友人を外して旅行に行きたいのだと繰り返し訴えている。ぼくはふたりの会話を横になり聞く。風が多摩川から吹き、汗を冷やした。靴を脱ぐと足先から熱が逃げていき心地いい。女たちは聞かれているということも知らず、男の品定めをやっている。歳はわからないが露骨なものの言い方はそう若くはない。目を瞑ったまま彼女たちのやりとりを聴く。こうしていれば一日が過ぎていくし、何も考えずに生きていける。

目を開くと体がだるく頭の芯が重い。何でもいいから、今月中に一本は契約をしろよ、と言う富山の声が鈍い頭の中でする。間違いなくこれだぞ、と右手で首を切る真似をする。ぼくは破れた新聞紙の求人欄に目をやった。ラーメン屋の店員を募集している。独立を支援、真面目な者を求むと書かれている。その隣の欄で基礎工事会社の見習い職人を募集している。社宅完備、日当一万二千円だ。先刻の泥にまみれた男たちの姿を思い出す。ネクタイを締め街を歩いている自分の姿が、鵜飼いの鵜のように思えてくる。獲物の取れない鵜だ。

女たちのお喋りは終わり、集音器からは時折無線の声が聞こえる。マンションの窓は開いていない。陽は真上にあった。ネクタイを締め直し、鞄に集音器と双眼鏡を仕舞い通りに出た。国道を横切り駅の方向に歩き、空腹を覚え小さな定食屋に入った。品書きを眺め、鰺の開きの定食を頼んだ。競輪場が近いのか、男たちは予想新聞を広げて飯を食い、酒を飲んでいる者もいる。

ぼくは温かいどんぶり飯を頬張り、鰺の開きを骨ごと食った。鰺は塩が効きすぎていた。体という字は左側に骨という字を書くだろ、と言って旧漢字を書いてみせ、人間は骨が一番重要なんだからな、と教えてくれた祖父の言葉を思い浮かべた。骨格の太い男だった。ぼくは自分の細い腕を見る。人は祖父とぼくがよく似ていると言ったが、似ているところなどどこにもない。歯を立て鰺の開きを思い切り嚙む。相席の男がぼくの飯の食い方を見つめていた。構うものか。味噌汁を犬のように音を立てて啜った。ついでに塩っぱい沢庵も食う。カルシウムが重要なのだと言っていた祖父は、もっと長生きしたかったのかと考えると、苦い笑いが満腹感と一緒に込み上げてくる。本当は何もかも煩わしい。しゃらくさいのだ。満腹になった胃袋の中に、冷たいコップの水を喉を鳴らして流し込んだ。目の前の男が呆れ顔で見てにやついている。大差があるわけじゃない。ぼくは男と同じ目付きで、彼が眺めている競輪の新聞に目をやる。赤ペンのへたくそな字で2－4だとか3－4だとかの数字が書かれている。男は爪楊枝を歯の間に差し込み舌打ちする。ぼくはポケットからお金を取り出し、水洗いで手がふやけている中年の女に渡した。男がまだ目を向けているのがわかるが無視した。店の女がお釣りだと言って、濡れた硬貨を手渡した。ぼくはその硬貨をズボンで拭いポケットに入れた。

路地を人の流れに沿って歩く。みな同じ方角に歩いている。競輪場に向かう人間ばかりだ。遠くで銅鑼が鳴っている。競輪場から喚声が上がり、声は固まりとなって夏空に広がっていた。青く澄んだ空だ。雀が散らばった。軍用機が高度を下げながらまた飛んでいる。烏賊を焼く醤油の焦げる匂いがする。民家の屋根に鳥が止まり、頭の禿げた親父が焼く烏賊を見下ろしていた。競輪場のスピーカーがレースの到着順を知らせると、再び喚声が上がった。

ぼくは台の上に新聞を広げて予想をしている男の前に立った。台は白い布で覆いがされ、数人の男たちが取り巻くように立っている。目隠しをしている男が頭の上に茶碗を持ち上げ、その中に賽子《さいころ》を放り投げる。賽子が音を立てて止まると、男は「えい」と気合いを入れ賽子の目を当てた。目が当たると周りにいる男たちが、申し合わせたように驚嘆の声を上げた。ぼくは不思議に思い何度も見ていたが、その度に数字は当たる。「昨日お告げがあったばかりだからな。次のレースはお告げ通りに買うと、石より硬い鉄板だからな」と目隠しをした予想屋の隣にいる男が、押し殺した声で言う。「那智の滝で三年三カ月打たれて霊感を授かったらしいぞ。五千円だ」と男はぼくの前に分厚い手を差し出す。黒ずんだ口元から酒の匂いが漂ってくる。「五千円だ」ともう一度催促するように言う。他の人間は男に五千円を渡し、ご神託があったという予想入りの封筒を貰っている。黙っていると「ただで儲けようとするのは、見当違いなんだからな」と男は威圧した。ぼくの腕を取り逃がさないようにするが、こちらが暴れると男は腕を捻上げた。ぼくは呻き「警察だ」と言うと男の手が急に弛んだ。その隙に振り切って逃げた。

「おい」

振り向くと山根が競輪場から出てきて笑っていた。「周りにいた奴はみんなさくらなんだぞ」と言って持っていた予想紙をごみ箱に捨てた。目隠しをした占い師は隙間が開いているところから、周りにいる仲間たちの指先を見て数字を当てているのだと教えてくれた。「そんなに当たるなら誰にも言わないで自分たちで買えばいいんだよな」と言った。ぼくは感心し山根の顔を見つめた。

「詳しいんですね」

「常識だろ」

小鼻がひくついていた。

「今日の稼ぎはできたさ」

「当たったんですか」

「販売機のセールスをするよりもいい」

山根は分厚い財布を広げて見せた。

「みんなには内緒だぞ」

彼は蛸焼きを買い「食え」と渡した。安い口止め料だ。満腹だと断ると自分で食べ始めた。

「もう止めたんですか」

「生活費が出ればいいんさ。何でもほどほどが一番なんだからな」

山根は賭事に勝った嬉しさからか明るい表情で答える。それから暑いなと言い、近くの喫茶店に誘った。

彼は今の会社にくるまでは毎日全国の競輪場に行き、確実に儲かりそうなレースだけやっていたのだと言った。内緒でお前にだけは言うが、本当は儲けた金で自動車の中古店とスナックを二軒持っているのだと声を潜めた。喋った後にこっちの反応を確かめるように見ていた。ぼくは目の前にあるアイスコーヒーを飲みながら黙っていた。山根は自分が以前証券会社に勤めていたことや海外に何年も赴任し、一時はエリートサラリーマンだったが、競輪を覚えたら何もかも馬鹿らしくなったと言いながら、分厚い手でストローを摑み、音を立ててコーラを飲み干した。

「凄いですね」

「そう思うかい。大したことはないけどな」

山根は太い指先でストローの先を潰しながら顔を顰めた。指先は肉が盛り上がり、白濁した中指の爪が割れている。金色の重そうな指輪の下から二本線の筋彫りが見える。それを指輪で隠している。金がなくなったらこれを質屋に持っていけばいいんだと言っていた言葉を思い出す。駅前のサラリーローンから出てきて、近くのパチンコ店に入って行った後ろ姿を思い浮かべた。

「おまえもやらないか」

彼は分厚い財布をテーブルの上に置き、脚を組んだまま言った。ぼくは強く首を振る。「相変わらず面白みのない奴だな」と舌打ちし、「おれはおまえのその目が厭なんだよ」と睨みつける。ぼくはどんな目をしているのだろうと考える。「不貞腐れるなよ」と山根は言い、自分の勘定だけをテーブルに置いて店を出た。何が不機嫌にさせたのだろうと硝子戸に映った自分の顔を眺めた。痩せて力のない顔だ。その顔に向かって息を吹きかける。顔が曇って泣きだしそうにしていた。

中央高速は渋滞していた。今日は富山が一本契約しただけだ。吉見は後少しで契約にこぎつけるところまでいったが、相手が出かける時間になり逃げられてしまったので、明日もう一度挑戦してみるつもりだと興奮気味に喋っている。山根はぼくと目を合わせようとはしない。白坂はどこかで失礼してきたお茶を魔法瓶の蓋で飲んでいる。

「住田、どうだった? 君はもう少し身を入れんとどうしようもないぞ」と富山が諭すように言う。ぼくは目を逸らし遠くの景色を見る。積み木のようにビルが乱立している。みんな何を考えて生きているのだろう。「明日は頑張れよな」と富山が叱咤すると、ぼくはいつもと同じように頷く。従順にしていれば相手は張り合いを失くし摩擦は生まれない。

事務所に戻ると七時を回っていた。机に両足を乗せてタブロイド判の夕刊紙を読んでいる坂戸が、「ご苦労さん」と声を上げ、みんなの顔色を窺う。販売員の契約で自分の取り分が変わる彼の目は、獲物を品定めする獰猛な動物のようだ。ぼくは目を伏せて入る。

「お疲れさん。そこに冷やしたビールがあるから飲んでくれ」と、坂戸は事務員にビールを持ってくるように合図する。

「ありがとうございます」

契約をした富山が明るい声を上げ、最敬礼する。

「どうでしたかな」

坂戸が訊く。「これだけですよ」と富山が右手の人差し指を立てる。

「毎日一本ずつとは立派なものじゃないですか」

「お蔭さまで」

「奥さんがまた可愛がってくれますな」

坂戸は猥らな笑みを浮かべ、他の男たちを見る。

「みんなは空振りですかな」

ぼくは目を上げずに立っていた。坂戸は壁に貼ってある営業成績表を見る。何も言わずじっと眺めている。

「住田君はどうでした?」

坂戸は強張らせた顔を向けた。ぼくは視線を上げない。相手の苛立ちが去るまで何を言われても沈黙するだけだ。山根は薄ら笑いを浮かべ、白坂は聞こえないふりをしている。視線を少しだけ上げて坂戸を見ると、顔の血の気が失せ始めている。もうすぐ怒鳴り声が出るはずだ。

「ギャルソン、ちょっと」

坂戸は席を立ち応接間に行くように言う。彼が横文字を使う時は何かある時だ。ぼくは緊張し富山や山根の顔を見る。社歴の古い富山は次に何が起こるのかわかっていて、早く行くように手の甲で追い払う真似をする。山根は両手を広げ首を竦める。吉見が動揺を隠すように笑っている。

「プリーズ」

坂戸はながい手をソファに向け、ぼくに座るように指示する。「セッツ・ダウン」とゆったりと言い、自分から先に座った。ソファの角に肘をついて脚を組み、汚れている肘掛けのカバーに気付き険しい顔をした。よく磨かれた靴が目の前で動き、ぼくはその靴を見続けている。坂戸は煙草に火をつけ煙を天井に向かって吐く。外国製の煙草の甘い匂いがし、毛の濃い腕にはダイヤモンドを鏤めた高価な腕時計が光っている。

「どうなんだい、住田君」

坂戸は一口吸っただけの煙草を、透明な灰皿の中に押しつけた。

「もう限界かも知れないな、この仕事は。ユウ・シンク？」

相手の感情が高ぶっている時は黙って聞き流すことだ。「はあ」とぼくは間の抜けた返事をする。

「二カ月も経って一件の契約も取れないんだから、君に合わないと思われても仕方がないだろ。自分でもそう思うだろ。君みたいな人間は何人と見てきたし、厭なことを言わなければならないわたしの気持ちもわかるだろ」

隣の部屋は静かだ。みんなが聞き耳を立てているのがわかる。吉見が隙間から顔を覗かせていた。この会社で支店長になる前は、二束三文の荒地に、粗末な別荘を建てて売っている会社にいたという坂戸は、自分の爪先を弄りながらこっちの顔を凝視している。その前は自動車に取り付けるとガソリン代がかからないという器具を売っていた。役に立たない奴を切り捨てるのは、誰よりもお手のものだ。ぼくは蛇に睨まれた蛙のように身動きがとれない。ひょっとしたら脂汗もかいているかも知れない。

「会社は慈善事業じゃないんだから、もうこの辺で辞めて貰いたいんだが。わたしの我慢も限界だし、他の人にも迷惑をかけている。契約が何もなくて給料を貰っているのもおかしなもんだろ」

扉の向こう側から次は自分の番ではないかと怯えている吉見が、やりとりを聞いている。ぼくは顔を上げて坂戸を見る。坂戸は睨みつけるように見下ろし、もう一度煙草に火をつけ顔を大げさに顰める。「アンダスタン?」と坂戸はうなだれているぼくに言葉を浴びせる。フランスの女と付き合っていると吹聴しているが、本当はアメリカの女ではないのかと考える。「こっちの気持ちもわかるだろ?」と急にやさしい声で言う。ぼくはこんな光景が以前にもあった気がして思い出そうとする。小学生の漢字の練習の時、字がうまく書けず、何度も書き直してはあの女教師に持って行った。うまく書けた者から帰宅していいという条件だったが、彼女はぼくだけを帰そうとはしなかった。最後にひとりになった。こっちが真剣に書いた漢字を眺め、はね具合が悪いとか形がとれていないなどと難癖をつけては突き返した。やがて彼女は自分の仕事も終わり腕時計を見た。再び書き直したものを恐る恐る差し出すと、よくできましたと弾んだ声で言った。字は汚くいいはずがなかった。ぼくが拍子抜けしていると、頑張ったわねと悪意の籠った目を向け笑った。自分の暇つぶしと嫌がらせだったのか、あの時の雰囲気とよく似ている気がした。

「内心では君もそう思っているだろ。失業するのは可哀そうだが、このままここにいてはわたしの管理能力を疑われるし、君にだけ甘いと勘繰られてしまう。それに君はまだ若いし、この会社でなくとも働くところは他にたくさんあるだろ」

坂戸は彫りの深い端正な顔を向け続けている。くっきりとした二重瞼も高い鼻柱もみな人工的だ。誰かが整形手術をしていると言った言葉が思い浮かんでくる。渋谷でホストをやっていたというのは本当かも知れない。

「駄目ですか」

ぼくは哀れっぽい声を上げる。

「ムッシュ、うちには負け犬はいらないんだ」

競輪で儲けてほくそ笑んでいた山根の顔がちらつく。契約をしなくてもいいんだと財布を見せびらかした山根は、扉の向こうで明日のレースの新聞を眺めているはずだ。ぼくが負け犬なら彼は何になるのだろう。

「もう結論は出ているし、これ以上やったって君が惨めになるだけだ。毎日成績表を見ていると厭になるだろ。普通の神経をしていたら気が滅入ってしまうさ。あの成績表を作成したのは、みんなの契約数がわかることももちろんだが、仕事ができない者には自発的に辞めて貰おうという思惑もあるんだぞ。わたしも随分とながくこの仕事をやっているが、何も反応しないのはムッシュだけだ。たいした神経だ。なかなかしたたかな男だと感じる時もあるが、世の中はそう甘くない」

坂戸は滑らかな口調で喋り続けている。

「本当にいけませんか」

「自分の能力くらいわかるだろ」

「もう少し頑張りたいんです」

「無理だ」

遠くで右翼の街宣車がけたたましい音楽をかけて通りすぎるのが聞こえる。ぼくは何も考えない。坂戸は奥歯を噛んでいるのか右頰がぴくぴくと動いている。

「じゃあこうしよう。後一週間だけ面倒をみてやる。会社に出てこなくてもいい。君が一本でも契約をしたら、また働けるようにしよう。その間仲間でも親戚でもいい、販売機を設置してくれるところを捜してこい。それならいいだろ」

ビルの外では街宣車は音楽に乗せて、北方四島を戻せと声を張り上げている。ぼくは冷房の風を急に冷たく感じた。

「君に与えられた最後のチャンスだ。それがうまくいけば、後はわたしがなんとかしよう。嘘はつかない」

ぼくは小さく頭を下げる。「返事は?」と相手は険しい顔つきをつくった。

「はい」

ぼくは立ち上がり腰から上を直角に曲げる。やはり二等兵なのだと思う。「よーし」と坂戸は敬礼をする。話し終わった坂戸の後から応接間を出ると、同僚たちの目が一斉にぼくに向けられていた。何度も同じ光景を見ている彼らの目は冷ややかだ。目を合わさず自分の椅子に座り、しばらくぼんやりしていた。机の上のカタログには水着姿の若い女性が、自動販売機の前で缶ジュースを手に持って微笑んでいる。何故水着姿なのだろう。そう思うと笑いが込み上げてくる。女はぼくを見ている。机の中からコンパスを取り出し、右目を思い切り突くと引きつるような悲鳴が聞こえた。雑談をしていた男たちが、薄ら笑いを浮かべるぼくを遠巻きに見ていた。彼らの視線にかまわず鋏を取り出し股の間を切り裂いた。女の性器がどこまでも広がっていく気がした。

双眼鏡のレンズに息を吹きかけ執拗に研く。レンズの中央に薄紫の光沢が浮き上がり、その中にぼくの痩せた顔が膨張している。研いた双眼鏡で窓の外を見る。アパートの前の木に目白が飛んでくることにこの二、三日で気づいた。

双眼鏡をずらし公園を見ると、子供連れの若い母親たちが日陰で立ち話をしている。その女たちにも双眼鏡を向ける。尻を掻く女、子供たちを遊ばせながら欠伸をする女、見られていることを知らない彼女たちの動作は滑稽だ。

会社に行かなくなって五日がすぎた。連絡もない。ぼくはほとんど部屋から出ていない。退屈すると近くの喫茶店に行き、漫画を読み暇をつぶした。それ以外は双眼鏡で外を眺め、集音器で近所の人間たちのお喋りを拾う。公園にきている髪を金色に染めた若い母親は、亭主と一緒になる前の男の話をしている。アパートの隣にある大家の娘が、一昨日無断外泊をし母親と喧嘩をしているのも知った。アパートの一番奥にいる左官屋は不景気で失業し昼間から酒を飲んでいる。女房と喧嘩をすると、部屋を飛び出し夜遅くに飲んで帰ってくる。喧嘩した後にたまに性交していた。そして隣の横溝厚子が昼間、別の男を部屋に入れていることも知った。会話はほとんどなく、時折彼女の擦れたような声がしている。

通路で顔を合わせると、彼女はいつものように「元気？」と訊き、職場を変わったのだと言い、夜帰ってきてイラン人と朝方までふざけあっている。ぼくが退屈することは何もない。この町で一番の情報通はぼくだ。近所の出来事を誰よりも知っているのだと思うと気分がいい。大家の娘が制服を着て、朝のシャンプーをした髪を靡かせ目の前を通りすぎる。にやついているこっちを一瞥し、顔を背けて道の端を通ったが、母親と喧嘩をし泣いていた姿を思い出すと吹き出したくなる。

通りを歩いている男女に双眼鏡の照準を合わせると、ぼやけている容姿がはっきりとしてくる。化粧を落とし、Tシャツと短パンを穿いている女は横溝厚子だ。その隣を歩いているのは、ぼくが以前勤めていた寿司屋の関山だ。横溝は白い太股を見せ、途中公園の脇を通る時だけ、若い女たちの目を避けるように黙り込んでいた。関山は階段の下で立ち止まり、わずかに戸惑うように短い吐息をした。振り返った横溝に促されるように笑いかけられ、ようやく階段を登った。

「気にしなくていいわ」

横溝の声がするが関山は返事をしない。階段を登る足音が止まると部屋の鍵を開ける音がする。ぼくは窓硝子を閉め外の音を遮断する。放り投げていた集音器を取りイヤホーンを耳に充てる。横溝が昨日の礼を言い、茶でも沸かそうとしているのか、蛇口から水が飛び出している音がする。関山は今朝仕入れた鮪の話をし、その足で横溝と会っているのだと喋っている。ぼくの鼻の周りに関山の体に染みついた魚の匂いが蘇った。人使いの荒い男だった。出前から戻ってくるのが少しでも遅れると声を上げられた。毎日卵焼きと洗い物ばかりさせられて、一度も人前では握らせて貰えなかった。

ある日、店が休みで関山が出かけている時に、女将が部屋に上がってきた。彼女は三十二歳で子供がひとりいた。関山と知り合うまで都市銀行に勤めていた。それが自慢だった。初め彼女は他愛もない話をしていたが、突然ぼくの手を握り、荒れた手ねと自分の手のひらで何度も擦った。それからぼくの性器に手を這わせ、生臭い息を耳元に吹きかけた。彼女は慌ただしく目的を達成すると、あなたとわたしの秘密にしましょと笑いかけた。そしてぼくの部屋を頻繁に出入りするところを見られ、関係が関山にばれた。女将は一度だけ押さえつけられたが必死になって難を逃れたと言い、この子の暮らしが大変だろうと同情したのが間違いだったのだと言い張った。おまえみたいに大人しくして、何をやっているのかわからないのが、一番の悪党なんだよ。関山はぼくの顔に唾を吐いた。手に握っていた出刃包丁を震わせると、関山は身構え馘だと喚いた。

シューというガスが漏れるような音がし、お湯が沸騰する音が聞こえる。横溝がコーヒーがいいか茶がいいか訊いている。コーヒーという関山の声がしカップを出す音がする。不景気なので、これでもいろいろと大変なのよ。世の中はどうなってしまうんでしょうね。もう田舎に帰ってしまおうかしらと、横溝が陽気な声で言う。それに相づちを打つように関山が、まったくだと言い、店の売り上げも落ちてきていると低い声で応える。ぼくは音声感知式の小型のテープレコーダーを出し、集音器に近付けスイッチを入れた。テープがゆっくりと回りだす。おまえは寿司屋より探偵事務所で働いたほうがいいぞ。そう言った関山の言葉が思い出され頬が弛む。やがて彼らの会話はなくなり、集音器からは公園で泣く子供の声が入ってきた。隣の部屋は急に静かになり何も聞こえない。

どのくらい時間が経過したのだろう。ぼくはイヤホーンを耳に充てたまま聞き耳を立てていた。見えないもどかしさ、相手が何をしているのだろうという思いが心を落ち着かせない。そして苛立つ感情がいつしかもどかしい痒みを伴った快感に変わっていく。何が起きても焦らないこと、限界まで堪えると肉体の奥深いところから屹立してくるものがあることをぼくは知っている。目を閉じ我慢する。想像を逞しくする。そうすれば快感が弾けるはずだ。

　何も聞こえない空間から横溝のあまい声が、一条の光のようにイヤホーンを通しぼくの右耳から左耳に流れる。息を止め、部屋の様子を窺う。彼女の声は静寂の向こう側から間断なく聞こえ始める。その声はイラン人の相手をする時の咆哮のような声とは違い、地を這う虫の鳴き声のようにか細い。男が力を加えた時だけ声は高く甘えるように抜けた。ぼくは淫らな格好をしているふたりの男女を想像する。女は自分で両足を高く持ち上げ、男を迎え、相手の動きに呼応するように喘いでいる。ぼくはその声に合わせるように喉の奥から唸るような声を発した。自分の中心が別の生き物のように激しく蠢めいている。女の呻きだと思っていた自分の声が横溝の声と絡まっていた。

「なんだ、おまえ」

　彼らが部屋を出て行く物音に気付き、ぼくは慌ててドアを開けた。

「ここにいたのか」

　ぼくの姿を見た関山が戸惑った顔を向けた。

「知っているの?」

「おれの店で働いていた」

「会社じゃなかったの?」

　横溝の白いTシャツは汗で濡れ、それが今まで体を重ねていた光景の残り香のように思えた。

「いたんだ、あなた」

「休んでいるんだ」

「ずーっといたの?」

「自動販売機のセールスをしているんだ」

ぼくは関山に言った。相手はぼくが何を言い出すのか理解できずに身構えた。

「自動販売機を買ってくれませんか」

「誰が？」

「店の前に置けると思うんですが」

「本気か？」

関山の顔が変わった。横溝が当惑したような目を向けた。

「どうしておれがそんなことをしなければいけないと思う？」

「いろいろありますから」

横溝の表情が暗くなる。ぼくは声が震えているのを意識する。「お願いします」と呟き、ふたりの顔を交互に見た。

「狂っているのか」

「真面目な話です」

「おれたちには関係がないだろ」

関山は怒り、顔が青ざめている。

「あるんです」

ぼくは手に持っていた小型テープレコーダーのスイッチを入れた。雑音に交じり彼らの声が聞こえてきた。「止めて」と横溝が神経質な声を上げた。「脅しなのか。勝手にすればいい」と関山は相手にせず階段を下りた。「出歯亀」と横溝は思い切り部屋のドアを閉めた。

ぼくは二日ぶりに帰ってきた猫に餌を与えていた。腹が空いていたのか喉を鳴らして食っている。「どこに行っていたんだよ」と声をかけると、腹がふくれた猫は膝の上にやってきて甘える。首を擦ってやるともっと擦れと催促するように腹を見せる。ぼくは牝猫の性器を指で広げ熱い息を吹きかけてやる。猫は濡れた目を向けされるがままだ。こっちが餌を与えている限りこの猫には無視をされない。無視されることがどれほど恐怖を生むかということを、ぼくは知っている。こいつだけは裏切らないはずだ。醜くあわれな仔猫を拾ってきたのはこのぼくだ。恩義なんか感じなくていい。そばにいてくれさえすれば日々の糧は賄ってやる。猫は警戒心を解き胡坐の中でまるまっている。テープのスイッチを入れ聞かせると、横溝の呻き声に耳を立てたが、それ以上の反応は示さず尖った歯を剝き出しにし欠伸をした。ボリウムをわざと上げると、横溝のあまい声が粘りつく。隣の部屋から壁に物を投げつける音がした。

夜、ドアを叩く音がした。仕事の合間に抜け出してきた関山が横溝と一緒に立っていた。「昔から気色の悪い奴だと思っていたよ。おまえのことは」と睨みつけた。ぼくは彼が飛びかかってくるのではないかと身を硬くした。

「なんですか」

「おまえの言うことを飲もうと思ってな」

関山の後方に横溝が立っていた。彼らは立ち話を聞かれるのが不味いと考えたのか、部屋の中に入ってきた。「説明をしてくれ」と関山が言い「この人が恐がっているしな」と振り向いた。横溝が睨みつけている。関山はどういうふうにすればいいんだと訊いた。ぼくは店の脇に自動販売機を置いてくれるだけでいい、契約書に捺印してくれれば、後の段取りはみんな会社のほうでやると応えた。「それだけか」と関山は尋ね契約書を読んだ。その間横溝は横を向いたままだった。それが心地好かった。

「判子を持っていないが、サインでもいいのか」

「拇印のほうがいいです」

ぼくは富山が老人の親指を持って捺印させているのを思い出した。関山は横溝に朱肉を持ってこさせ契約書に捺印した。「まるで犯罪者だな」と彼は自嘲気味に笑った。横溝の顔は引きつっていた。

「飼い犬に手を噛まれるということは、こういうことをいうのかもしれんな」

「テープを返してよ」

「駄目です。販売機が設置されたら返します」

「結構しっかりしているじゃないか」

「約束は守ります。ふたりが守らなければ喋るかも知れない」

ぼくは彼らを見回し顔色を窺った。「彼女が不安がっているからな。おまえの言うことは聞くことにするさ。ただ販売機を置けばいいだけなんだからな」と関山は口元をゆがめた。その晩、横溝の部屋からは何も聞こえてこなかった。ぼくは初めての契約書を眺めながら、笑いが込み上げてくるのを押さえきれなかった。

今日も暑くなりそうだ。自分でアイロンをかけたシャツを着てネクタイを締めた。首が窮屈だ。ぼくは鞄に集音器と双眼鏡を入れて部屋を出た。その後、横溝と顔を合わせたが、彼女は顔を背けたまま通りすぎた。関山と知り合ったことが彼女の不幸だったのだ。お蔭でぼくはまた働ける。出がけに猫にたっぷりと餌を与えた。猫が一生懸命食い、食べ残すのを見ながら、こいつだってぼくに拾われなければ今頃はどうなっているかわからないと思った。いいことと悪いことは紙一重だ。

朝の陽射しが眩しい。鞄を持ち歩いている姿はどこにでもいる勤め人と同じだ。人々が追い越して行く。決して急がない。振り向くと後を追ってきた猫が、通りからぼくの後ろ姿を見つめている。見送りかも知れないと思う。猫は通りを抜け反対側の路地に姿を消した。鞄には関山が捺印した契約書がある。これで坂戸は何カ月かは餓にできないはずだ。そう思うと心が華やいだ。

人込みの中を揉まれるように歩きながら、ぼくはにやついている。通りすがりの人々が遠巻きに見て避けて歩く。狭いビルの階段を上がり事務所の扉を開けると、同僚たちが惚けたような顔つきでぼくを見ていた。「おはようございます」と吉見と同じようにお辞儀をするると、彼らは異様なものを見るような怯えた目付きを向けた。坂戸が人差し指と中指に煙草を挟んだまま、茫然と見つめていた。「どちらさまで?」と近付いてきた富山が丁寧な口調で言った。しばらくの間ぼくの前に立ちはだかり、無言で向き合っていたが、やがて入口のほうに押しやろうとした。ぼくが契約書を取り出そうと鞄の鍵に触ると、集音器や双眼鏡が散らばった。だらしなく笑ってそれらを拾い、契約書を富山の前に突き出した。彼らの背後には高層ビルが見えた。今度あの屋上に上がり集音器で都会の声を集めてみようと思った。その思いつきが素晴らしいもののように思え頬を弛めると、彼らはもう一度戸惑ったような視線をぼくに向けた。

ホオジロ

百五十番台のお客様またまたフィーバーです、と八回目の開放を伝える声が店内に響き、パトカーの赤色灯のような光が目に飛び込んでくる。混雑している通路は煙草の煙と人いきれに満ちて、喉がいがらっぽい。

「マリさん、今日はいい景気だね」

ぼくが点滅ランプを消しながら彼女の耳元に囁くと、香水の匂いが鼻孔をくすぐった。雪でも降り出すんじゃない、とマリがマスカラをつけて睫毛が上向いた目を向ける。

「真夏にそんな一日があってもいいわよね」

ていねいに化粧をした彼女の薄いピンクの頬には、こめかみから粒の大きな汗が流れている。店内は冷房を強めていても、通路を歩きまわるぼくらには暑い。

「あるはずがないよ」

「なんでもありなのが世の中じゃん。そうじゃない？　軍曹」

「ただの二等陸曹だよ」

マリはぼくが何度そう言っても直さない。

「たいした違いはないじゃん？」

ぼくはマリの横で姿勢を正し敬礼をする。自分が自衛官だったことなど遠い昔のような気がしてくる。

「みんなあんたのおかげ。昨日、金を貸してくれなかったら、こうはいかなかった」

「なにかいいことがありそうだったからね」

「恩は一生忘れないよ。以前からいい男だと思ってたんだ、あんたのことは」

でもぼくは彼女が借りた金を返さないのを知っている。三週間前にも貸したが知らん顔だ。催促されれば自分の体で払えばいいと思っている。

「こういう日もなきゃ、生きる張り合いがないじゃん」

マリはあかいミニスカートの脚を組み替えた。すらりと伸びたながい脚は彼女の自慢だ。口を噤んでいると蓮っ葉な物言いもばれず、しとやかな女性アナウンサーのように見える。本人は小谷実可子に似ているでしょと言うが、ぼくは返事の代わりにいつも笑ってやる。

「ブルー・マウンテン」

マリは命令するように言い、いい台に当たったたと形のいい小鼻をひくつかせる。

「濃くしてよ」

外国生活をしていたと吹聴する彼女はコーヒーにうるさい。昨日も小言を言うので、インスタントコーヒーに少しだけ酢を垂らしてやると、酸味が効いてうまいと頷いた。

「ミルクは?」

「黒に決まってるじゃん」

「ブラックですね」

ぼくは紙コップに入れたコーヒーとおしぼりを、ユウ　アー　マイ　サンシャインと口ずさむマリの前に差し出す。ぼくは彼女が、本気でアメリカ人になりたかったのかもしれないと思うときがある。マリは十代のときに横須賀で知り合ったアメリカ兵と結婚して、毎晩ジャズの演奏を聴いたりしていい生活をしていたが、五年前に相手が訓練中の事故で死んでしまった。それでアメリカへは行けなくなったのだと残念がっている。現在、彼女が浦安の猫実町の古びたアパートに住み続けているのも、そこがニューヨークのダウンタウンによく似ているかららしい。マリは吸いかけの煙草を灰皿の上に置き、満足そうにコーヒーを啜る。視線が合うと、昨日いいお告げがあったからねと表情をくずした。

「どんな夢?」

「昔のダーリンに抱かれている夢に決まってるでしょ」

彼女はセイラム・ライトを銜え、形のいい唇を突き出す。ライターで火をつけてやるとありがとうと横柄に言った。それから足元のディオールのマークが入った紙袋に手を入れて、小さなペットボトルを取り出し喉を潤した。ぼくがエビアンにはカルシウムやマグネシウムがたっぷりと入っていて、その他にもカリウムや硝酸塩も含まれている、美容にもいいらしいと、知ったかぶりをして言うと彼女も飲むようになった。コーヒーをブラックで何杯も飲んで、煙草を吸って、なにが美容かと思うが口にはしない。

「おいしいでしょう」

「あんたの言う通りね」

ぼくはエビアンのミニボトルを日に五本は飲む。以前、金町浄水場で護岸工事をやっていたとき、どぶの臭いと仔猫の死骸が流されてくるのを見て吐き気をもよおした。あれから水道水は飲まない。

「いい世の中じゃん」

マリは透明なエビアンを目の高さまで持ち上げて眺めている。そうだねとぼくは愛想笑いをする。ぼくは除隊したあと基礎工事会社で働いていたが、自衛隊の訓練や現場での工事のことを考えればここは天国だ。ヘルメットを被り炎天下で動きまわることもないし、高所作業をしたり重量物を扱う危険もない。一日中立っていなければならないのはつらいが気楽なものだ。

経営者の松川はまだ戻ってこない。新しく開店したパチンコ店の動向を探るために出かけたきりだ。今朝も始業の挨拶で、これは戦争なのだと言った。向こうの店が潰れるまで玉を出し続けると、店主会で決めたそうだ。おかげで従業員は天手古舞だ。耳をつんざくようにうるさい店内は本物の戦場を思わせる。ぼくは松川の訓示を聞きながら、両肘にできているたこを擦った。小銃を持ち、地べたを這いずりまわっていたときにできたものだが、今だに柔らかくならない。

自衛隊で注意されたのは掛け声と敬礼の仕方だ。声が小さいと全体の士気に影響する、背筋が伸びていない、動作が鈍いと大声を上げられ、機敏な敬礼をうんざりするほどやらされた。肩は鉄砲を担いで走りまわったせいで、赤く擦り剝けひりひりしていた。肺活量の少ないぼくは絶えず仲間の後方を走り、そのたびに教官に叱られ、そのうち蔑むような目を向けられるようになった。入隊して覚えたことは、人は命令されるのが好きだということだ。少々の困難があってもそれを克服した達成感は、一時の苦しさを喜びに変えるということを知った。同じ訓練ばかり繰り返していると、人殺しなんかすぐにできるような気がしてきた。そしてくたくたになるまで訓練したあとで、人はなんのために生きるのか、なんのために人を殺すのか、真剣に物事を考えた時期だったが、除隊するとそんなことはすぐに忘れてしまった。いいことがあったとすれば、起重機や大型トラックの免許を取得したくらいなものだ。

同僚のブラがタクトを振る真似をして近づいてくる。鼻翼に穴を開けて金のピアスを塡めている。遅番勤務のブラはおはようと挨拶をした。水商売は昼でも夜でもそう言うのだと教えると、単純な彼はどんな時間でも同じように挨拶をした。本名はノジマという日系三世のブラジル人だが、ブラと渾名されているのはあまり仕事をせずぶらぶらしているからだ。接客も慣れていないし混血なので、日本人より給料が二割安い。

「ディスコじゃないぞ」

「コモエスタ？」

ブラが人懐こい顔で訊いた。

「ここは日本なんだからな」

ぼくは右手で首を切る仕草をする。

「わかっています」

「本当か」

「嘘だったら舌を切ります」

彼は直立不動で敬礼する。そうすればぼくが喜ぶことを知っている。ブラは陽気だ。店内を流れる演歌を聞いただけでサンバを踊りだす。それも十五、十六、十七と、わたしの人生暗かったと歌う藤圭子の歌が十八番《おはこ》だ。

「どこ行ってたの？」

「ちょっとね」

「ちょっとってどこさ」

「肥後さ」

ブラは祖母がブラジル人なので髪が縮れ体格がいい。同じ混血なのに白人や黒人のようにもてないとぼやいている。相撲取りになりたいらしいが、歳を取りすぎていて入門できなかった。自分で亜麻尊川《あまぞん》という醜名《しこな》をつけ、四股を踏んで練習している。小錦のように有名になり、両親を呼び寄せたいと思っていたが、半年前、勤めていた会社の旋盤で指を切断し、労災金を経営者にピンはねされた。支給額はブラジルで商売ができるほどの金額だったが、給料の三カ月分しかよこさないのだと憤慨していた。今でも夜は突っ張りや鉄砲の練習をしている。

「指が痛むんじゃないのか」

「大丈夫」

「いいのか、それで」

「哀しいね」

ブラは弱い笑いを浮かべる。人生はなにがあるかわからないと口癖のように言う、常連の南無さんの顔が浮かぶ。ブラが明日宝くじを買って大当たりをしないとも限らないし、親が持っている広大な原始林から石油が噴き出すかもしれない。人生は本当にどうなるかわからない。ぼくがパチンコ店の従業員になるとは思わなかったし、自衛隊に入隊するとは考えもしなかった。ブラはふざけて腰をまた振る。客が失笑すると誉められたとでも思ったのか、オブリガードと頭を下げ白い歯を見せる。晩飯でも奢ってやろうかと言うと、勢いよく口笛を吹いた。

ブラと立ち話をしていると、南無さんが現われてＩＣカードを買い、何気ない素振りで目の前を通り過ぎた。足を引きずるようにして歩く。ぼくは近寄って丁寧に挨拶をする。

「暑いですよね、毎日」

「冬になると寒いというもんさ」

南無さんはマリの隣りの台に座った。ぼくは台を開けて玉が受け皿に山盛りになるまで入れる。こっちがこの店にいるかぎり彼が負けることはない。玉がなくなりかけると入れてやり、ついでによく通るように釘も広げる。今日は松川もいない。思い切って玉を出せる日だ。

「どうぞ」

ぼくは体を直角に曲げた。

「ご苦労さん」

南無さんは鷹揚に頷き台のほうに体を向ける。数台離れたところにいる、蝶ネクタイ姿の柴田が彼の横顔を見つめ、人差し指で頬を切る真似をした。柴田は駅前のファッション・ヘルスのマネジャーだ。少しでも時間が空くと店にやってくる。

「本物です」

ぼくは声を殺して囁く。

「だろうな」

「困っているんですよ」

柴田の目付きがゆるみ、南無さんから目を逸らした。

マリの台がまた開放された。彼女が豊かな胸を反らしぼくを手招きすると、柴田が顔を顰めた。

「いい景気だな」

南無さんがマリに話しかけ、後ろポケットから分厚い財布を取り出し、中身を見せるように広げた。一万円札を抜きぼくに煙草を買ってきてくれと渡した。マリは上気した顔で財布と南無さんを見比べた。

「あなたのほうこそ」

「まあな」

南無さんはぼくの顔を見て含み笑いをした。やがてマリの頭上に終了ランプが点ると、彼はぼくに早くドル箱を持ってこいと顎をしゃくった。小指が欠けた手で受け皿に溜まった玉を取り出してやり、やさしいだろうと言った。

ぼくと南無さんは二年前まで一緒に働いていた。東関東自動車道の北千葉インターを出て柏方面に向かう途中の、村上という土地の建設現場にいた。そこで東葉高速鉄道の橋脚の基礎工事を請け負っていた。夏には蛍が飛ぶいいところだった。南無さんが現場宿舎にやってきたときのことをよく憶えている。工事現場から戻ってくると、彼は炊事場の椅子に座り、賄いの女たちと愉しそうに喋っていた。南無さんは川崎勇助というけちな奴でございますと仁義を切り、作業服のポケットから大判の和紙の名刺を取り出し、以後お見知りおきくださいと言った。ぼくが不自由そうな足を見つめていると、尖った目を向け舐めるなよと睨みつけた。少しくらい足が悪くたって、おまえたちには負けないからなと威圧した。昔機動隊とぶつかり、楯で足の甲を砕かれた名誉の負傷だと、誇らしげに顎を突き出して煙草を吸った。ぼくは無言で敬礼をした。ふざけているんじゃないだろうなと舌打ちしたので、あわてて首を振り姿勢を正した。南無さんの目尻が下がり、いい奴みたいだなとにやついた。なぜかぼくは嬉しかった。彼は自分の渾名は南無だと言い、信心深いからどこでもみんながそう呼んでいるのだ、おまえだけには教えてやると耳打ちした。それ以来、南無さんと呼ばなければ返事をしなかった。

次の日から彼はニッカーボッカーを穿き現場に出た。重機にも乗れたしガスやアーク溶接もうまかった。自分がいま身を潜めているのも世を忍ぶ仮の姿で、そのうち新聞の一面に載る男だと言った。琉球大学で海洋学の勉強をやり、オーストラリアにも留学をし、日本語より英語のほうが得意だなどと、その日によって話が変わった。父親が北陸から留萌に渡り、鰊漁をやり豪勢な時期があったのだと言って、立派な門構えの前で家族が着飾って写っている写真を見せたこともあった。おまえは？　と訊き、自衛隊にいたと言うと、目を光らせよろしくなと力強く肩を叩いた。ぼくが七一年生まれだとわかると、日米が沖縄返還協定に調印した年で、三里塚で第二次強制代執行が行なわれ、機動隊が三人死んだ年だとも言い、その頃のことを驚くほど諳《そら》んじていた。七二年にはあさま山荘で連合赤軍事件があったり、高松塚古墳が発見された、おれは坂口弘とは幼なじみでよく代わりに喧嘩をしてやったものだと、当時を懐しむように遠くに視線を泳がせた。凄いですねと適当に相づちを打つと、物覚えがいいと困るときもある、人間は忘却する動物だがたまに例外な者もいるさと胸を張った。三島の割腹自殺のときにも一緒に腹を切ろうと市ヶ谷まで行ったが、隊員に止められ諦めた、いい時代だったよと天を仰いだ。それからぼくをゆっくりと見つめ、あんちゃんは若いなと見下すような目を向けた。現場の親方は太い指先を頭の脇でまわし、真面目に働いてくれさえすれば犬でも猫でもいい、掘出しものじゃないかと喜んだ。

やがて東葉高速鉄道の仕事が終わろうとする頃、南無さんは行方を晦ました。毎月、給料の一部を闘争資金に援助していると誰彼なしに言いふらしていたので、仲間たちはまた三里塚に行ったのだろうと噂をし合っていた。ぼくは一度だけ三里塚に連れて行かれたことがあり、そこで南無さんとデモを見学した。デモの周りには機動隊が並び、その向こうで離発着を繰り返す旅客機が頻繁に飛んでいた。どうだ、凄いもんだろ、ここから日本の夜明けが始まる、おれはそのうち坂本竜馬のようになると、彼は土埃の立つ荒野で腕組みした。そのときには自衛隊上がりのあんたには、いろいろとお世話になるかもしれないけど、頼むよな、機関銃や鉄砲の使い方はおれたちよりうまいはずだからなと言った。だが、南無さんは資金援助をしているという割には、デモ隊に知り合いもいないようだった。ぼくは彼が三里塚へ行ったという噂を信じられなかった。

まもなくぼくは木更津の東京湾横断道路の現場に通ったが、その仕事も終わると不景気になり、パチンコ店で働く羽目になった。浦安の路地で偶然に出くわしたとき、彼は驚き、どうしておまえがここにいるんだと吃音気味に訊いた。こちらが事情を話し、親方の紹介で近くのパチンコ店で働いていると言うと、しけた話だと鼻を鳴らした。南無さんはぼくらが住んでいるアパートの向こう側の、境川を渡った堀江町に住んでいた。奇遇だな、君とぼくはやはり縁があるなと温和な言葉づかいで喋った。再会は嬉しかった。南無さんは以前と違い羽振りがよかった。パチンコ店にもよく顔を見せるようになったが、松川は従業員に、あまり関わらないほうがいいと注意した。ぼくは彼らが南無さんに近づかないせいで、大っぴらに玉を入れてやることができた。その金で酒を飲ませてくれたり小遣いをくれた。役得ですねとにやつくと、世の中はそういうふうにまわっているし、金は人と人とが付き合う潤滑油になっているんだとゆったりと応えた。本当に頭のいい奴というのは、おれのような男のことを言うのだと鼻の頭を中指で擦った。

軍艦マーチがまた流れ出した。競争相手の店ができてから、松川の指示でこの曲が頻繁にかかるようになった。本当にこんな音楽をかけて戦争をしていたのだろうか。ぼくはクーラーの前でシャツの釦を外した。冷たい風が胸元を流れる汗を冷やし心地いい。あらゆるものの根底には哀しみがあるんだよと、船山さんが一カ月前の彼の誕生日に呟いた言葉が、しきりと脳裏を掠める。彼はぼくのアパートの隣室に住むおかまのみどりさんの部屋に、しょっちゅうきている「内縁の夫」だが、五十九歳のお祝いをやってもらい、ふと気を抜いたときにそう言った。ぼくは返答に困り、穏やかな船山さんの顔を見つめたが、彼は目尻に小さな皺を走らせただけだった。あれ以来ぼくは、体を動かし汗を流す心地よさとは別の、複雑な人間が自分の中に巣くっているのを意識した。控え室に入って備えつけの冷蔵庫を開け、エビアンを取り出して飲む。冷たい固まりが咽喉を流れ腹部に横たわる。ぼくは自分も気づかないほど小さな溜め息をする。

昨日、二十六歳になった。自分が生きてきた時間を朧気に考えたが、たいした人生ではないということはぼく自身が一番知っている。窓の外に見えるディズニーランドの夜景を眺めながら、ひとりでビールを飲み、ハッピー　バースデイ　トゥ　ユウと歌った。ディズニーランドから八時四十五分に打ち上がる花火を見ていると、いつもと違って感傷的になった。東京湾の夜空に広がり落ちる花火はもの哀しく見えた。

ぼくは山陰の松江で育った。宍道《しんじ》湖に面した町で、夕暮れの湖の美しさだけは今も心に残っている。赤い夕日が水面を照らし、静かに落ちていく光景は心細く、世界の終わりもこのようなものではないかと思わせた。父親は土建業を営んでいたがやさしい性格だった。誠実さが一番だと口癖のように言い、祖父がはじめた会社を守っていこうとしていた。十七歳のときにぼくは登校拒否を繰り返すようになった。頑固な自己嫌悪に陥り、それは軽蔑として自分に向けられていた。ちょっとした仕草に失笑と嘲笑を向ける仲間たちや、遠巻きに見つめる女生徒の目に耐えられなくなっていた。学校でも家でも変人として扱われた。臆病者なのに偏屈なところがあった。自分はどうすればいいのか、なにを糧に生きていけばいいのかと考えた。やがて父親が役人に賄賂を送っていたことがばれて捕まった。保釈後、体調を崩した彼は肺炎をこじらせて入院し、会社も間もなく倒産した。

卒業を間近にしたある日、ぼくは湖のほとりでぼんやりとしていた。大和蜆を採る小型舟が浮かび、海鳥が風に舞っていた。遠くに中国山地の稜線が見え、時間がゆったりと流れていた。隣のベンチで煙草を吸っている中年の男が、幾度となくこちらを盗み見し、ぼくが立ち去らないのを知ると声をかけてきた。なにをしているのかと男は温和な口調で訊いたが、澱んだ目は獲物を狙う猛禽のように瞬きもしなかった。なにもと応えると学生かと問い返した。首を振ると煙草を差し出し火をつけてくれた。煙草を吸い込むと軽い目眩が襲い咽せた。男は笑い、日本をどう思うかと唐突に訊いた。若い君たちが一番真剣に考えなければいけないことなのだ、自衛隊を知っているかと言った。次の日もぼくがベンチに座っているとやってきて、入隊するといろんな免許も取得できると囁いた。ぼくは知らない土地なら、どこでもいいと応え東京近辺の入隊を志願した。彼はぼくが承諾すると湖のそばの料理屋に連れて行ってくれ、飲めるだろうと生ビールを注文し勝手に飲み始めた。男は自分も自衛隊上がりなので中のことは詳しいし、その気になればいくらでも偉くなれるぞと激励した。その間、相手の粘りつくような視線を絶えず意識させられた。特別職の国家公務員だし、衣食住はただだし、制服もワイシャツもみんな貸与される。お金は一銭もかからない、年に三回の賞与と退職金も出る、こんないいところはないと勧誘した。

ぼくは横須賀第一教育団の訓練生の二等陸士になった。朝、六時に起床し、八時までに隊員食堂で朝食を摂り八時半から課業が開始される。朝の国旗掲揚と朝礼のあと、同僚たちとランニングや敬礼の仕方、各種の銃や大砲、通信機材の整備や操作などを教わり、一日中体を鍛えられた。実弾を籠めない鉄砲で射撃の練習をした。土、日の休日にはくたびれて宿舎から出る気がしなかった。汗臭い同輩たちの中にいると、自分も男であるということを強く意識した。ときおり湿った目を向ける仲間もいたが無視した。ぼくは足手纏いになるのを笑われ、少し過激な運動をすると発熱を繰り返し教官に呆れられた。それでも二年間自衛隊生活を送った。除隊し、なんの束縛も感じなくなると、ああ、自分は本当に解放されたのだなという気持ちになった。たとえは悪いが、ながい刑務所暮らしの人間の解放感も、こんなものではないかと思ったほどだ。

訓練中に一度だけ最新式の九〇式戦車に乗ったことがある。長さ九・八メートル、幅三・四メートル、重さ五十トンの戦車だ。千五百馬力で最高時速が七十キロも出せた。自分の操作で巨大な戦車が動いたときには興奮で言葉がなかった。訓練中に起重機やフォークリフトの免許を取った。九〇式戦車とは較べものにはならなかったが、機械式起重機のキャタピラが動くと自衛官になってよかったと思った。その技能を生かすために基礎工事会社の職人になった。会社では総重量五十トンの起重機に乗り、鋼矢板の打設や河川の土留め工事をやった。一日中起重機を操作していた。みんな自衛隊で習得した免許のおかげだった。ぼくの運転免許は自動二輪から大型トラックまでほとんど乗れる。おれたちの税金でいい思いをしているんだからな、と税金なんか払ったことのない南無さんは言ったが、日本の国もまんざらではないなと思うときがある。

昨晩、ぼくはながい時間鏡に映った自分を見つめていた。頬の薄い痩せた顔だった。鏡に映った瞳の中には、力のない弱い光が灯っている。首筋は細く撫で肩で女性のように華奢な体つきをしていた。男なのに女の顔のようだ。中途半端な顔だ。ぼくは十代の初めからよく鏡を覗くようになった。鏡の中にはもうひとりのぼくがいる。そのことを強く意識し始めてから生きることが息苦しくなった。鏡に映らない自分がいる。その影を打ち消そうと思えば思うほどせつなくなり、逆に自堕落に生きてみたいという衝動にかられた。孤独だった。そしてそのことを嫌悪した。よしんば誰かに話したとしても、誰がぼくの葛藤をわかってくれるだろうか。ぼくはぼくでありたいと願っているだけだ。その繰り返しの人生だ。人間は生まれて死ぬだけだと、船山さんは呟いたが本当にそうだろうか。自分だけの深い哀しみは、口を噤んでいなければいけないとも彼は言った。

エビアンを飲み干しているとブラが控え室を覗いた。彼は親指を立てて松川が戻ってきたことを教えてくれた。ぼくは再び通路に出た。一斉に玉が弾かれる喧騒な音が鼓膜を突いた。

明け方、目を覚ますと窓の外には朝靄がかかっていた。湿気を含んだ空気が辺りに漂い、近くの印刷会社から機械が擦れる音がしていた。夜更かしをしていたみどりさんの部屋は静かだ。

ぼくはホオジロの巣箱に被せてある黒い布を取った。突然明るさを感じた相手は、怯えたように巣箱の中で行き来した。数日前、印西の山で捕獲してきたものだ。ぼくはテープレコーダーに録音している別のホオジロの声を聞かす。部屋中に、か細いせつなげな囀りが広がる。今日からテープの声を朝昼晩十五分ずつ聞かせる。それを一週間続けて一週間休む。また一週間聞かせる。そして秋になり成長したときに、もう一度聞かせる。そのときが勝負だ。いい声で囀るか囀らないか、わかる。ぼくは鮑、糠や大豆などが入った擂り餌に青菜を混ぜ、巣箱に設置する。ホオジロが寄ってきて突つく。ぼくはけなげなあいつの姿を見ていると心が落ち着く。きっといい音色で鳴かせてみせる。これからは休憩時間にも戻ってきて、テープの声を聞かせなければならない。ホオジロは恐れているのか、巣箱の中で震えている。ぼくは心配するなと諭すように囁き、巣箱の外から見続けた。

二カ月前、可愛がっていたホオジロが隣りの女が飼っている猫に食い殺された。ぼくが商店街まで買い物に行っているわずかな隙に、巣箱の障子を破りなぶり殺しにした。あいつは喉仏を噛まれて死に、猫はその死骸を前脚で弄び誇らしげに振り向いた。体の弱い雛で捕獲してきたときには虫の息で、湯たんぽで体を温め寝ずの看病をした。雛はぼくを親鳥だと思っていた。元気を取り戻すと、きれいに囀る鳥のテープレコーダーをかけ続けた。あのホオジロが生きている頃は、美しい音色で包まれぼくは充実していた。

一緒に生きているのだという気持ちがあった。死骸はアパートの庭先に埋めて土をかけた。顔を洗い、鏡の前に立って紺色のネクタイを締めた。寝起きの顔は血の気が薄く元気がなかった。

「おはよう。元気？　兵隊さん」

ドアを開けると、おかまのみどりさんが戸口の脇に並べている鉢植えの植物に、如雨露で水を与えていた。

「まあまあ」

「それがなによりよ」

みどりさんは夏ばてで痩せ、喉仏が一段と尖って見えた。

「船山さんは？」

「今、駅まで送って行ったところ」

「ご機嫌みたいだったね」

「わかる？　やっぱり行ってみることにしたわ。あの人の承諾も取れたし」

　みどりさんは二カ月前から施設の子供を引き取り、自分の子供として育てたいと言っていた。そのことを昨日決心して船山さんに話したようだ。

「本気？」

「どう思う？」

　彼は思案げな顔を向け、アイシャドウを塗った目で見つめた。何と応えていいのかわからなかった。平屋が立ち並ぶ屋根の先にコンクリートの護岸壁が立ち上がっている。鈍重な空だが天気になりそうだ。黙っていると、夏は厭よね、陽に灼けるんだものと、みどりさんは路地の狭い空を見上げた。

「夏は暑いに決まっている」

「若いうちはそれでもいいけど、この歳になってくると、暑さが一番こたえるのよね」

　彼は血管の浮き上がった手の甲で、首筋の汗を拭った。白粉を塗っていない首筋がふだんより黒く見えた。それから、今日は早くない？　と訊いた。

「遅番だけど、行くところがあるんだ」

　ぼくは目を伏せた。

「今日、船山がまたテレビに出るのよ。あたしが誕生日のお祝いに買ったネクタイをして出てくれるらしいの。本当にやさしいのよ、あの人は」

　船山さんは新聞社の政治記者だ。通りで見かける彼は、いつも糊のきいたワイシャツと背広を着ていて、ノートパソコンと電子手帳を持ち歩いている。手帳には二千人以上の人名と住所が登録され、先日ぼくの名前も打ち込んでくれた。

「時間があったら見てね」

みどりさんは口元に細い皺を集め、あなたも頑張ってねと言った。

強くなった夏の陽射しが目を刺ししょぼつかせる。屋根の上を電線が蜘蛛の巣のように走っている。乗用車が路地を通るたびにぼくは立ち止まり、脇に身を寄せた。若い女性が窓から顔を出し、舞浜はどっちかと訊く。黙って前方を指差すとなんだか迷路みたいでとてれた。ぼくは走り去った乗用車を見つめながら、八百屋を右手にまわった。定食屋から焼き魚の臭いが漂い、朝の漁から戻った者が酔っているのか、明るい猥雑な声が届いた。真鍮色に髪を染めた中年の女性がベランダで下着を干し、肩が凝っているのか首をまわしていた。路地を抜け境川の護岸に上がると、入道雲が立ち上がり海の青さと雲の白さが目にしみた。

東西線で隣町の行徳に着くと、南無さんは先にやってきていて、改札口の前で経済新聞を広げていた。ぼくが新聞に目を向けると、日々勉強をしなくてはなと言い、馬子にも衣裳だなとぼくのネクタイ姿を見つめた。

「男子、三日会わざれば刮目すべしと言うが本当かもしれないな、人間は変わるしいつまでも同じだと思っていたらいけんな」

南無さんが取り立て屋をやっていると知ったのはつい最近のことだ。それ以外にも連れ込みホテルに出入りする男女の写真を望遠レンズで撮り高く売りつけたり、酒場の女と契約し、つけが溜まっている男のところに集金に行き、取ってきた金を女と折半したりしている。五分と五分のときもあれば六、四で分けるときもある。南無さんは金を取るためならどんな手でも使った。男の会社に行くのは当たり前だったし、上司に喋る、女房に知らせるという脅しはなんでもないことだった。そんな南無さんに批判的になれないのはなぜだろうか。ぼくは南無さんの、そこはかとなく漂っている淋しそうな雰囲気に心が寄せられていた。

「人は見かけで判断するものだ。そういうことがわかるようにならなければ、男として一人前とは言えないんだからな」

「そうですか」

「神様もそうおっしゃってる」

南無さんは少しだけ斜視の目を向け、脚を引きずって歩いた。野球帽を取ると頭髪に白いものが混じっていた。ぼくらは駅前を横切り、東西線の高架の下を旧江戸川のほうに向かった。

「なにもないところだったのにな」

彼は辺りに建ち並ぶマンションを見回した。二十年前は葦の葉が茂り、何キロ先までも見渡せたものだと懐かしそうに言った。土手のそばはダンプカーが通り抜け土埃を上げていた。湿地帯だったところを区画整理し、分譲住宅をつくる計画があるのだと言い、三里塚みたいだなと舞い上がる埃に顔を歪めた。

ぼくらが出向いたところは、湾岸道路の近くのブラが働いていた金属会社だ。天井の高い工場からは金属を切る音が響き、河口の鉄橋を東西線の電車が走るときだけ音が消えた。

「君の初陣ということだ。頑張れよ」

「大丈夫ですか」

「それは腕次第さ。人にできることは自分にもできる。君ができることは人もできる。そういう謙虚な気持ちでやれば、この世に不可能はない」

「勇気が出てきますね」

「そういうことだ」

南無さんは満足そうに言った。ぼくは工場の脇にあるプレハブの事務所に入った。クーラーの鈍い音がしていたが、屋根の薄い事務所の中は冷えていなかった。机に肘を立てて化粧をしていた女事務員がなにかと訊いた。

「社長さんはいますか」

ぼくは事務所を眺めた。壁には安全週間のポスターが貼られ、黒板には納入日や出荷日の工程が書かれていた。

「応募の人？」

女事務員は不審な目を向けた。

「違います」

「じゃ、なにかしら」

「いますか？」

ぼくの声は微かに上擦った。彼女は壁の時計を見て、今、取引先の人と工場に行っていると言った。

「どんな用件？」

「たいしたことじゃないんです」

「仕事のことかしら」

「そんなものです」

事務員はぼくの物言いが不愉快だったのか強く睨みつけてきた。ぼくは黙って一度事務所を出た。隣りの工場のほうに行くと、門型の天井クレーンが作動する工場を見つめた。クレーンは機械を吊り上げ、その下から油が付着した作業服を着た、数人の職人たちが見上げていた。老工員が手元の操作盤でクレーンを移動させた。背の低いイラン人が重油タンクのそばにより、手動式のポンプアップで重油を汲み上げていた。目が合うと整ったきれいな歯なみを見せた。イラン人の皮膚は黒いのに歯はなぜ白いのだろうかと思う。黄色人種は歯まで黄色いのだろうか。

「なにか御用ですか」

事務所の玄関から濃紺の作業服を着た、小太りで赤ら顔の男が煙草を銜えながら出てきた。事務所の奥の応接間に入ると、黒革のソファがあり、ゴルフバッグが立てかけられていた。経営者は五十半ばの風貌をし、頭髪は薄いが目付きは鋭かった。ぼくは気後れしないように深呼吸した。相手が見つめている気配があり、警戒を解いていないのがわかった。

「ノジマセイタロウの件で、話があるのですが」

ぼくは日本でブラの使っていた名前を言った。

「あなたとどういう関係ですか」

「従兄弟です」

ぼくは咄嗟に嘘をついた。相手は差し出そうとしていた名刺を引っ込めた。

「従兄弟さんがどういうご用件ですか」

ぼくはテーブルにある硝子ケースの煙草を取り出し、自分の心の動きを見透かされないように火をつけた。口についた煙草のきざみをぴっと吹いて払った。

「あの男はもう辞めた人間で、うちには関係がありませんよ。どうかしたんですか」

「困っているんですよ。失業してぶらぶらしているんです。毎日」

目を上げ毅然とした態度で、ブラがパチンコ店で働いていると言った。

「なにがあっても、うちには関わりのないことですよ」

男は静かな口振りだったが、感情が昂ぶっていた。

「訴えるかもしれないんですよ」

「どういうことですか」

相手は灰皿に煙草を置き上目遣いに見た。

「まだ痛みがあるらしいんです」

「指を落としたんだから、しばらくは痛む。寒くなればもっと痛くなるよ」

「労働基準局に行くなんて言いだしたりして」

相手の言葉が詰まった。

「もう止めるのに大変です」

ぼくは相手の動揺を見て畳みかけるように言った。

「君の言っていることが、よく理解できないよ」

「不景気で馘になってもいますし。ブラジルの家族も困っています」

「おれには関係がないだろ。できることはみんなやったんだから」

「そのうちわかりますよ。ぼくが話をしてくるまで、とにかく待っていてくれと止めているんです」

男は短くなった煙草をもみ消し、もう一本に火をつけた。

「指のない奴はここには何人もいるんだし、あいつみたいに情けないことを言う者はひとりもいないよ。そんな用件なら忙しいから帰ってくれ」

男は腰を上げて背を向けると、受話器を取って電話をしだした。事務員がお茶を持ってくるのを手で払い、拒んだ。ぼくは黙って腰掛けたままで相手の反応を窺った。人が動揺するのを眺めるのは小気味がいい。南無さんの気持ちが少しだけわかる気がした。

「帰ってくれ」

男は睨みつけていた。ぼくは立ち上がらなかった。

「いいんですか。どうなっても」

「恐喝なのか。それならこっちにもやり方があるんだぞ。おまえみたいな青二才になにができる」

相手の唇は微かに震え続け、目の奥に気弱な光が浮かんだ。それでよかった。作戦通りだ。わかりましたとぼくは言い、相手を睨み返した。南無さんが自分は役者だと言った言葉が頭の隅をよぎり、確かに俳優になった気がした。それも悪役だ。ぼくは胸を張り、事務員の白い視線を背中に浴びて外に出た。

路地を抜け、通りの角にある喫茶店に入った。南無さんはビールを飲みながらスポーツ新聞を読んでいた。

「どうだった?」

彼はぼくの表情を見つめた。

「おれの辞書に不可能の文字はない」

南無さんはぼくにビールを注いでくれ、自分も泡のなくなったビールを飲んだ。腹が減っては戦ができないからなとカレーライスも勧めた。

ふとつけっぱなしのテレビから聞き覚えのある声がし、目を上げると画面に船山さんが映っていた。彼は縁なしのフレームの細い眼鏡をし、髪型を七三に分け静かな口調で解説していた。みどりさんに甘えているいつもの姿はどこにもなく、落ち着いて喋る姿は自信に満ちていた。男性アナウンサーが質問すると、穏やかに説明していた。みどりさんが選んだあおい縦縞の仕立てのワイシャツに、薄紫色のネクタイをしていた。

「誰だい。知っているのか」

「少しだけ」

「インテリだぞ」

南無さんは尖った目を画面に向けた。

「みどりさんの知り合い」

「なんだ、仲間か。どこにでもいるんだよ、こういうおぼっちゃまが」

南無さんは薄い唇を吊り上げた。ぼくはなにか言おうとしたが言葉を飲み込んだ。南無さんは俯き、犬のように口を鳴らしながらカレーを頰張った。食べ終わるとぼくらは再び金属工場の事務所に向かった。

「どうもまだ不慣れなもので、要領を得ずご迷惑をおかけしました」

南無さんは丁寧な口調で、社長に会いたいと事務員に言い、相手が拒みそうな顔つきをすると、声を殺し、言うことをきいたほうがお互いの利益になるはずだと言った。

「先程はこいつが失礼しました」

南無さんは経営者に頭を下げたまま、なかなか上げようとはしなかった。小指の欠けた手はテーブルに置いたままだ。男の視線はその指先に釘づけになった。相手が小指を十分に見たとわかると、右手の指先で左腕のシャツを捲った。ＢＣＧの痕が光り、そのそばの南無阿弥陀仏と彫ってある刺青をほんの少しだけ見せた。

「お忙しいでしょうから、くどいことは申しませんし、これ限りにしたいと思います」

南無さんは治療費だと言って、片手を広げ男を見つめた。

「意味が飲み込めませんな」

「ナンセンスなことを言ってもらったら困りますな。わかるようにしてもらいたいんですか」

南無さんが押し殺した口調で言うと会話が途切れた。事務員がさっきと同じようにお茶を持ってくると、今度は経営者はなにも言わなかった。南無さんが左手にしているミッキーマウスの腕時計を眺めた。ぼくはそれを合図に腰を上げ、事務所を出てあらかじめ確認しておいた公衆電話に走った。携帯電話の番号を押すと、あっ、兄貴、もう少しかかりそうです。どうしましょうか。商売ができないようにたれ込みますか。それとも自然発火の小火でも出しましょうか、とぼくがなにも喋らないのに、南無さんはひとりで話しだした。黙って聞いていると、もうすぐ帰りますんでと勝手に言って電話を切った。再び事務所に走って戻ると、南無さんは振り向きもせず脚を組み、男のほうに向かって煙草の煙を吐き出していた。

「わたしに任せてもらえないですかね」

「なにをどうすればいいんだ」

男の表情がゆるみ、諦めの色が現われていた。

「わたしも引き受けた以上仕事ですから途中で止めるわけにもいかないし、お宅だって本当のところは騒がれるとまずいでしょう。わたしは彼らと違って、いろんな方法を知っていることはわかりますよな」

「脅しか」

「社長さんも少しは自己批判をしてくれなくちゃ、まとまるものもまとまりませんよ。民主的に問題を解決することが、賢い人間のやることですからね」

男が気弱になっていくと同時に、南無さんの背筋が少しずつ伸び始めた。結局、相手は不景気で需要が減ったことを愚痴り、これ以上の金額は出さないということと、関わらないということを条件に、三十万円の現金と二十万円の小切手を持ってきた。南無さんは真剣な顔つきで封筒の中を確認し、間違いなくノジマに渡すと言った。

「どうだ?」

事務所を出ると彼は嬉しそうに言った。

「逃げ道はつくってやらなければな。窮鼠猫を嚙むと言うだろ」

「ぼくらは猫ですか」

「ハイエナかもしれんな」

南無さんは誰にも言うなよと言った。

「いいことを知るためには、悪いことも知らなければいけないんだからな。生きていくためには食わなければならないだろ。それに君にはいろんなことを教えてやってもいいと思っている。同志だからな」

「なんともないんですか」

「人生はなんでも慣れさ。歳を取っていくということは驚きも哀しみもなくなっていくということだ」

南無さんは封筒を破り、情報代だと言って五万円を渡し、そこからこれはぼくから君への誕生日のプレゼントだと十万円をくれた。ブラには言わないのかと訊くと、関係ないだろと素っ気なく言った。

「こんなものは小手調べみたいなもんさ。次の山のほうが大きいんだからな。おれと君が組めばもっと面白いことができるさ。頼むよな」

南無さんは旨そうに煙草をふかした。

「もう一仕事ですね」

ぼくは興奮気味に応えた。


茅の根元のホオジロの巣は例年より低いところにある。小鳥の囀りに誘われ山躑躅《つつじ》を見た。鶯色の目白が群れをなして止まっている。朱色の花弁の蜜を吸っていた紋白蝶が、目白の群れに追われるように飛ぶ。微かに草木の芽吹きを感じ鼻孔がこそばゆい。澄んだ空に雲雀がもつれ合い、鳴き声は中空で広がっている。双眼鏡を覗き、ホオジロの巣を見るが親鳥はまだ戻ってこない。目の前に水稲が見える。遥か先まで緑一色だ。水田に張った水が陽射しを反射し、それが一層暑さを誘う。

森の向こうに高層住宅が見えた。去年私鉄が開通し、都心まで五十分足らずで行けるようになったが、辺りはまだ林だ。ぼくは今朝、駅からいくつかの林を抜け、この雑木林に入った。林道を抜けた先には中層の住宅地があり、そこを通るたびに駅に向かう人たちとすれ違った。そのときだけ自分が人と違う気がし目を伏せた。

ホオジロの親鳥が餌を銜え、近くの木に止まり辺りを窺っている。雀より大きめの鳥だが、目の前にいる親鳥は頭と上面が茶褐色で黒い縦斑があり、顔に白と黒の縞模様がある。円錐形の太めの嘴に虫を銜え、巣があるほうを見ている。親鳥は藪の中に下り、茅の根元を歩き立ち止まっては周囲を見た。雛を襲うものがいないことを確認すると巣に飛び込んだ。声はまだ聞こえない。雛はかえって間もない。あの雛を手に入れることができたら、間違いなくいい声で鳴かせてみせる。そう思うと、ぼくの体の奥底から漲ってくるものがあった。

太い指先がぼくの股間をまさぐっていた。突起した乳首を熱い舌が這い、歯を立てられると弱い快感が背筋を走り抜けた。ベッドの横の鏡にも、天井一面の鏡にも下腹が出た松川の姿が映っている。薄くなった後頭部の地肌が見え、汗が滲んで光っている。松川は酒の匂いをさせながら、ぼくの体中に舌を這わせた。なめくじのようだ。枕元にある女の裸の装飾を施した時計を見た。約束の時間はもうすぐだ。ドアは間違いなく開いている。もう一仕事だ。ぼくは目を閉じ、皮膚の感触と気配だけで松川の動きを追う。羨ましいよな、こんなにいい体をしてと彼は喘ぐように言い、ざらついた手で尻を撫でる。痩せてても鍛えた体は張りがあって、違うよなと囁く。かたい髭が胸に当たり鳥肌が立つ。三万だからね、とぼくが松川の薄い頭髪をいじりながら言うと、うんうんと相手は犬のように頷いた。

「歳を取れば取るほど死ぬのが恐くなるし欲も出てくるが、そんな気持ちがなくなってきたときがあの世に行くときかもしれないな」

松川はぼくの背中に指先を這わせ呟く。難しいことを呟きながら愛撫するのが彼の癖だ。ぼくは脂肪がたっぷりと乗った彼の体を眺める。そんな目であんたに見られると、つらいところがあるよと、松川は光沢のない義歯を見せる。老いは彼の中心から襲い、黒光りする自分の陰毛を見ていると、ふと松川に哀れさを感じる。時計をもう一度見る。十一時半にあと三分だ。南無さんは本当にくるのか。それとももう別の部屋にきているのか。松川のざらついた指先が股間を執拗に這い、鳥肌が小波のようにまた全身を走り抜けた。

ぼくは枕元のスイッチを手さぐりで探し、部屋を明るくする。南無さんが入ってきたという気配はない。耳を澄ますと、隣から女の甘い声が洩れてくる。松川が後ろから抱きついてくる。蛙と同じだ。盛る時期になると、蛙は親でも兄弟でもまぐわうと聞いたことがあるが、雄同士でもまぐわうのだろうか。鏡に映る姿は脂汗を垂らし動かない疣蛙と一緒だ。なんでも修行と思えと言った、南無さんの声が耳の奥でする。なにも反応しない。厭なことでも愉しいことでも長続きはしない。そう思ってぼくは生きてきた。鏡に映った松川の腹が波打つ。ぼくは子供の頃、蛙の尻の穴に2B弾を突っ込み、池に浮かべたことを思い出した。腹を膨らませ、尻から煙を吐いて水面を泳いでいた蛙が、爆発と同時にひっくり返った。けろけろと声にしたら松川は笑い背後に立った。

閃光が弾け、光が鏡に幾重にも跳ね返りぼくらの姿態を浮かび上がらせた。松川の動きが止まった。光のほうに目を向けると南無さんがカメラを持って構えていた。彼は上等だと引きつった顔で叫び、再びシャッターを押した。惚けたような松川の顔が鏡に映っている。南無さんが人差し指と中指でVサインを出した。

「どうだった？」

二日後の仕事帰りに南無さんのアパートに寄った。窓を開けた部屋は潮の臭いがした。境川の堤防で老女と子供が花火をやり、川面に灯がゆらいでいた。ぼくが首を振ると南無さんは奥歯を強く嚙み、薄い頰をぴくぴくさせた。昨日、松川に写真と引き替えに資金援助を頼んだらしい。どんな話になったのか喋らないのでわからないが、南無さんの顔色はすぐれない。悩みごとでもできたのか。写真を二百万円で買え、駄目なら写真を店の前でばらまくと息巻いてやったと、ぼくには言っていた。

「もう少し待ってみるか」

「歳だし、惚けているのかもしれない」

部屋にはマリの衣服がかかっていた。いつの間にか自分の女にしたらしい。南無さんがおいと言うと、彼女は冷蔵庫からビールを取り出してきた。

「いつから？」

「あの日からだ。人助けみたいなもんだ」

「どうですかね」

ぼくは改めてマリを見た。細くながい爪に真っ赤なマニキュアが塗ってあり、足の爪にも同じ色のものを塗っていた。

「私も同志だからね」

「そういうことだ」

南無さんとマリは目が合うと、ゆっくりと笑みを交わした。

ドアを叩く音がした。マリが開けると、戸口に猫背気味の松川が紙袋を持って立っていた。猫背気味の彼は身構えたぼくらを見回し、いいかと訊いた。どうぞと南無さんは急に改まり部屋に上げた。

「本当にやってくれるか」

松川が威圧するように言った。南無さんは人差し指を唇に当て、周りに聞かれてはまずいと目配せした。

「そのつもりだ」

南無さんが静かに応じた。

「心配しなくてもいいさ」

「嘘じゃないだろうな」

ぼくらは顔を見合わせた。

「先立つものが必要だから汚い手を使うときもある。悪気はまったくない」

南無さんは痩せた胸を張り、松川を真っすぐに見つめた。

「なにもかも吹っ飛ばしてしまわなければ変わらないだろ」

「これは約束のものだ」

松川はテーブルの上に紙袋を置いた。マリの目は札束に釘づけになっていた。

「あんたはおれたちの同志だ。あんたがついていてくれれば千人力だ」

南無さんが握手を求めた。

「信用しているからな」

「男はここでこそこだろ」

南無さんの声は上擦り、痩せた胸と細い腕を叩いた。

「本当か」

松川がもう一度念を押した。

「もちろんだ」

松川は自分がどんなに辛酸を舐めたか喋り始めた。

「わたしは十歳で日本にきた。玄界灘は荒れて船が浮き沈みしている間、船底でもうこのまま死んでしまうんじゃないかと思ったよ。博多に着き、そこから何時間もかかって山に入った。ついたところが銅山で、十歳からそこで働いた。二年で抜け出してダム工事や沖仲仕をやって生きてきた。貯めたお金で大阪でバーをやり、友達を頼りに東京に出てきてこの店をやりだした。ようやくこの歳になって、毎日の生活のことを考えずに生きてこられるようになったんだ。そうしたら店の近くに新しい店ができた。あなた、ぼくの気持ちがわかりますか？」

好きな女もいたが日本人に取られた、なにもかも忘れるために一生懸命頑張って、今の生活を手に入れた、その生活が脅かされている、そのためならあなたが言う革命が起きてもいいし、何でもやると松川は南無さんの手を握り返した。

「あんたも苦労したんだな」

「食うか食われるかよ。食われるのはもう疲れたよ」

松川は去年、昔好きだった女性と電車で出会ったことを話した。彼女は銀髪のきれいな老女になってて、初めは誰だかわからなかった。向こうが声をかけてきて気づいたが、言葉が喉を突いて出てこなかった。老女は、申し訳ない、ずっと気になっていた、これであの世に行けると言ったが、本当はこの歳になっても、取り返しのつかない人生を送っている気がすると涙ぐんだ。貧乏しなければ一緒になれていた、神様は今でも悪戯ばかりすると、松川は感情を昂ぶらせて南無さんの手を握り返し、あの新しい店が邪魔をすると歯を嚙み声を震わせた。

「大変だったんだな」

南無さんが涙を溜め、手のひらで拭ってみせた。

「あなたを見ていると、私の代わりになにかをやってくれそうな気がする。この金をやる。助けてくれるんですか」

「つらいことがいっぱいあったんやろうな。今に楽にしてやる。あんたはいい人だ」

南無さんは正座をし、松川を拝むように手を合わせた。あんたみたいな人がほんまものの仏さんだと言い、それから申し訳ないことをしてしまったと、封筒から写真を取り出した。犬と犬が交尾しているような写真だった。マリがそれを見て愉しそうじゃんとからかった。

「そんなものはいらんです。どこにばらまこうとあんたの勝手です」

南無さんは写真を灰皿に捨て火をつけた。ふたりの裸が火に炙られ反り返った。ぼくは自分が写っている写真が音もなく燃えているのを見た。尻が燃えだすと本当に熱くなってくるような気がした。

「義理がすたればこの世は闇だからな。あんたが心配することはない。天罰というものは絶対にあるもんさ」

南無さんは深く息を吸い込み、自分の気負いを隠すように、なあ同志と、いつもと違い、はしゃぐように言った。マリが大きく頷いた。松川が帰ると、南無さんはその札束を神棚に上げた。神棚は彼が正月に氷川神社まで行き買ってきたものだ。七五三縄は天照大神が岩屋から出てきて、再び中に入らないように岩屋を締めたものだ、雄蛇と雌蛇が性交をしているという説もあるのだと言った。神棚の前に立って姿勢を正し、二礼二拍手一礼してお祈りをした。

「人は見かけによらないもんだ。そうだろ」

南無さんが世の中はときどき妙なことが起こると、硬張った笑みを滲ませた。

「大丈夫ですか」

「あいつの悩みはおれが解決してやらないといけない」

南無さんは威厳を持って言い、ありがたいお布施だと再び神棚に静かに頭を垂れ、南無阿弥陀仏と呟いた。

「お布施だ、お布施だ。凄いじゃん」

マリが真似をし、札束をもの欲しそうに見つめた。そのうちになにもかも吹き飛ばしてやるさと、南無さんが薄笑いをし、それから注射針を取り出し、針先をマリの顔の前に突き出した。彼女は南無さんの体にしなだれかかり目を潤ませた。

南無さんがシャツを脱ぐと、背中の不動明王が一段と怒り、赤い目が充血を増していた。裸になり股を大きく開いているマリの中に割り込むと、彼女は野鳥の鳴き声のような甲高い声を上げた。皮膚のきめ細やかな脚と腕が南無さんの体に絡まった。彼女のせつなそうな声が執拗に鼓膜を震わせ、その甘い声は高まりをみせ終わることがなかった。南無さんの尻は執拗に動き、その動きに合わせマリの尻も動き続けていた。彼女の中心に杭が打たれ、動きはそこを中心に回転していた。

突然、交替だと南無さんが杭を外し離れた。同志だからなと言うと、マリは不服そうに口を尖らせた。ぼくは気後れしていたが、南無さんの女と自分が関係することで、彼ともっと近付ける気がした。南無さんはそばで手を合わせ南無阿弥陀仏、南無阿弥陀仏と呪文を唱えだした。マリは高く脚を持ち上げてぼくを迎え入れた。鳥の囀りは一段と高くなり鼓膜を射した。ぴりぴりと痛むような快感が遠く波濤のようにやってきて、ぼくを激しく包み込んだ。ぼくはそれを早く呼び込むために力を込めた。自分の中心の深い根の部分から濁流となって快感がほとばしり、こいこいと念じた。快楽のうねりが竜巻のようになり体を突き抜けた。そのうねりはぼくの中心の突端から、巨大な放物線を描いて放出され、マリの中に忍び込んだ。

やがてぼくが離れると、まだ喘いでいるマリの上に南無さんが念仏を唱えながら再び重なった。貪欲な彼女は再び脚の付け根を大きく広げた。ホオジロがまた生き返った。背中の不動明王がマリの細い喉に歯を立て、食い殺すようにいたぶっていた。仁王はいきり立っていた。ふたりは快楽の深さをお互いに確かめるように、強く抱き合った。あんた、とマリが南無さんにしがみつき、両手両足に力を加えた。仁王が雄叫びを上げると、ホオジロが最後の声を振り絞って鳴いた。ユートピアができたら、おまえは女王様だぞと、叫ぶ南無さんの声が念仏のように聞こえた。ぼくはマリの上になっている南無さんを押し退け重なった。白目を見せる彼女の目はなにも見ていなかった。嬉しそうに笑っているマリが菩薩のように見え、長い腕がぼくの首筋に絡まってきた。ぼくは雄蛇で彼女は雌蛇だ。息苦しくなるほど絡まってくる。弾き飛ばされた南無さんが夜叉のような顔で見つめ、胡坐をかいている中心には天狗がいた。その天狗がもう一度マリの上に重なろうとすると、雌蛇が一層体を捻り赤く長い舌を出し、巨大なおろちのようにぼくらの下で身悶えた。

早番の仕事を終えて、食堂でさんま定食を食べた。アパートに戻り、みどりさんの部屋の前を通ると、彼女は三味線を弾き、船山さんが読書をしていた。

目が合うと、奥の部屋でくつろいでいる船山さんが声をかけた。

「元気ですか」

「まあまあです」

みどりさんが三味線を弾くのを止め、左手で右肩を押さえ首をまわすと、船山さんが背後に立ち、やさしく揉み始めた。

「この人の前で謡うと気持ちが落ち着くのよね」

「いい声でしょう?」

ぼくは開けっ放しの玄関の前に立ち、彼らを見た。船山さんは風呂上がりなのか髪が濡れ頬が火照っている。みどりさんは近所の年寄りや昔の仲間に、長唄や三味線を教えて暮らしている。活け花とお茶の名取で部屋に飾ってある花は自分で活けたものだ。静かに暮らすのが一番よ、大病をすると欲もなくなるわと彼は言うが、昔は毎晩バケツにお札がいっぱいになるほど儲けていたと教えてくれた。船山さんと知り合ってから酒も煙草も止めた。みどりさんが船山さんのために白髪を染めている。脂肪がついた頰に白粉を塗り、それが汗で浮かび上がっている。ぼくは彼がながい髪を解いたのを一度だけ盗み見したことがある。髪は背中まで伸びていたが、頭頂は河童のように禿げていた。昔、学生運動をやっていた若い船山さんが機動隊に追われ、みどりさんの経営していた店に逃げ込んだ。ふたりはそれ以来の付き合いで、途中、船山さんが別の女性と結婚したが、結局別れられずにこの歳まで生きてきた。船山さんは来年新聞社を退職する予定だ。家も退職金もみんな妻に渡して、あたしが食べさせてやるのだと、みどりさんは嬉しそうに言い、運命ってあるのねと誇らしげに喋っていた。

「仲がいいんですね」

「あたしたちはきっと赤い糸で結ばれているのよ」

みどりさんは船山さんに向かってほほ笑みかけ、胡坐をかいた彼の足元に顔を当てる。船山さんが綿棒で耳をいじると、いい気持ちと溜め息を洩らした。ビデオでは子供向けの漫画が放映されていて、時折船山さんはその画面に見惚れて笑う。そのたびにみどりさんが真面目にやってとせがんだ。

ぼくは自分の部屋に入って寝転ぶと、駅前で買ってきた新聞を広げ金相場に目をやる。世の中は平和だ。相場は今日も下落している。以前、相場で大儲けしたという恰幅のいい男が、パチンコ店にいたことがある。彼は歴代の自民党の黒幕だったと言ったり、株式新聞を見ては、おれがいなければ相場も動かないと言った。言う通りにしていれば、黙っていても大金持ちになれると誘い、従業員の金を集めた。従業員たちは毎朝株式欄を眺め、世界の経済の動きを論じた。相場が下がると男は仲間の金を換金し逃げた。あの頃からぼくは金相場を見るのが趣味だ。世界は見えないが、欲に絡んだ人間が喜んだりしょげたりしている姿が見える。それから左腕をじっと見つめる。腕の真ん中に蚊にでも刺されたような赤い傷がある。ぼくは今日駅前に出ていた愛の献血車で、二十回目の献血だ。死ぬまで何回できるか挑戦しようと思っている。一枚ずつもらう献血手帳は宝物だ。輪ゴムで止めた手帳を眺めていると気分が和らぐ。一月ごとに四百CCの血を抜くが、顔色が薄く見えるのはそのせいかもしれない。

みどりさんの部屋から船山さんの乾いた笑い声が届いてくる。ふたりの声だけを聞いていると、甲高い声の船山さんのほうが女のような気がしてくる。テレビをつけると、ちょうど山崩れがあったところを映しだし、関東地方にも台風が接近していると報道している。チャンネルを変えると、ロシアの原爆処理の問題を喋り合っている。ロシアの原爆をひとつ買えば、日本中を引っ繰り返すことができると言っていた南無さんがいなくなって三週間が経つ。彼は調子のいい相場師と同じように、松川から金をもらうとまもなく姿を晦ました。それきり連絡もないし、マリに訊いても知らないと言う。南無さんが消えてぼくらは彼のことを何も知らないのだと気付いた。

十一時になると、遅番の仕事を終えたブラが忍び足で部屋にやってきた。彼はみどりさんの部屋とは反対側の壁に耳を当て、人の気配を確認すると嬉しそうに顔をゆるめた。そばの洋弓を手に持ち、矢を宛がい的を探す。壁に貼ってある若い女の水着ポスターの股間に狙いを定める。ブラが引き金を引くとぶっと風を切る音がし、矢尻が女の脚の根元に刺さり震えた。彼はやったあと声を上げ、自分で人差し指を唇に当て女の部屋を窺う。それからテレビのボリュウムを下げ壁に耳を当てる。

「早くしてくれないかな」

　ブラは両手を振ってだだっ子の真似をする。変なことだけはすぐに覚えるブラジル人だ。五分、十分と息を殺し待った。やがて闇の底を這うように甘い声が間断なく聞こえ始めた。鼻に抜けるような声が次第に強弱を増し、喘ぐような声に変わっている。

「始まったよ」

　ブラが生唾を飲み込んだ。声は風の音のようにも聞こえる。隣りの女は二十歳だ。一週間に二度柴田が訪ねてくる。許せないのはぼくが可愛がっていたホオジロを、猫が食い殺したときの彼女の態度だ。謝るどころか無視し続け、町で顔を合わせても遠ざかるように逃げた。ぼくは受話器を取りプッシュホンを押す。乾いた音が湿った夜の空気の中にしみ込んでいる。

「まだだよお」

　ブラが不満そうな顔を向ける。呼び出し音が響き、五回、六回と数えるが相手は出ない。息を止め鳴り続ける電話を見つめているふたりの顔が浮かぶ。

「もしもし」

　ようやくけだるそうな女の声がし、誰ですかと相手を窺った。ぼくは黙っていた。

「悪戯電話なんかしないでよ」

　女の神経質な声が上がり、受話器の向こう側に暗い闇が広がっていた。

「誰だ」

　今度は柴田の声がした。ぼくが無視すると相手も黙り間合いを取った。自分が陰湿な人間に思えてくるが、彼女たちに電話をしているときだけ、ひとりではないという妙な錯覚に陥る。啀み合い悪戯をしているはずなのに、あの女と繋がっているのだという気になる。

「盗聴されているんだからな、この電話は。もうすぐおまえのほうに警察官が行くぞ。あんまり嫌がらせをすると本気で怒るからな」

柴田が電話口で喚く。ぼくは駅に置いてあった自衛隊志願の葉書を取り出し、女の住所と柴田良二の名前を書く。職業欄には軟派師と書いた。

「またあ」

ブラが申込書を眺め、いいなあと羨ましそうに言った。

「しょうがないよ」

「依怙贔屓だ」

「そんなことはないよ」

ブラは自衛官の採用案内の葉書を覗き、不平を言う。葉書には幅広い人間性、より確実な生活とうたっているが、ぼくは自分が自衛隊に行き、少しはいい人間になったのだろうかと考えた。そんなはずはなかった。相撲取りになれなかったブラの次の願いは自衛隊員になることだ。十五万の給料とただの部屋代が魅力的で、世話をしてくれと頼むが、国籍の違う彼には無理な話だ。帰化をして入隊するとまで言っているが、帰化まで何年もかかるし、それまでに応募資格の二十七歳の年齢を越えてしまう。火災放射器をぶっぱなすのがブラの夢だが、叶いそうもない。

「もう諦めろよ」

ぼくは苦笑いした。

「同じ日本人の血が流れているのに」

ブラは諦め切れずに悲しそうな顔をする。給料も賞与も出て宿舎まである、こんないい仕事はないと口を尖らした。通りに出て、文房具店前のポストに、市ヶ谷の自衛隊連絡部に宛てた志願書を投函した。

風が吹き夜空を見上げると、半月が雲間を走っていた。ぼくは持ち回りで歩哨をやっていたことを思い出す。小銃を持ち駐屯地の前に立っていた。目の前の道路をひっきりなしに車が走り抜けた。たまに出入りする上官に敬礼をするだけで、誰とも口をきかずよくぼんやりと物思いに耽っていた。自分はどこにいるのだろう。なにをしているのだろうと考えると、ただ立っているだけの姿は、街路樹と同じものだという錯覚に捉われた。そのうちぶつぶつと独り言を言い、ながい直立の時間を過ごしていた。たまに女連れの酔った男が声をかけたが、ぼくは敬礼したまま前方を向いていた。銅像じゃないのかと笑われたが気にもしなかった。自分には自分の生き方があると頑なに思い込もうとしていたが、どんな生き方があるのかはわからなかった。無用のことのほうが、本当は役に立つんだと船山さんは言ったが、あの二年の生活は本当にそうだったのだろうか。夜空に高架線が見える。天辺で赤い探照灯が点滅し、闇の中で定期的に光る朧気な灯が言い知れぬ不安を誘い込む。

南無さんがいなくなってからしばらく平凡な日々が続いていた。路地を抜ける風が心地よく感じられるようになった。今夜の月は高いところにあったが、空気が澄んでいるのがはっきりとわかった。みどりさんの泣き声はまだ続いていた。低く地を這うように泣く声は犬の唸り声のようだ。船山さんが交通事故で死んだ。この一週間、一度も部屋に寄らない彼を不審に思い、みどりさんが新聞社に電話をすると、部下が教えてくれた。みどりさんは自分で買ってきた仏壇の前で目の周りをマスカラで真っ黒にして、自分はこれからどうして生きていけばいいのかと叫んでいた。剝げた化粧の下から色の黒い地肌が見え、彼が歳を取っているのが改めてわかった。

夕暮れの風が冷気を含んでいる。遠くのビルの屋上から上がっているアドバルーンがゆれている。上空は風が流れているのか、ロープがぴんと張り、開店バーゲン開催中という垂れ幕が下がっている。肉屋の前までくると、女がボールに入った水を犬に目がけてまいた。犬は尻尾を後ろ脚の中に入れ逃げる。ぼくは犬と同じように町をうろつく。

朝、店に出かける前から、南無さんにもらっておいた薬を打ち続けていた。風邪も疲れも一発で治ると彼は言った。神経が研ぎ澄まされ、ヘッドホーンをかけているように遠くの音が聞こえる。昼間、店で打つと、客の香水が鼻の奥まで侵入し、パチンコ玉が脳の中で激しく跳ねていた。本物の戦争だった。煙草の臭いが火薬のように感じられた。革命だと叫んだ南無さんの気持ちがわかった。彼はあの薬で、自分の中でとうに終わりを告げている戦争をやっていたのだ。大当たりを知らせる赤いシグナルは、何台も群がって追いかけてくるパトカーだ。客を煽る軍艦マーチと弾く玉は機関銃だった。気分が悪くなった。控え室に引っ込み壁に頭をぶつけた。頭が割られた西瓜のように弾け、脳味噌が飛び散るような気がした。台を跳ねる玉が一斉に脳を攻撃した。南無さんはこの薬を打ち、自分を自分でなくしたかったのだ。

本屋のシャッターが下りた。激しい音が脳味噌をかき混ぜ、夜風が吹き抜けると急に寒さを感じた。ぴりぴりと体が痛む。先刻の犬がまた通りを横切ると、乗用車がブレーキをかけ運転手が馬鹿野郎と喚いた。

犬は文房具店と焼鳥屋の間の路地に姿を消した。焼鳥屋の入り口は開いていて、勤め帰りのサラリーマンが酔眼を向ける。店先にいる店員が団扇で焼いている鳥に風を送り、白煙が通りに広がる。ぼくは野良犬だと呟いてみると、自虐的な笑いが腹の底から湧いてくる。裏通りに入ると人通りはなくなり、夜が一段と暗さを増しほっとする。都会では人がいればいるほど孤独が深まる。なにもかも破壊したくなってくる。

洋品店の前までやってきて身構えた。灯りを消された店の中から手招きする者がいる。目を凝らすとマネキンが涼しげな姿で立ち、その隣に痩せた男の影があった。くたびれてはいるが、両眼だけは異様に力が籠もっている男が睨む。硝子戸の男に唾を吐きかけると、唾は精液のようにマネキンの口元から流れ落ちた。硝子戸の男が小馬鹿にするように見た。ぼくは自動販売機に小銭を入れ、炭酸飲料水の缶を取り出す。硝子戸の虫酸の走るような男に、思い切り缶をぶつけると硝子が割れた。手榴弾が爆発したと思った。二階の窓に鈍い灯りがつくと、走って路地に逃げた。犬と一緒だ。ぼくは息を切らして逃げながら、激しい笑いが込み上げてくるのを抑えきれなかった。今、自分が全世界の人と繋がっている気がした。

誰も追いかけてこない。頭の中で硝子が割れる光景が幾度も浮かんでくると、乾いた笑いが次から次に湧き上がってくる。低い家並みの向こうに見える河口の高層ホテルは天まで伸びている。ぼくはジャックだ。豆の木をどこまでも登っていく。一時間近く路地を徘徊し再び洋品店の近くに戻ると、パトカーの赤いシグナルが音もなく回り続けていた。なにが起きたって怖くない。ぼくはぼくだ。

もう一度洋品店に目を向けると、通りをうろついていた赤犬が割れた硝子戸の隙間に鼻面をつけ片足を上げた。やってしまえと言うと、犬の性器から透明の小便が弧を描いて出た。ぼくは犬の真似をして放尿する。ぼくの性器から飛び出す小便は毒だ。腐れ。町ごとみんな腐ってしまえ。毒、毒といって小便は体から出て行った。ぼくは笑った。

　再び部屋に戻った。息苦しくなり目を閉じた。投げつけた炭酸飲料の缶が炸裂する光景が広がる。マネキンは敵の軍人だ。ぼくは勇敢な戦士だ。ぼくは疲労しようやく眠りが忍び込み眠りは一気に深くなった。ホオジロの囀りが穏やかな子守歌のように聞こえたが、耳の奥から遠退いた。


　頭の芯に重い痼りが残っていた。深呼吸をして時計を見ると午後三時になっていた。腹が空いているのか、ホオジロが巣箱の中で暴れていた。慌てて擦り餌を与えると食べ続けていた。

「どうしたの？」

　喉が渇きエビアンを買いに部屋を出ると、みどりさんが声をかけてきた。目が腫れ上がっていた。

「大丈夫？」

　彼は不安な眼差しで見つめたが、泣き腫らした目は充血している。

「兵隊さんの頃のことを思い出していたの？　大声を出していたわよ」

「なんでもない」

「夏は大変だから気をつけなくちゃね」

　みどりさんはやさしく話す。船山さんを偲んで泣いていた彼や、男色の松川のほうが自然なのかも知れないと思えてくる。自分はどっちだと考える。なにもかも破壊しようとする南無さんの怒りも、一日中パチンコをやり一喜一憂しているマリも、豊かな生活を手に入れたいと思っているブラも、みな生きることを諦めていない。

「仕事は？」

「これかもしれない」

ぼくは首に手をあてる。みどりさんが涙を拭き泣き笑いをする。

「飲もうか」

「いいよ」

「あの人の弔い酒よ」

そのうちあたしも行くからねと、みどりさんは自分でつくった位牌に声をかけた。船山さんの位牌には、金色の字で船山道造之霊と書かれていた。その脇には船山さんと日本髪を結ったみどりさんの写真が飾ってあった。

「あたしたちにはあたしたちにしかわからないものがあるのよね」

彼は位牌に呼びかけ、声をかけるたびに冷酒を飲み干した。あなただってわかるでしょと鼻水を啜り上げた。

みどりさんの郷里は湯殿山の麓の寒村だ。妻と子供がいたが好きな男ができ、東京まで追いかけてきて、そのまま居着いてしまった。妻は子連れで再婚したが、息子の養育費だけは送り続けた。そのことだけが自分と郷里を結びつけていたが、息子も今は結婚し子供までいる。もうなにも思い残すことはないし、あとは船山さんと静かに生きていくつもりだった。初夏の月山の雪解けの景色、庄内平野の向こうに広がる日本海、ほとんど一年中見える雪山、なにもないところだが景色の美しさだけは、今も瞼の裏側に焼きついている。みどりさんは遠い昔を思い出すように静かに話した。

「変な気持ちよね、田舎のことを思い出すと。たいしたところでもないのに自分の根っこになっているようで厭ね。淋しいわ。もう子供のことなんて忘れたわ。みんな忘れた。あたしにはもう関係ないことだと思ったわ。そう思わないと生きていけないでしょ、お互いに。一度も帰っていないんだから。向こうだって忘れているに決まっているわ」

みどりさんは老眼鏡に息を吹きかけた。

「そうそう親が死んだときだけは帰ったの。夜行で朝のうちについたけど、夜まで旅館にいたわ。暗くなってから家に戻った。驚いたのは親戚のほうね。あたしは線香だけ上げて、もう絶対に帰るまいと決心した。その晩のうちに汽車に乗ったわ。もう遠い昔の話。それでも遠くにいればいるほど、故郷は近くに感じてくるから不思議よね。あなたは帰らないの？」

「そのつもりだけど」

「じゃ、あたしと一緒」

それからみどりさんも唐突にこの世で一番怖いことってなにかしらと呟いた。

「考えたこともない」

「死ぬことでしょう。本当はあたしはもうこの世に未練などないの。ねえあなた、即身仏って知ってる？」

ぼくは首を振った。彼は線香の煙で咽せているような、船山さんの遺影を見つめ直した。

「ミイラのこと。あたしそれになりたいの。死んで、生きるのよ」

みどりさんが生まれた湯殿山には、即身仏になっている僧が六人もいたという。即身仏になるには人里離れた深山に入り、人の感覚や知覚を清浄にし、木の実や草の根などを食しながら苦行する。自らの苦行やけがれを除くとともに、他人の苦しみも代わって受けようとする荒行で、人間が生きながらにして土中に入定するのだ。三年三カ月後に掘り起こされ、洗い清め乾かしたのが即身仏になるのだと言った。

「わかる？」

ぼくはみどりさんがなにを言い出すのか理解できなかった。

「あたしみたいな人間はそのくらいやらないと成仏できないでしょ」

ぼくの脳裏に法衣を纏ったミイラの姿が浮かんだ。みどりさんの喋り方が真に迫っていて、彼なら本当にやってしまうのではないかという不気味さがあった。

「ねえ、あたしの願いを聞いてくれる？　遊園地に行きたいの」

ぼくはふたりでディズニーランドを歩く姿を想像した。今まで深刻な顔で即身仏になりたいと言っていた男が、急に遊園地に行きたいと言ったことが面白かった。

「変なところが好きなんだ」

「近くにいるのに一度も行ったことがないの」

「そうだね」

「きっと愉しいわ」

彼は約束よと言って太い小指を出し、指きりげんまんと絡めた指に力を込めた。

夜、ぼくは厚化粧をし即身仏になっているみどりさんの夢を見た。骸骨になり、法衣を纏った彼の前では、幾人もの老人たちが祈禱していた。みどりさんは法衣を引きずって近付き、乾いた手で握手を求めた。元気だった？　と握った手は木切れのようで、少し力を加えただけで手首からぽろりと千切れた。あっとぼくが声を上げ青ざめると、なにも心配しなくていいわよと歯のない口元を広げた。みどりさんはぼくを連れ、切り立った崖っぷちにある本堂の裏山に案内した。寺の境内と崖の間には、遥か遠くの雪山から流れ出てくる清流があり、彼はその川に架かる、蔓で造られた古い吊り橋をおぼつかない足取りで歩いた。どこに行くのだと訊いても、ただ細い道を歩いた。足元には夥しい石仏があった。石仏は整然と並べられ、怒った顔泣いた顔と様々なものがあった。みどりさんがみんなあなたのご先祖様よと言った。死んだ父親がいて船山さんもいた。彼らは落ち着いたもの静かな顔をしていた。

どのくらい歩いたのか。途中、人ひとり歩けるくらいの細い洞穴を潜り抜けると、急に視界が開け御堂があった。赤い御堂の真ん中には観音菩薩があり、その黙想する顔にも見覚えがあった。マリだった。ぼくが後退りすると、元気じゃんと言って抱きついてきた。息苦しくなり声を上げると、彼女の姿が消えた。みどりさんの姿も篝火を持った骸骨たちも姿を晦まし、ぼくひとりが取り残された。振り返っても、通ってきた洞穴の灯りはなかった。叫びを上げたが声は喉の奥に絡まっていた。暗闇の中で、激しいサイレンの音を聞いた。

目を醒ますと酔い潰れたみどりさんが往復鼾をかいていた。カーテンの隙間から忍び込んでいる光にさらされた厚化粧の下から、黴のような髭が生えていた。サイレンは幾重にも朝の空に交錯していた。

部屋を出ると、南無さんがアパートの入口で手を震わせ煙草を吸っていた。ひと月ぶりだった。

「おう」

彼は視線を足元に落としたまま、汚れた右手を弱々しく敬礼するように上げた。

「どこに行っていたんですか?」

「元気にしてるか」

「いろいろあって」

彼の目は落ち着きがなかった。ぼくが部屋に上げると様子を窺った。

「誰もいないよ」

「あいつのこと、よろしくな」

南無さんはマリのことを頼んだ。

「今、どこにいるの?」

「外国に行こうと思ってな」

彼はぼんやりとサイレンのするほうに目を向けた。音は新しくできたパチンコ店のほうで鳴っていた。

「本当?」

「しかたないだろ。他にどこかあるか」

南無さんは気忙しく煙草に火をつけた。それからあるかと唐突に訊いた。ぼくが要領を得ないでいると、腕に注射を打つ真似をした。首を横に振ると、彼の目に強い失望の色が現れた。南無さんは人差し指と中指に挟んだ短い煙草を、小刻みに震わせながら深く吸い込んだ。煙草の火が指のそばまで近付くのも気にならないようだった。別れ際にまたなと言った。いつか革命を起こし、おれたちの国を造るんだよと言ったのか、また会おうと言ったのかぼくにはわからなかった。南無さんが目の前にいることすら、夢の続きのような気がした。

「あいつに恩は返したからと言っといてくれ」

「南無さん」

ぼくは彼と過ごした日々のことを思った。

「情けない顔をするなよ」

南無さんはぼくの言葉をさえぎって、何も言うなというふうに肩を叩いた。彼はやってきたタクシーに乗った。ぼくは過ぎ去るタクシーを見つめながら、ふと南無さんが命を断つのではないかという心細さを覚えた。それから急に浮かんだその考えを戸惑うように打ち消した。


秋がきていた。ぼくはパチンコ店の中央の通路に立ち、客を見つめる毎日だった。一番乗りは今日もマリだ。昨日の開放台を誰にも取られないように、開店の一時間前から待っていた。無事に台の前に座ると大きな溜め息をついていた。松川は行方不明になった南無さんを、義理がたい男だと言い、彼が戻ってくるまでマリの生活の面倒をみているようだった。競争相手の店は半焼して休業したままだ。不審火ということで刑事が何度か聞き込みにきた。ぼくと松川は南無さんのせいだろうと思っていたが、お互いに口には出さなかった。ぼくはマリを開放台に座らせている。だからこの店で彼女が負けることはない。マリは南無さんが帰ってくるまではまじめにやらなくちゃ、あのときのことは忘れようと言い、あんたも淋しいでしょうと下唇を噛んで黙った。

松川はたまに彼女を連れて焼肉屋に行って慰めているようだ。松川と南無さんの間にどんな友情が芽生えたか知らないが、彼は彼女を可愛がった。今頃南無さんはどこかの刑務所で、好きだった網走番外地でも歌っているかもしれない。一度電話がきたとき、元気にやっているかと訊き、必ず世の中を変えてみせるからなと言ったが声には張りがなかった。どこですかと訊くと言い澱み、キューバだと言って言葉を止めた。電話の向こうで演歌がかかり、人々がはしゃいでいる声が届いた。カストロに会おうと思ってなと、しんみりとした雰囲気を吹き飛ばすように大声を上げた。南無さんの夢はまだ続いていた。

「おい、また玉が出ないぞ」

マリの隣りで黒服を着た柴田が呼んだ。ぼくは視線を合わせずに近寄った。

「どうなってるんだ」

彼は左手の拳で激しく台を叩いた。もっとましな台はないのかと吐いた煙をぼくの顔に吹き掛けた。煙が目にしみ顔を顰めた。

「少々お待ちください」

ぼくはへりくだって言った。今度こいつが女の部屋にきたらどうしてやろうかと考える。柴田は朝から飲んでいるのか酒の臭いがした。その臭いを嗅ぎ、マリが口を押さえ洗面室に駆け込んだ。

「しっかり頼むよな」

彼は足元に唾を吐いた。髪を脱色した小太りの隣りの女が猫を抱いてやってくると、柴田の挑戦的な尖った視線が弱まった。

「どお?」

女が横の椅子に座った。

「駄目だな」

ぼくが握った玉を穴の中に落とし込んでやると、彼が悪いなと頭を下げた。瞬きもせずぼくを見ている猫にフーッと息を吹きかけると、猫は女の手を離れて通路を逃げた。女が睨みつけたが、ぼくは意地悪く笑ってやった。戻ってきたマリの台に赤ランプがまた付くと、彼女は嬉しそうに手を叩いた。ぼくは右手で自分の腹を押さえ妊娠しているのかと訊いた。

「わかる?」

彼女は陽気な声を上げ、まだ膨らみのない下腹部を押さえた。南無さんの子供を身籠もっても、彼が姿を晦ましても愉しく生きている。ぼくはドル箱を目の前に添えてやる。いい気分ねとマリは細い親指を立てて喜んだ。

「妊娠している女は賭事に強いんだよね」

女を羨ましそうに言った。

「本当か?」

柴田が訊いた。

「男のあんたにはわからないだろ」

「子供がいたのか」

「たとえばの話よ」

マリは弾け落ちる玉に目を向けた。モンスターハウスの台にリーチがかかり、お化けのマークが揃った。

柴田は早くドル箱を持ってこいと怒鳴った。

「おめでとうございます」

「すまねえな」

彼はよおーしと気合いを入れ、ネクタイをゆるめた。大当りのアタッカーが開き、次々と玉が吸い込まれていく。柴田はぼくの前で力拳をつくってみせた。この男はぼくが女の隣りに住んでいるのを知っているのだろうか。そう考えると笑いだしたくなってきた。

「自衛隊に入りませんか」

思いもかけなかった言葉が口を突いた。柴田が惚けたような顔で見返した。

「どうしたんだよお」

「自衛隊に入って、お国のために働きませんか」

「あっちへ行けよ」

彼にもう一度煙草の煙を吹きかけた。柴田が上官にいじめられ、何度も敬礼の練習をさせられている姿が浮かんだ。威張っている奴は虫酸が走る。あの申込書は届いただろうか。

みどりさんが店の外から手招きをした。一時を少しまわったばかりだ。朝、松川にディズニーランドに行きたいから早退させてくれと頼むと、遊園地？　と問い返した彼は戸惑った表情を向け、自分も一度も行ったことがないと言った。

「早くしなさいよ」

みどりさんが急かすように呼ぶ。そばには三歳だと言う子供が、赤色のスーツに同色の蝶ネクタイをしていた。彼は中古のマンションを買い、そこでお茶と活け花を教えるらしい。一週間前、孤児院から子供をもらい面倒をみている。船山さんが死に、なにを目的に生きていいのかわからないと言う彼は、その子供を養子にした。大丈夫？　と訊くと、犬を飼うよりお金はかからないでしょ、犬には健康保険もないし、散歩にも毎日連れて行かないといけないから大変なのよと言った。

一旦部屋に戻り着替えた。みどりさんは自分の部屋にぼくを呼び、三面鏡の前に座らせた。それからアイ・ペンシルでぼくの下瞼に線を引いた。

「じっとして」

戸惑っているぼくの肩を押さえた。

「恥ずかしいよ」

「目を瞑って。なにも恥ずかしがらなくたっていいわ。人は人、あたしたちはあたしたちなんだから」

みどりさんがぼくの顔に頬紅を塗り、両手の指先でやさしく揉んだ。

「ほーら、素敵よ」

目を開けると女性のような別人の男がいた。

「きれいよ」

鏡の中のぼくに向かって、みどりさんが、素直に生きましょうよと項を撫でた。耳朶に火照りが走った。人の目を気にしている間は、人を差別するもんですよと言った船山さんの声がする。鏡に映っている自分の顔を目を見開いて見る。色白の皮膚の薄い男が立っている。ぼくはもうひとりのぼくに見とれていた。

やがてみどりさんは自分はなにを着て行こうかと迷い、整理簞笥を開け思案した。

「出かけるときにおしゃれをするのは、レディのたしなみよね」

彼は痩せた胸を反らし気取った。

「ドレスでも着ようかしら。晴れ晴れとしたいわ。人を愛するということは多くの悩みを抱え込むことなのよね。あの人がいなくなってしまったから、あたしはもう惚けてしまうのじゃないかしら」

身仕度をする間待っていると、みどりさんがつばの広い帽子とピンクのドレスを着た。赤いハイヒールを下駄箱から出し、くしゃくしゃしないで頑張らないと、あの人に悪いと言った。ぼくは人の死のあっけなさを考えていた。いい人は早く死に、あなたやあたしは憎まれっ子だから駄目ねと言ったみどりさんの言葉を思い出した。仏壇を見ると船山さんの遺影の前には線香の煙が昇っていた。

「ちょっと待って」

ぼくは急いで部屋に戻り、巣箱の黒い布を取った。それと同時にホオジロがか細い声で囀り始めた。ぼくは巣箱を外に持ち出した。これからは人の目なんか気にしない。自由に生きる。おまえもそうすればいいのだ。広い場所で自分の好きなように鳴けばいい。ホオジロは動揺し暴れまわっていたが、巣箱を開けると戸惑うように辺りを窺い、それから飛び出した。路地の低い電線に止まり、見知らぬ土地を見ていた。

「逃がしたの?」

「ああ」

「いいの?」

ぼくは頷いた。みどりさんは帽子を被り子供の手を引いて歩いた。道行く人間が遠巻きに見ていた。ブラが休憩時間なのか、店の前で腰を落とし、両手を脇に締めて摺り足の練習をしていた。遠くでサイレンの音がした。ぼくは南無さんの姿が一瞬脳裏をよぎり、音のするほうに顔を向けた。救急車が海辺の街へ向かっていた。

「早く行きましょう」

盛装したみどりさんが促した。強い陽差しが路地を照らし始め青空が広がっていた。道行く人がぼくらを見つめていた。苦い笑みがぼくの体の内側から震えるように振動してきた。再び空を見上げると強い光の粒子が目にしみた。その光の中でジェットコースターに乗り、叫び声を上げるみどりさんの姿が浮かんで消えた。

「みどりさん」

ぼくは前を歩く彼に声をかけた。

「なーに」

みどりさんはつば付きの帽子を持ち上げ、ほがらかな口調で訊いた。

「なんでもない」

「変な人」

ぼくはただ頑張ろうねと言いたかったのだ。みどりさんが首筋に滲んだ汗を拭くために、ハンドバッグから紫色のハンカチを取り出そうとすると、子供が繋いでいた手を放し、ディズニーランドのほうに向かって、わあと明るい声を上げて走り出した。きれいに着飾ったみどりさんを見ると、背筋を伸ばし秋の陽射しの中を颯爽と歩こうとしていた。

【初出一覧】

「湿地」『三田文学』一九七六年七月号
「啼けない晨鶏」『水脈』一九八〇年十一号
「此岸」『水脈』一九八〇年十一号
「家郷」『水脈』一九八二年十四号
「エンジェル・フィッシュの家」『すばる』一九八六年三月号
「待ち針」『文藝』一九九二年五月号
「蛸の死」『えん』一九九二年十月号
「三日月」『新潮』一九九三年十二月号
「他人の夏」『新潮』一九九六年六月号
「ホオジロ」『文学界』一九九七年十月号

佐藤洋二郎（さとう・ようじろう）
1949年福岡生まれ。作家。日本大学芸術学部教授。中央大学卒業。25歳の時、『三田文學』にはじめての小説「湿地」を投稿し掲載され作家の道へ。外国人労働者をはじめて文学に取り入れた『河口へ』（集英社）で注目され、人間の生きる哀しみと孤独をテーマに作品を発表。『神名火』（小学館文庫）、『坂物語』（講談社）、『忍土』（幻戯書房）、『妻籠め』（小学館）など多数。『夏至祭』第17回野間文芸新人賞、『岬の蛍』第49回芸術選奨新人賞、『イギリス山』第5回木山捷平文学賞。現在、日本文藝家協会常務理事、日本近代文学館常務理事、日中文化交流協会常任理事、舟橋聖一文学賞選考委員、日大文芸賞選考委員、「季刊文科」編集委員など。

佐藤洋二郎小説選集一「待ち針」

2019年8月30日　初版第1刷印刷
2019年9月 1 日　初版第1刷発行

著　者　佐藤洋二郎
発行人　森下紀夫
発行所　論 創 社
〒101-0051 東京都千代田区神田神保町2-23　北井ビル2F
TEL：03-3264-5254　FAX：03-3264-5232　振替口座　00160-1-155266
装幀／奥定泰之
印刷・製本／中央精版印刷
組版／フレックスアート
ISBN978-4-8460-1821-4